若林 力

Wakabayashi Tsutomu

江戸川柳で愉しむ
中国の故事

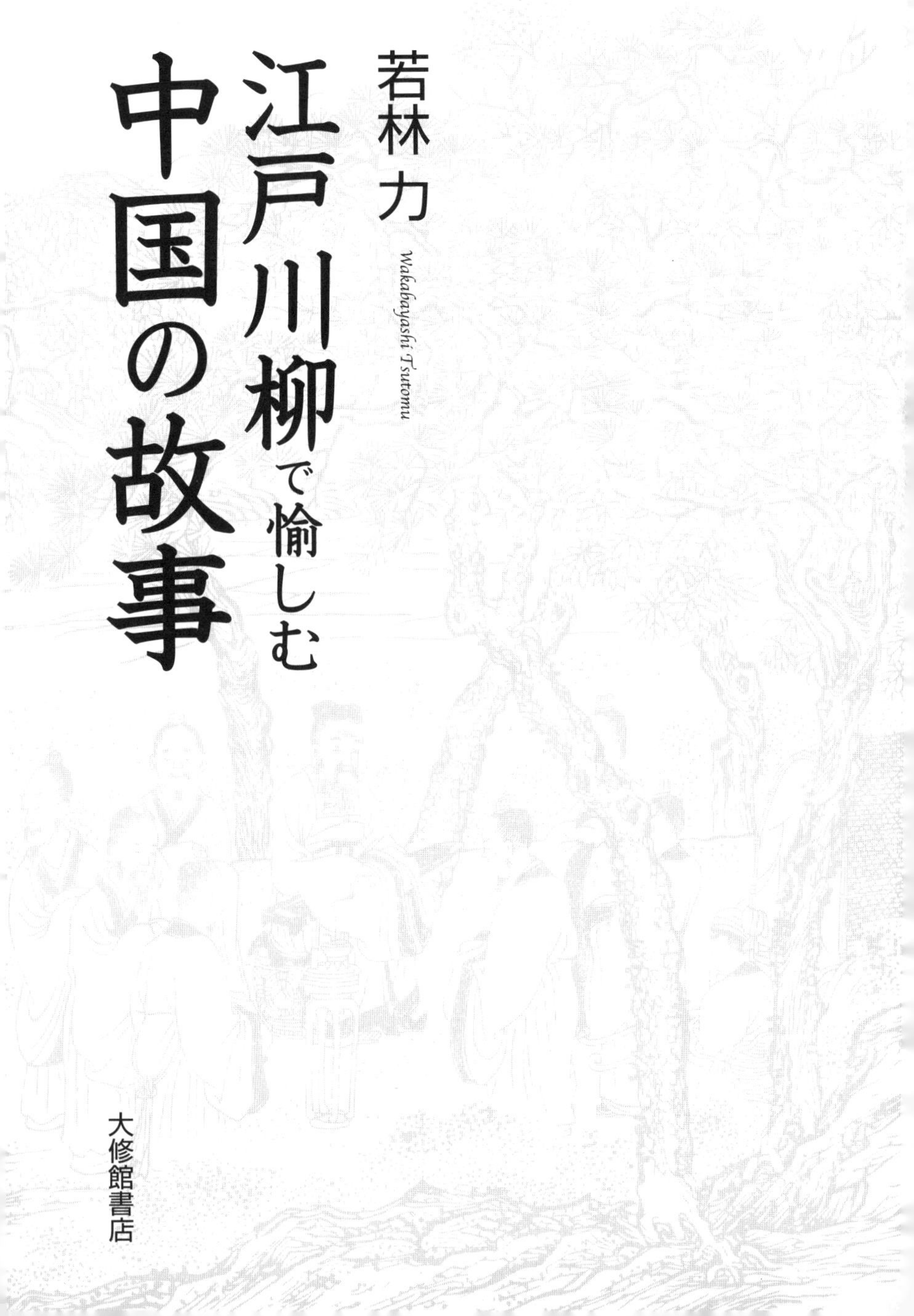

大修館書店

はしがき

江戸期に登場した川柳は、深い洞察力と機知によって人間の喜怒哀楽の一こまを五七五の十七文字の世界に凝縮させた優れた文芸です。しかも同じ句形を持つ俳句のように季語や切れ字といった面倒な約束事に拘束されることはありません。多くの句材の中から人事人情に関するものに滑稽《こっけい》・穿《うが》ち・軽み・風刺《ふうし》といった要素を加え、共通する人間の弱点を捉えて「笑い」に結びつけているところに特徴があります。

また伝説や歴史上の事件、人物を詠みこんだ詠史《えいし》川柳といわれる作品も多く作られました。詠史川柳は、古典に登場する往時の貴人、英雄などの行為を眼前に見る情景のように活写して、そこに滑稽と皮肉を生み出しています。

例えば、春秋時代の魯《ろ》の思想家孔子は五十代の半ばころ、自国の政情に失望して、魯を去り衛に行きました。そのとき、孔子は衛公の側近の申し出を断って、門人の妻の兄の家に滞在したことがありました。

川柳作者は、この事実を踏まえて

孔子でも三杯目にはそっと出し

と詠んで、あの聖人とされる孔子を居候《いそうろう》の姿で描き出しています（四三ページ参照）。

一般的に詠史川柳を通じてみる限り、江戸期の人々には中国の古典、日本の古典というような区別はなく、古典の知識は社会生活に必要な常識として広く普及していたように思われます。今日の感覚で判断すると、当時の人々は中国の古典について驚くほど豊富な知識を持って、それを日常の生活の中に活かしていたことがわかります。

唐の玄宗《げんそう》皇帝と楊貴妃《ようきひ》の悲恋物語は、白楽天の『長恨歌《ちょうごんか》』や謡曲の『楊貴妃』によって人々に広く知られていました。楊貴妃は仙山にある蓬莱宮《ほうらいきゅう》を訪ねてくれた玄宗の使いの方士に、現在の気持ちを述べると同時に、思い出の品を持ち帰ることによってわたしの変わらぬ気持ちを伝えて欲しいと依頼します。さらに別れぎわに、玄宗と楊貴妃の二人だけが知る「誓いの言葉」を伝言として託しました。

この場面から、

勅答《ちょくとう》でみれば楊貴妃無筆なり

と詠んで、こんな大事な伝言なら、普通は手紙を書いて持たせるのが当然なのに、それをしないところをみると、楊貴妃は読み書きが出来ないのではないか、と皮肉っています（二〇〇ページ参照）。

もちろん時代の制約から、当時の為政者や権力者への風刺を中国の歴史的事実や故事を借りて表現したと思われるものも少なくありません。

帝堯《ぎょう》はその位を許由《きょゆう》に譲ろうとしましたが、許由は頑としてうけませんでした。受けなかっただけではなく、俗事を聞いただけで自分の耳が穢《けが》れたとして、潁川で耳を洗ったという故事があります。

これを活かして、

耳洗う程な日本に馬鹿はなし

と詠んで、日本の支配者層の権力志向を揶揄《やゆ》しています（一三ページ参照）。

ここには中国に関する詠史川柳とよばれるものの中から、約一〇〇〇句を選び出し、その句の詠まれた背景などを可能な限り探ってみました。古典離れがすすんでいる昨今、先人たちの残してくれた「笑い」の文芸を味わいながら、中国の故事を気楽に愉しんでいただけたら嬉しく思います。

［目次］

はしがき　iii／凡例　viii

一　伝説時代……1

神農　2／堯・舜　6／許由　10／禹　13／桀王　15

二　殷・西周時代……19

湯王　20／紂王　21／文王・呂尚　25／伯夷・叔斉　31
周公旦　34／幽王・褒姒　35

三　春秋・戦国時代……39

楚の荘王　40／孔子・論語　41／孔子の門人たち　50
論語の章句に関するもの　54／江戸時代の論語　61
老子　65／柳下恵　66／伯牙　68／予譲　69／荘子　72
卞和　73／伍子胥　76／勾践　79／范蠡　83／孟母　87
屈原　94／孟嘗君　96／盧生　98

四　秦・漢時代 ……………… 101

始皇帝　102／徐福　112／趙高　117／劉邦・項羽　120
呂后　129／張良　132／韓信　135／蘇武　138／王昭君　140

五　三国・晋時代 ……………… 147

曹操　148／劉備　149／関羽　156／張飛　160／諸葛孔明　163
趙雲　174／曹植　176／車胤　177／孫康　181／竹林の七賢　182
孫楚　186

六　唐・宋時代 ……………… 187

玄宗・楊貴妃　188／李白　202／遣唐使　207／阿倍仲麻呂　209
白居易　211／唐詩選　217／司馬光　219

七　江戸庶民と中国古典 ……………… 223

聖堂　224／儒者　227／積善の家　233／瓜田・李下　235
小人閑居　237／詩句の引用　238／その他　243

主要参考文献　249／あとがき　251／川柳索引　270

［凡　例］

一、原句は主として『誹風柳多留全集』（岡田甫校訂、三省堂）、『誹風柳多留拾遺』（山澤英雄校訂、岩波文庫）の中から選び、その他の柳書からも補充した。

二、原句の表記について。

旧漢字、異体字、旧かなづかいは、現代常用しているものに改め、分かり易くするために仮名を漢字に、漢字を仮名に改めたり、濁点を補ったりした。

明らかに誤っていると思われる文字は訂正した。また、分かり易くするために漢字には全て振り仮名を振った。

三、原句の出所の表記について。

各句に出典を付記した。但し、柳多留の書名は省略した。

イ　次に挙げる書名の下の漢数字は該当篇を、算用数字は丁数を表す。

［五七・33］は「柳多留五七篇の33丁」を、［拾四・14］は「柳多留拾遺四篇の14丁」を表す。

その他の書名の略号は次の通り。

傍…川傍柳《かわぞいやなぎ》　筥…柳筥《やないばこ》
籠…柳籠裏《やなぎごり》　藐…藐姑柳《はこやなぎ》
拾…柳多留拾遺　新編…新編柳多留

ロ　次に挙げる万句合の下の漢数字は年数、漢字は相印、算用数字は丁数を表す。

［天七・鶯2］は、「天明七年万句合の相印鶯の2丁」を表す。

万句合の略号は次の通り。

明…明和　安…安永　天…天明
寛…寛政

※　江戸川柳には、現代から見ると差別的な表現が見られることがあるが、本書では、作品の時代性に鑑みて、そのままとした。

第一章 伝説時代

神農（葛飾北斎筆）

神農（じんのう）

神農は、その名の示すとおり、農業の発明者とされる伝説上の人物で、鍬《くわ》や鋤《すき》を作り、その使用法を人々に学ばせ、初めて耕作の法を教えたとされる。また百草を嘗《な》めて薬草を見つけ、五弦の琴を作り、八卦《はっか》を重ねて六十四卦《ろくじゅうしか》（中国の占いの方法）を作るなどして、人々の生活に潤いを与えた。日中に市を開いて交易することも始めたので、江戸時代には、医薬・音楽・易者・商業などの神としても崇められ、医者や薬屋には、口に草をくわえた神農の画像が掛けてあるほどであった。

神農《じんのう》は腹結《はらけっ》したり下《くだ》したり ［五七・33］

神農《じんのう》はたびたび腹《はら》を下《くだ》して見《み》 ［拾四・14］

薬草を見つけるのには、様々な苦労があり、時には毒草などを嘗めてしまい、神農は便秘に陥ったり、下痢したり、苦しんだ事もしばしばあったろう。

神農は実際に草を口にくわえて薬草を確認したので、見た目よりも葉が堅く、時には舌を怪我するようなこともあったろう。

神農《じんのう》は鋸草《のこぎりぐさ》で舌《した》を切《き》り ［六〇・8］

「鋸草」は、キク科の多年草。山地に自生するが、観賞用にも栽培される。全体に軟毛があり、葉の縁が鋸歯状に細かく深裂しているが、羽衣草という別称もあるほどで堅くはない。ここでは、現実の植物そのものを取りあげたのではなく、「鋸」という文字からの連想を巧みに活かす。

神農《じんのう》の寝言《ねごと》は舌《した》の音《おと》ばかり　［拾四・9］

毎日朝から晩まで草を口にくわえて野原を歩きながら、草木が薬草かどうかをいちいち判別することを繰り返していた。それが習慣となって、夢の中でも同じことを繰り返していただろう。

植物の中には、外見はいかにも薬草のように見えても、食用にもできないものがあった。沢瀉《おもだか》はその代表的なものである。水田や沼地などに自生し、外見から薬草と見間違えることが多かった。また茎葉がクワイによく似ているので、食用にしようとして採取しても、根が細小過ぎて食用にもできない。

沢瀉一葉《おもだかひとは》神農《じんのう》も歯《は》が立《た》たず　［三七・9］

沢瀉《おもだか》は月《つき》も日《ひ》も流《なが》すなり　［一〇二・8］

江戸時代、本郷のあたりは「兼康《かねやす》までは江戸の内」といわれたように、江戸の町並みが両側に続き、有名な薬屋が多く店を開いていた。当然のことながら、競争は激しかった。特に本郷三丁目角の兼康とその反対側にある四丁目角の沢瀉屋とは、商売敵であった。そのことは広く世間に知れ渡っていた。その兼康の看板像は、神農であった。

沢瀉《おもだか》を神農横《じんのうよこ》にらめつけ　［拾四・28］

なお現在でも、本郷・湯島地区は、薬商・医療器具商が多い特色のある町として栄えているが、その伝統は、江戸前期に発したといわれている。

人々の生活のことを第一に考えて、自分のことは後回しにしていたという神農の日常生活は、どんな状態であったかというと。

神農《じんのう》は野馬《のうま》のように草《くさ》を喰《く》い　〔一二三別・24〕

神農《じんのう》はぺんぺん草《ぐさ》で舌《した》つづみ　〔一一七・1〕

「ぺんぺん草」は、なずなのこと。春の七草の一つ。路傍や田畑にごく普通にある雑草である。「ぺんぺん草」を食べたくらいで、舌鼓をうつ。神農のふだんの心懸けや辛苦のほどが想像できるというものであろう。なお「ぺんぺん草」には、利尿・解熱・止血作用があるとされていたから、なおさらである。

神農《じんのう》は濃茶《こいちゃ》のような唾《つば》を吐《は》き　〔一三八・15〕

毎日毎日、諸々の草を口にしていたので、涎《よだれ》や唾液には濃茶のような色が付いていただろう。

神農《じんのう》も巴豆《はず》と烏頭《うず》とは二度《にど》噛《か》まず　〔七九・36〕

「巴豆」や「烏頭（とりかぶと）」は、毒草。

神農はよく勉強し、知らない植物はなかったが、誠実で真面目一方の人間であったため、ごく普通の庶民ならだれでも知っていた草を知らないという意外なことがあったろう。

神農《じんのう》は質草《しちぐさ》ばかりなめ残《のこ》し　〔五九・26〕

質草《しちぐさ》を喰《く》う神農《じんのう》は苦《くる》しがり　［一三〇・18］

神農《じんのう》も知《し》らぬは言《い》い草《ぐさ》と道草《みちくさ》　［一〇六・33］

神農は誠実な人間であったから、そんな草には関係がなかったというのであろう。

腎薬《じんやく》をなめて神農《じんのう》ついおやし　［八八・2］

神農も一人の男性、精力増進の薬草を嘗めたときは、悩まされたようだ。「腎薬」は、ここでは腎《じん》虚《きょ》などを治療する薬草、精力増進の薬草。「ついおやし」がミソ。「おやし」は、陰茎が勃起する。

風邪《かぜ》くらい神農《じんのう》の屁《へ》で本復《ほんぷく》し　［拾五・6］

風邪は邪気にあたってかかる病気とされたから、気の持ち方が問題とされたが、一方では「風邪は百病の長」とか「風邪は万病のもと」と言われて、恐ろしい病でもあるとされた。漢医方の始祖とされた神農は、患者にとってはこれ以上ない名医である。

一般には「屁でもない、屁とも思わない」などといわれて、何の役にも立たないとされる屁であるが、神農の行為は「屁でさえも薬」の効能があって、患者の病気を全快させてしまうというのである。

神農像というと左右の手で蔓草のつるや草木を胸元に握りもって、苦い草を嘗めあてた時のように、苦虫をかみつぶしたような渋い顔をしている。

神農《じんのう》という身《み》で嫁《よめ》を睨《ね》め付《つ》ける　［五三・31］

神農のような渋い顔をして嫁をにらみつけている。何が気に入らないのか口に出して言葉で言ってくれたら、互いに納得できてこんなことにはならないのに。

神農《じんのう》のようにくわえて嫁《よめ》をせめ　[拾五・9]

嫁が作った漬け物か、料理をくわえて「こんな物が食えるか」と、神農のような苦虫を嚙み潰したような顔をして嫁をにらみつけている姑。嫁と姑との仲を見事に捉えている。

堯・舜

（ぎょう・しゅん）

堯は中国古代伝説上の人物で、儒家では理想の聖天子と仰がれた。姓は伊祁《いき》、名は放勲《ほうくん》、号は陶唐《とう》氏といい、唐堯《とうぎょう》と略称される。その仁徳は天が万物をくまなく育てるのと同じように公平であり、その知徳は神のように優れていた。また、近くに寄ると太陽のように暖かさが感じられ、遠くからその姿を望み見ると雲のように穏和な雰囲気が感じられたという。

その宮殿は、宮殿とは名ばかりで、茅葺きの屋根は先を切りそろえず、宮殿に上る階段は土で築いた僅か三段という質素なものであった。庭に生えたメイキョウが、月の一日から十五日まで、毎日一葉ずつ生じ、十六日から月末まで、毎日一葉ずつ落ちたので、それによって暦を作ったという。

堯《ぎょう》はてなはてなと十《と》の日《ひ》を見詰《みつ》め　[一六二・7]

堯は庭のメイキョウの葉が生じる度に今日は何枚目かな、と数えながら十日の日を見極めた。

堯の徳があまねく天下に行きわたり、泰平の世が続いた。堯の治世は五十年間におよび人民はその仁政に心服していたので、互いに親睦して悪事を働くような者はなかった。

堯《ぎょう》の代《よ》に細工《さいく》のひまな錠《じょう》と鍵《かぎ》　［一二一丙・7］

堯の時代には社会がよく治まり（盗難の心配がないので）、錠も鍵も必要なかったろう。

麒麟《きりん》という動物は、本来は想像上の動物で、身体つきは鹿に似ていて、尾は牛と同じ、蹄は馬と同じ形で、全身は五色に輝く毛で覆われているという。聖天子が世に現れると出現するといわれる瑞《ずい》獣《じゅう》でもあった。

堯《ぎょう》の代《よ》の御用《ごよう》麒麟《きりん》をつるませる　［一一八・29］

堯の治世の役人の主な仕事は、麒麟を繁殖させることであったろう。

舜は堯によって天帝に推薦された（中国では天子は、いわゆる天の子であって、天帝の意にかなった者が天子の位につく。これが天命思想である）。舜は姓は姚《よう》、名は重華《ちょうか》、号は有虞《ゆうぐ》氏といい、虞舜《ぐしゅん》と略称される。舜は幼少の時、母を亡くした。父は後添えの妻に溺れて、その腹に生ませた末子の象《しょう》を愛し、いつも舜を殺そうとした。舜は殺されそうな大きな杖でたたかれそうな場合には避けて逃げ、小さな杖の場合には罪を受けて、父母の意に逆らわないようにした。

大舜《たいしゅん》のちっさな時《とき》はあざだらけ　［筥二・12］

聖人《せいじん》を空恐《そらおそ》ろしく讒言《ざんげん》し　［三四・32］

聖人《せいじん》の代《よ》にも継母《けいぼ》のむつかしさ　[五四・41]

父はある時、舜に倉庫の屋根を葺かせ、下から火をつけて焼き殺そうとした。舜は両手に傘を開いて持ち、鳥の翼のようにして火を防ぎながら屋根から飛び降り、危機を脱した。また、井戸を掘らせて生き埋めにしようとしたこともあったが、そのときも舜はあらかじめ側面に抜け穴を作っておいたので、難を逃れることができた。

屋根《やね》葺《ぶ》きも井戸《いど》掘《ほ》りもした帝《みかど》さま　[一三・26]

舜は父母から苛酷に遇されたが、ただひたすら親には孝、兄弟には悌《てい》の道を尽くし、次第に善に導いて父や弟が姦悪に陥いることのないようにした。歴山《れきざん》に耕した時には、人々はもちろん鳥獣もその徳に感化されて、舜の仕事を助けたという。

至孝《しいこう》は天禽獣《てんきんじゅう》に耕《たがや》させ　[一一三・55]

舜《しゅん》の田《た》に残《のこ》る牙《は》の跡鼻《あとはな》の跡《あと》　[一四一・27]

鳥獣《ちょうじゅう》も孝《こう》の徳《とく》にはよく懐《なつ》き　[一四三・1]

堯帝は舜が聡明であることを耳にして、民間から取り立てて重く用い、自分の娘と結婚させた。やがて舜は宰相となり、堯に代わって天下の政治を行った。

鍬《くわ》の手《て》も四百余州《しひゃくよしゅう》と握《にぎ》り替《か》え　[一三八・27]

舜はかつて田畑を耕す鍬を持った同じ手で、国家の政治の手綱を握ることになった。

舜《しゅん》即位《そくい》手《て》に豆足《まめあし》に草鞋《わらじ》喰《く》い　[一四三・10]

舜は即位したとき、まだ手には力仕事でできた肉刺（まめ）が、足には草鞋の足ずれが残ったままであったろう。

天下はよく治まり、人々は皆、舜の功徳を有り難くいただくようになった。

舜《しゅん》の代《よ》は貸《か》すも返《かえ》すも皆地蔵《みなじぞう》　［一二三別・4］

舜の治世には、金銭などを貸す人も返す人も慈悲深い地蔵様のように、みな寛容であったろう。

舜《しゅん》の代《よ》の初評定《はつひょうじょう》は先《ま》ず孝子《こうし》　［一四五・32］

自分が親に孝行を尽くした舜の治世の最初の評定は、親孝行を顕彰することであったろう。

ままっこが出《で》て唐土《もろこし》をよく治《おさ》め　［四八・1］

「ままっこ」は、継子、ままこ。ここでは舜のこと。

聖代《せいだい》で蜘蛛《くも》が巣《す》を喰《く》う訴訟箱《そしょうばこ》　［一〇四・2］

訴訟箱はあっても、それを利用する者がなかったろう。

舜は朝廷の前に太鼓を置き、その施政について諫言しようとする民に打ち鳴らさせようとした。

ままっ子の代《よ》には太鼓《たいこ》に苔《こけ》が生《は》え　［拾五・2］

太鼓は長い間用いられることがなかったので、その皮には苔が生えてしまったろう。

堯　舜《ぎょうしゅん》の代《よ》に業《ぎょう》のないものは錠《じょう》　［八七・21］

堯　舜《ぎょうしゅん》の代《よ》には錠前直《じょうまえなお》し来《こ》ず　［拾五・1］

堯　舜《ぎょうしゅん》の牢《ろう》に蜘蛛《くも》の巣閑古鳥《すかんこどり》　［九一・16］

悪事を働く者がないから、牢はあっても使用することがなく、入り口には蜘蛛の巣が張り、内では閑古鳥が鳴いていたことであろう。

堯が舜へ位を譲ったのと同じように、舜もまたその位をわが子に世襲させず、それにふさわしい人物を選んだ。系譜ではなく、人物本位で後継者を選任して、その地位を禅譲した。政権は、私物化されるべきものではない、という思想に基づくもので、堯・舜がともに理想的な帝王とされる理由の一つでもある。

聖《せい》は実《じつ》に無欲《むよく》舜《しゅん》また禹《う》へ譲《ゆず》り　［一四七・27］

舜はその子商均《しょうきん》を不肖であるとして、位を禹に譲った。

井戸《いど》掘《ほ》りもしたと禹王《うおう》へ御話《おんはな》し　［一〇八・36］

許由（きょゆう）

堯の世の隠士。字は武仲《ぶちゅう》。帝堯は、子の丹朱《たんしゅ》が不肖の子であったため、位を許由に譲ろうとしたが、許由は頑として受けなかった。堯が再び召し出して登用しようとしてもそれも拒み、俗事の汚れたことを聞いただけで耳が汚れたとして、潁川《えいせん》で耳を洗った（「耳を洗う」の故事）。

聞《き》き流《なが》す耳《みみ》には洗《あら》う垢《あか》もなし　［八二・27］

帝堯が話した世俗の話を聴き入れず、そのまま聞き流した許由の耳には、洗い流さなければならないほどの世俗の垢は付いていなかったろう。

出世や幸運をつかむことのできる者は、清濁併せのむ度量の大きさがあり、耳たぶが豊満である。逆に、耳たぶの貧弱な者は、度量が小さく、立身出世することが難しいという俗説がある。

聖代《せいだい》に洗《あら》いし耳《みみ》は薄《うす》いたぼ　［別下・20］

聖天子の統治する時代に、俗事で穢《けが》れたとして川の水で洗い清めた許由の耳たぶは、残念ながら薄かったようだ。

箕山《きざん》に住む巣父《そうほ》が、牛に水を飲ませようとしてやって来た。許由が川の水で耳を洗うのを見て、その理由を尋ねた。許由は「帝堯が我を召して、九州の長にしようとするのを聞き、俗事に耳が穢《けが》れたので洗うのです」と答えた。巣父も許由の行動をもっともなことであるとして「そのような穢れた耳を洗った水を、牛に飲ませることはできない」といって、牛を引いて立ち去った。

世《よ》をうしと悟《さと》って耳《みみ》を洗《あら》ってる　［二六・31］

「うし」は、「牛」と「憂し」とを掛けている。

牛《うし》の水《みず》引《ひ》っ返《かえ》すのは耳《みみ》の水《みず》　［五八・17］

許由《きょゆう》も許由巣父《きょゆうそうほ》も巣父《そうほ》牛《うし》も牛《うし》　［一二六・72］

それぞれに言い分はあるが、いずれも自己中心主義が極端にすぎる。これではとても社会には同調できないだろうな。

箕山に隠棲した許由は、水をくむ器さえ持っていず、手で水を掬《すく》って飲んでいた。ある人が見かねて、水を入れる瓢《ひさご》を一つ贈った。それからは谷川の水をくんで来て、いつでも飲むことができるようになった。瓢は近くの木の枝に懸けておいた。すると風が吹いて、からからという風音を立てた。許由はその音が煩わしいと言って、瓢を川の中へ捨ててしまった（「許由瓢を掛く」の故事）。

何是《なにこれ》も糸瓜《へちま》なものと許由《きょゆう》捨《す》て　［六三・10］

「糸瓜」は、瓢と同じように、大きく成長しながら食用にはならない。転じて実用価値のないものを「糸瓜なもの」という。

十一月の十三日の空也《くうや》忌から大晦日までの四十八日間、鉢や瓢を竹の枝で叩きながら念仏を唱えて巡り歩く僧や空也念仏の集団にとっては、瓢は大切な器具である。

かしましと捨《す》てたもあるに鉢叩《はちたた》き　［一一三・1］

許由は音がうるさいと言って棄ててしまった瓢なのに、念仏を唱えながらそれを叩いて勤行をする人もある。人の生きかたはまさに様々だ。

許由の耳に関連する句としては、こんなものもある。

また雨《あめ》か猫《ねこ》が許由《きょゆう》の真似《まね》をする　［九一・11］

猫が耳を掃除するのは、雨の前兆とする俗説がある。

嫁《よめ》の風呂耳《ふろみみ》を洗《あら》うも許由《きょゆう》ほど　［一一三・61］

許由が何度も何度も、川の水を掬って耳をよく洗った理由は、理解できるが、家の嫁があれほど丁寧に耳を洗うのは何のためだ、と気を持たせたところがミソ。

木海月《きくらげ》を洗《あら》い許由《きょゆう》の物語《ものがたり》　〔一三二・23〕

銭湯で耳を洗った後、好い話を断った体験談を得意そうに披露しているのであろう。形が似ていることから耳のことを俗に「きくらげ」といい、「木耳」「木海月」と書く。

耳洗《みみあら》う程《ほど》な日本《にほん》に馬鹿《ばか》はなし　〔一〇三・8〕

権力者の地位の誘いを辞退して、俗事に耳が穢れたとして耳を洗うような愚か者は、日本には存在しない。日本の指導者層の権力指向を揶揄したもの。

禹（う）

夏王朝の創始者とされる。堯・舜の二帝に仕え、洪水を治めて功績があったので、舜から位を譲られて天子となった。姓は似《じ》、名は文命《ぶんめい》。夏禹《かう》・大禹《たいう》とも称される。堯帝の世に大洪水があり、鯀《こん》に治水を命じたが成功せず、鯀は流刑に処された。その後、帝舜は鯀の子禹を登用して治水の業を継がせた。禹は父が功績を挙げられずに処刑されたことを傷み、身を労し思いを焦がして、治水の仕事に専念し、家を外にすること十三年、遂に治水に成功した。

古今大《ここんおお》きなどぶざらい禹王《うおう》する　［五二・15］

禹の治水工事を「どぶざらい」としたところがミソ。

禹《う》に水《みず》を治《おさ》めさせたで抜《ぬ》け目《め》なし　［三八・37］

川《かわ》に禹《う》が有《あ》って洪水《こうずい》させぬなり　［五六・2］

「禹」と「鵜」とを掛けている。

枡《ます》で取《と》るまでは禹王《うおう》も気《き》がつかず　［九七・13］

洪水で水が溢れたら、枡で汲み出してしまえばいいのに、禹王はそれに気がつかない。「枡」は、国字であるから、禹王は知らなかったろうと言うのである。

その後、禹は舜の禅譲を受けて位につき、夏王朝の創始者となった。ある日、帝女が儀狄《ぎてき》に命じて酒を造らせた。それがあまりにも美味しかったので、王に献上した。王はそれを飲んで「これはまことに美味である」と言った。その後、王はしだいに儀狄を遠ざけるようになり、ついには美酒を断った。そして「後世きっと酒のためにその国を滅ぼす者があろう」といって、酒造を禁止したと言われる。

禹《う》は酒《さけ》をはからずも只一度飲《ただいちどの》み　［一二二・7］

酒造を禁止した禹王でも、思いがけずに酒を口にして「美味しい」と言ったことがあったのだ。酒も飲まずにそれを忌み嫌い禁止するただの堅物とは違う。

桀王（けつおう）

夏王朝の最後の王。名は履癸《りき》。有施氏《ゆうし》の献上した美女の妹喜《まっき》を寵愛し、万事その言に従い、立派な宮殿や楼台を造り、人民の財産を取り尽くした。その上遊楽の宴を繰り返し、時には虎を市に放して人々が驚くのを見物して喜んだ。暴政を改めようとしなかったので、賢臣の関竜逢《かんりゅうほう》が王を強く諫《いさ》めたところ処刑されてしまった。

桀王《けつおう》は諫《いさ》めるに引《ひ》く事《こと》がなし　［一三・10］

また桀王は、曲がった鎖でも自由に引き延ばすことが出来るほどの力持ちであったから、暴虐の限りを尽くしても、だれもそれを止めることが出来なかった。そこで後世、好ましくないことがらは、桀王になすりつけられることになった。

桀王《けつおう》にはじまりそうな衆道《しゅどう》なり　［二一・6］

その呼び名から連想して「桀王」の「けつ」と「尻」とを掛けた軽い文字遊びの句。

桀王《けつおう》は女嫌《おんなぎら》いとあて仕舞《しま》い　［籠三・29］

妹喜を異常なまでに寵愛したことを棚に上げて、わしは女嫌いだ、などと言ったろう。「あて仕舞い」は、いいかげんなこと。

堯・舜の時代には、天下がよく治まっていたので、人民は戸締まりの必要もなかった。ところが桀王は遊蕩にふけり、国政を顧みることがなかったので、国が乱れ、盗賊などが横行するようになった。

閂《かんぬき》は桀王《けつおう》の代《よ》に始《はじ》めたり　〔二〇・20〕

桀王の時代になると人民は、それぞれ盗賊などの侵入を防ぐために入り口には「閂（門戸を差し固めるための横木）」が必要になったろう。

よい政治が行われている社会においては、人民の心が温和となり、人々は互いに寛容になって争うようなことは起こらなかった。ところが桀王の時代には、全くその反対のことが起こった。

せりというものが出来《でき》たと桀《けつ》の民《たみ》　〔二五・18〕

人々の生活の中に競り合いとか、口論ということは、桀王の代から始まったろう。

天子と呼ばれる為政者が正しい政治を行っていれば、天は「五風十雨《ごふうじゅうう》（五日ごとに一度風を吹かせ、十日ごとに一度雨を降らせる）」の恵みを与えるので、人々の日常生活は落ち着いて安定していた。

俄雨《にわかあめ》桀王《けつおう》の世《よ》に降《ふ》りはじめ　〔三一・23〕

天候不順の俄雨は、桀王の治世に始まったのだろう。天候不順は天が為政者に反省を求めるために起こるものとされた。

桀王の暴政によって民心はすっかり王室から離れていた。殷《いん》の成湯《せいとう》は諸侯を率いて桀王を攻め、桀王を追放した。創始者の禹王から数えて十七代、四百三十二年続いた夏王朝も桀王の代で滅亡した。

夏《か》の桀王《けつおう》殷《いん》の湯王《とうおう》取《と》りのめし　〔四〇・20〕

夏《か》の世《よ》の滅亡《めつぼう》桀王《けつおう》が大尾《たいび》なり　〔一〇九・34〕

「桀」は、「桀王」の「けつ」と「尻」の「けつ」とを掛けている。「大尾」は、終わり、結末の意。「尻」と「大尾」は、縁語。

夏《か》の国《くに》もけつへ廻《まわ》ると仕廻《しまい》なり　〔五三・20〕

これも軽い言葉遊びの句。顔から始まる役者の化粧も、尻まで行くと身支度が終わりになることを活かす。「けつ」は「尻」と「桀」とを掛ける。

第二章 殷・西周時代

伯夷・叔斉（葛飾北斎筆）

湯王（とうおう）

殷《いん》（商）王朝の創始者。名は履《り》、またの名は成湯《せいとう》。殷の始祖契《せつ》から数えて十四世。夏の桀《けつ》王を追放した後、諸侯に推されて位に就き、国号を殷と定めた。賢臣を用いて、制度・典礼を整え、善政を施して異民族をも心服させ、その徳は禽獣にも及んだという。

夏《か》のけつをさっぱり洗《あら》う殷《いん》の湯《とう》　〔三九・10〕

夏の桀王の腐敗政治を殷の湯王が一新した。「夏の桀王」と「尻」、「殷の湯」と「湯王」とは、それぞれ掛けている。

丁寧《ていねい》に湯王《とうおう》手水《ちょうず》つかう人《ひと》　〔筥二・24〕

湯王はその名前からして、手水湯の上手な使い手であったろう。「手水」は、ここでは夏の桀王の政治を洗い流して清めること。

湯王は沐浴に使う青銅製の盥《たらい》にまで、その為政者としての心構え「苟《まこと》に日に新たに、日々に新たにして、また日に新たなり（一日一日自分自身を新たにし、日々に向上進歩して、やまないようにしたい）」を書きつけていた。

湯王《とうおう》の盥《たらい》むだ書《が》き世《よ》に残《のこ》り 〔五一・31〕

盥《たらい》からたらいの間《かん》が五十年《ごじゅうねん》 〔六二・29〕

湯王でも盥で産湯を使ってから、盥の銘に至るまでには、五十年にも及ぶ長い修養の期間が必要であった。

湯王《とうおう》のたらい珍紛漢《ちんぷんかん》を書《か》き 〔筥四・25〕

湯王の盥には自誓の言葉が漢文で書かれているようだが、それでは、どんな立派な自誓の言葉でも、わしらには全くわからないよ。「珍紛漢」は、訳の分からない言葉の意。ここでは、冷やかしの気持ちを表したもの。

紂王

（ちゅうおう）

殷（商）王朝の最後の王、帝辛《しん》。天性能弁ですばしこく、その上猛獣を手打ちにするほどの腕力の持ち主であった。自分の才能知力を誇り高ぶり、人を見下し諫めを聞き入れなかった。有蘇《ゆうそ》氏から献上された美女妲己《だっき》を寵愛し、その言に従い、歓楽の限りを尽くした酒池肉林の生活に溺れ（「酒池肉林」の故事）、人民に対しては残虐極まりない暴政を行った。

誰《た》そが首《くび》を切《き》りなよと妲己《だっき》いう　〔一二・42〕

王の寵愛する女性に「切りなよ」という、毒婦めいたせりふを言わせたところが利いている。

死人《しにびと》の山《やま》でもねだれと殷《いん》の紂《ちゅう》　〔一九・6〕

どうせねだるのなら金品などではなく、死人の山でもねだれと、王は忠告したであろうという。「この王にして、この女あり」というところか。

暴政を怨む民やそむく諸侯が現れると、紂王は重い刑罰をさらに重くし、炮烙《ほうらく》の刑（盛んに起こした炭火の上に、膏をぬった銅の棒を渡し、その上を罪人に歩かせる。多くは滑って火の中に落ちて焚死する）を設け、紂王と妲己はそれを見て楽しんだ（「炮烙の刑」の故事）。

壱歩《いっぽ》にてほう火台《かだい》ほど笑《わら》うなり　〔拾四・30〕

罪人は一歩踏み出しただけで、炭火の上に落下してしまうので、それを見て二人は大きな声を出して笑いこけた。「ほう火台ほど」が利いている。

妲己《だっき》が笑《わら》い民間《みんかん》を皆泣《みなな》かせ　〔一三二・29〕

紂王は二人の叔父（比干《ひかん》・箕子《きし》）や異母兄（微子啓《びしけい》）の諫言を無視して道楽を尽くした結果、とうとう自分の代で夏王朝を滅亡させてしまった。

紂王《ちゅうおう》のどら人《ひと》だねがつきるなり　〔一四・34〕

「どら」は、道楽。ここでは淫楽、残虐を楽しむ道楽。「人だね」は、人のタネ。後継者。道楽が過ぎると「人だねがつきる」は、意味の深いことばである。

日本では、妲己は妖狐で、天竺から唐土、唐土から日本へと渡って来た金毛九尾、白面の狐（金毛白面で、尾は九つに分かれている。変幻自在で人を化かす古狐）の化身であるとされた。いわば国際的なスキャンダルの大スターである。

狐《きつね》の嫁入《よめい》り紂王《ちゅうおう》のところへ来《く》る　［一八・19］

金毛織《きんもうせん》鳩尾《きゅうび》あたりへ妲己《だっき》しめ　［四九・22］

妲己は金毛で織った美しい帯を、ちょうど急所であるみぞおちのあたりに、きっちりと締めている。身の危険を察して、常に警戒心を怠らない古狐の知恵を利かせている。「鳩尾」は、「みぞおち」のこと。「金毛織鳩尾」は、「金毛九尾の狐」を暗示している。

化粧《けしょう》とは妲己《だっき》この方《かた》いい始《はじ》め　［四五・6］

「化粧」という言葉は、狐の「化身（化ける）」である妲己が言い始めた言葉であろう。

殷紂《いんちゅう》のいん傾国《けいこく》の毛《け》ものなり　［九一・2］

殷の紂王が国を滅亡させたのは、美女に化けた狐の仕業であろう。

こびりついてて紂王殺《ちゅうおうころ》される　［一三・38］

狐の化身である妲己という女性に執着しすぎたために、紂王は身を滅ぼすことになった。

荔枝《れいし》より妲己《だっき》は瓜《うり》がきつい好《す》き　［一四・10］

唐の楊貴妃《ようきひ》は荔枝《れいし》を好んだが、狐の化身である妲己は、「瓜」がたいへんな好物であったろう。一つの文字遊びの句。

日本では、殷王朝が亡びると妲己は唐土を離れて、日本へ渡り、玉藻御前《たまもごぜん》に化身して鳥羽院に仕え寵を受けたという伝説がある。

紂王《ちゅうおう》も置《お》き去《ざ》りにして鳥羽《とば》へ嫁《か》し　［六八・19］

吉広《よしひろ》の太刀《たち》がこわいと妲己《だっき》いい　［三一・24］

妲己は狐の化身であるから、常々、わたしは何よりも木刀がこわいと呟いていたろう。「吉広の太刀」は大山石尊（神奈川県・大山寺）参りの時に奉納する木製の納め太刀に「大山石尊大権現諸願成就」と書き、吉広の銘を入れたことからいう。

その後、妲己はその素性を見破られ、那須の篠原で射殺され、その霊は殺生石になったという。

中国の長い歴史のなかで夏の桀王と殷の紂王は、ともに最も暴虐な君主の代名詞的な存在とされた。

桀紂《けっちゅう》の世《よ》は田《た》の畦《あぜ》でつかみ合《あ》い　［四九・25］

為政者の仁徳が社会に行きわたっていれば、人民は互いに睦み合い、寛容になって争いごとは起こらないとされていた。

桀紂《けっちゅう》の世《よ》には車《くるま》を横《よこ》に押《お》し　［四九・12］

人の上に立つ為政者が諫言も聞き入れず、横暴な行為を繰り返せば、人民もそれに倣って横車を押す（道理に合わないことを無理にする）ことは、ごく当然のことであろう。

文王・呂尚（ぶんのう・りょしょう）

文王は姓は姫《き》、名は昌《しょう》といい、周の武王の父である。文王は死後の贈り名。周王朝の基を築いた人物で後世、堯・舜・周公・孔子などとともに、聖人として崇められた。幼を慈しみ老を敬い、賢者を厚く遇する仁政を施したので、人々の悦服を得て西伯《せいはく》（西方諸侯の長）と称された。西伯の勢いが盛大になったので、形勢不利と見た殷の紂王は、西伯を捕らえて羑里《ゆうり》（今の河南省湯陰の北）に幽閉した。西伯の臣たちは心配して、紂王の寵臣費仲《ひちゅう》を通じて、美女・駿馬・宝玉を献上した。その結果、三年後に西伯は赦免された。

北《ほく》てきのためにゆう里《り》にとらわれる　〔一三・6〕
聖人《せいじん》も三《み》とせゆう里《り》に身《み》を沈《しず》め　〔四四・25〕

「ゆう里」は、羑里と「遊里吉原」とを掛けて、茶化したもの。

西伯はある日、狩りに出かけようとして、獲物を占った。すると「獲物は竜でもみずち（雨竜）でも虎でも羆《ひぐま》でもなく、覇王の補佐たるべきものである」と出た。不思議に思いながら狩りに出た西伯は、渭水《いすい》の北岸で釣り糸をたれている老人、呂尚と運命的な出会いをした。

喰《く》いますかなどと文王《ぶんのう》そばへ寄《よ》り [拾五・6]

何《なに》が喰《く》いますと駟馬《しば》から下《お》りて聞《き》き [四六・10]

何《なに》が喰《く》いますと文王《ぶんのう》釣《つ》り込《こ》む気 [九別上・15]

文王と太公望呂尚との歴史的な出会いも、最初はごく普通の見知らぬ者同士と同じで「何が釣れますか」と言った程度の呼びかけであったろうという。賢人と崇められる文王の動作を、何処にでも見られる釣り好き同士の出会いのように、軽く描いたところに面白さがある。

呂尚は姓は姜《きょう》、名は尚《しょう》、号は太公望という。賢者を探し求めていた文王に、渭水の辺で釣りをしている時に出会ったが、呂尚は他の釣り人たちとは異なったところがあったようである。

針《はり》も心《こころ》も真直《まっす》ぐな釣《つ》り人《びと》なり [二九・7]

性格が正直な呂尚は、釣り針にも真っ直ぐな針を用いていたろう。

そんな針で魚が釣れるはずはないから、仲間たちからはしばしばからかわれたろう。

直《す》ぐ針《はり》はいかがひくにはさて困《こま》り [六三・24]

あなたの直ぐ針で釣りをする場合には「どんな引き方をしたときに獲物がかかるのか」などと声を掛けられても、その返答には窮したことであろう。

呂尚が直ぐ針で釣り上げようとしていたものは、たんなる魚類ではなく、もっと大きな獲物であったから、釣りの方法にも工夫が必要であったろう。

直《す》ぐ針《はり》の釣《つ》り汐《しお》よりも時《とき》を待《ま》つ　［一二二別・13］

国《くに》を釣《つ》る針《はり》には知恵《ちえ》の餌《えさ》をさし　［一五四・5］

魚よりも大きな獲物（国）を釣り上げようとしていた呂尚の直ぐ針には、魚を釣るための餌ではなく、「知恵の餌」が付けられ、目指す獲物が近づくのをじっと待っていたのだろう。

王《おう》の召《め》す迄《まで》はかからぬ体《てい》で釣《つ》り　［五三・16］

然《しか》れども太公蟹《たいこうかに》は四五度《しごど》釣《つ》り　［一六二・4］

鋏で餌を捕らえる蟹は直ぐ針でも釣れたが、実はもっと大きな獲物を待っていたのだろう。

君子《くんし》ほどあって太公沖《たいこうおき》へ出《で》ず　［八一・25］

諺の「君子危うきに近寄らず」を活かす。

文王は呂尚と共に語り、大いに悦んで「わが先君太公（父）はかねてから、『聖人がこの周に来る。周はその人を得て興隆するであろう』と言われていたが、あなたこそまさにその人である。わが太公はあなたを久しく待ち望んでいたのです」といって、呂尚を自分の馬車に同乗させて帰った。

空《から》びくと竿《さお》を車《くるま》につけて行《ゆ》き　［一七・15］

釣りでは何の漁獲もないので、文王と呂尚は空のびくと釣り竿を馬車に縛り付けて帰っていった。「びく」は、魚籠。獲った魚を入れる器。

岡釣《おかづ》りに駟馬《しば》の車《くるま》はあたりもの　［六〇・21］

文王が四頭立ての馬車で出かけたことは、相手を信用させるのには都合がよかったのだろう。

四輪車《しりんしゃ》の後《あと》にからびく直《す》ぐな針《はり》　［一一丙・11］

呂尚を得ることができた文王は大いに悦んだが、大きな獲物を釣りあげた呂尚もまた満足であった。

釣《つ》った鯛《たい》直《す》ぐな針故魚《はりゆえうお》が落《お》ち　［二〇・16］

気《き》の長《なが》さとうとう鯛《たい》を片身《かたみ》つり　［四三・18］

「鯛」の字の「つくり」の部分だけ、つまり「周」であったという文字遊びの作品。

直《す》ぐ針《はり》で釣《つ》ったは駟馬《しば》の車《くるま》えび　［一二五・12］

呂尚が釣り上げたのは「鯛の片身」と「駟馬の車えび」で、「海老」と「鯛」を同時に得たことになる。「海老で鯛を釣る」を活かす。

文王は呂尚を連れて都に帰り、ただちに軍事を主管する太師に任命して、政治に参画させた。

釣《つ》り竿《ざお》をしまって周《しゅう》の代《よ》を始《はじ》め　［九・34］

真《ま》っ直《す》ぐな針《はり》にて国《くに》を仕立《した》て上《あ》げ　［四八・4］

政治家としても真っ直ぐな針（誠実さ）で、周という織物を仕立て上げることになった。「針で仕立てる」を利かせる。

周《しゅう》の代《よ》を継《つ》ぐのも糸《いと》と針《はり》でする　［六七・19］

呂尚は周の政治を補佐する際にも、釣りの生活の時と同じように、直ぐ針の縫い針と糸とを巧く使って、政治のほころびを繕う（縫い合わせる）仕事をしたのだろう。

呂尚が読書と釣りに没頭しているころ、妻（馬氏）は、その生活の貧しさに苦しめられた。呂尚が朝から晩まで釣りをして、何の獲物もなく帰ってきたときなどは「あなた、そんな直ぐ針で、魚が釣れるはずはありませんよ」と、愚痴を言い、夫婦喧嘩をしたこともあったろう。

　この針《はり》で釣《つ》れるものかと大喧嘩《おおげんか》　〔一三・28〕
　直《す》ぐ針《はり》の釣《つ》り凡眼《ぼんがん》に愚者《ぐしゃ》と見《み》え　〔別下・24〕

呂尚は三年もの間、魚の獲物がなかった。妻や近隣の人々はみな「もう釣りはおやめなさい」と言った。それでも呂尚は「お前らの知ったことではない」と答えて釣りを続けていた。妻の馬氏は生活の貧しさに堪えられず、離婚して呂尚のもとを去った。

　妻《つま》を去《さ》り鯛《たい》を半分《はんぶん》釣《つ》り上《あ》げる　〔一九・22〕
　鯛《たい》の片身《かたみ》を女房《にょうぼ》と取《と》り替《か》える　〔一〇二・22〕
　鯛《たい》を釣《つ》るまで辛抱《しんぼう》の出来《でき》ぬ妻《つま》　〔四七・40〕

呂尚が鯛の片身を釣り上げたことと離婚したこととは、何の因果関係もなかったように思われるが、「両手に花」というのは、川柳作者には許せないというところがあったのであろうか。

　釣《つ》りを見《み》て居《い》ぬのも馬鹿《ばか》な女房《にょうぼ》なり　〔一一〇・13〕
　釣《つ》りを見《み》て居《い》ぬもたわけと馬氏《ばし》が親《おや》　〔一二三・52〕

馬氏の親たちは「嫁いでは夫に従え」とあれほど教えておいたのに、勝手に振る舞ったからこんな結果になってしまった、と愚痴を言ったことだろう。

呂尚が文王に出会って、異例の出世をしたことを人づてに知らされても、馬氏は最初は信用できなかったろう。

馬氏《ばし》初手《しょて》はせせら笑《わら》って受《う》け付《つ》けず ［一六一・3］

文王の死後、呂尚は武王をよく補佐して殷の紂を討った。戦いでは先鋒を務め、紂の軍を総崩れにさせるなど、戦場においては勇将であった。天下が定まった後は、七十余城を領有する斉《せい》に封じられた。

釣《つ》り上《あ》げて見《み》たら七十余城《しちじゅうよじょう》なり ［五〇・10］

呂尚が釣り上げた鯛の片身は、最後には斉の七十余城の領地となった。

呂尚が斉に封ぜられ、任地に赴こうとしていたとき、突然、馬氏が呂尚のもとを訪れて「私は目先のことばかり考えて、気が短かったことを後悔しています」と言って、復縁を求めた。すると呂尚は、盆（水や酒・食物などを入れる器）に水をいっぱいに満たしてから、それをすべて地上にこぼし「この水を元に戻したら、求めに応じよう」と答え、復縁には応じなかった（「覆水盆に返らず」の故事）。

それ見《み》たかとって太公盆《たいこうぼん》を出《だ》し ［二五・27］

かえらぬは元《もと》の水《みず》より舌《した》の先《さき》 ［三八・33］

元に返すことが難しいのは、盆の中の水よりも、細事にこだわった妻の小言のほうである。

釣《つ》りの小言《こごと》で丸《まる》負《ま》けの盆《ぼん》の水《みず》 ［三九・34］

以前に口うるさく釣りを非難した小言のために、女房は復縁の交渉話では、完全に負けてしまったのだろう。

後悔《こうかい》は駟《し》馬《ば》の車《くるま》の跡《あと》にたち ［五六・11］

諺の「後悔は先に立たず」を活かす。

四輪車《しりんしゃ》の前《まえ》で女房《にょうぼ》は愚痴《ぐち》を言《い》う 〔一三〇・23〕

女性は一般に富貴に弱いので、前夫が出世すると未練が生じるのであろう。

四輪車《しりんしゃ》の前《まえ》で女房《にょうぼ》へ果《は》たし盆《ぼん》 〔一〇八・37〕

「果たし盆」が利いている。晴れ姿と言うよりは、片意地張った姿に映るようだが。

伯夷・叔斉

（はくい・しゅくせい）

伯夷と叔斉の兄弟は、ともに殷代の諸侯、孤竹君《こちくくん》の子であった。伝説によると、孤竹君は死に臨んで、弟の叔斉を世継ぎにしようと望んだ。父が死ぬと叔斉は世継ぎを兄の伯夷に譲ろうとした。伯夷は父の命を守って受けず、叔斉も後を継がなかった。二人はともに周に身を投じた。

その後、周の武王が殷の紂王を討とうとしたとき、その馬首を執って「臣下は君を伐つべきではなく、下の者は上の者に叛くべきではない」と諫め、阻止しようとした。武王の側近は二人を殺そうとしたが、呂尚が「二人は義人である」といって、助けて立ち去らせた。

天下が周の世となると、兄弟はこれを恥辱とし、義を守って周の扶持米を受けず、首陽山《しゅようざん》に隠れ住んで蕨《わらび》を食べて生活していた。

聖人《せいじん》の代《よ》にも二人《ふたり》ひだるがり　〔一一・41〕

聖人（周の武王）の治めた時代にも、二人だけ食べ物不足で空腹を訴えていた者がいた。

聖人《せいじん》の代《よ》に木食《もくじき》が二人《ふたり》あり　〔一三・21〕

「木食」は、米穀を断ち、木の実を食べて修行すること。

蕨《わらび》を食《く》いながらいっぱいをいい　〔一五・34〕

飢《う》えながら腹一《はらいっ》ぱいを伯夷《はくい》いい　〔一二三別・18〕

食べ物がなくて野生の蕨を食べながら、餓死するまでの間に、兄弟は周の武王の悪口を思う存分いったことであろう。「餓えながら」に「腹一ぱい」という表現に、ユーモアがある。

主君を倒して成立した周王朝の存在を認めたくない二人は、周の扶持米はどんなことがあっても食べられない、という境地になって、何としても首陽山の山菜を食糧として確保することが必要になったのだろう。

首陽山冬《しゅようざんふゆ》の分《ぶん》まで摘《つ》みためる　〔三七・13〕

兄弟《きょうだい》で書《かき》のしを食《く》らう意地《いじ》っ張《ぱ》り　〔三三・23〕

「書のし」は、進物にそえる熨斗《のし》を筆で書いたもの。その形が似ていることから、蕨のことをいう。しばらくの間、蕨を食べて生き延びていた兄弟も、ある人が「これも周の国の蕨だ」と言ったところ、二人は絶食して餓死してしまった。

両賢《りょうけん》は首陽《しゅよう》もようもなくがっ死《し》　［一一九・5］

伯夷叔斉の二人の兄弟は、餓死する以外にはどうにも仕様がなくなってそうなったのだろう。「首陽」と「仕様」とを掛けている。

周の為政者の行動に抗議して首陽山に隠れ住み、他人に知られることもなく餓死した兄弟は、山菜取りに入った人にでも発見されたのだろう。

やせこけた死骸《しがい》があると蕨取《わらびと》り　［一一・27］
片意地《かたいじ》な人《ひと》であったと蕨取《わらびと》り　［七五・36］
首陽山《しゅようざん》死骸《しがい》二枚《にまい》とうったえる　［一二六・57］

義人の誉れ高い伯夷・叔斉も、一般の庶民にとっては、ただの「やせこけた死骸」であり「片意地な人」であり、「死骸二枚」でしかなかったのであろう。

伯夷・叔斉の兄弟の悲しい最期の場所となった首陽山は、兄弟の義人としての誉れが高まるとともに、後世の人たちからは仰ぎ見られるようになった。

首陽山《しゅようざん》二人《ふたり》ひからび名《な》を残《のこ》し　［四三・2］
首陽山《しゅようざん》干《ひ》たる君子《くんし》の名《な》を残《のこ》し　［五五・25］

「干たる君子」は、『詩経』衛風の「斐《ひ》たる君子（うるわしい君子）あり」を活かしている。

身《み》は餓《う》えて心《こころ》は富《と》める首陽山《しゅようざん》　［一四三・12］
ひょろひょろと出《で》るは首陽《しゅよう》の山蕨《やまわらび》　［一四五・23］

兄弟の死後は、首陽山に出る蕨までが、ひょろひょろに痩せこけたものになったろう。

腹《はら》をへらして読《よ》んでいる伯夷伝《はくいでん》　［一一三・61］

空きっ腹に堪えながら、『史記』伯夷伝を読み続けている。江戸庶民には、伯夷・叔斉の兄弟のように自分の信念を貫くような生き方を真似することは、とうてい出来ないから、せめてその気持ちだけでもあやかりたいと。

周公旦

（しゅうこうたん）

西周初期の政治家で姓は姫《き》、名は旦《たん》。周の武王の弟。叔旦《しゅくたん》と称され、周公《しゅうこう》ともされる。政務に熱心で来客があると、洗髪中であれば途中で髪を握り、食事中であれば口中の食物を吐き出したりまでして、何回でも座を立って、士を待ち受けたという（「握髪吐哺《あくはつとほ》」の故事）。

度々《どど》あらためる周公《しゅうこう》の御膳番《ごぜんばん》　［八四・25］

周公の御膳係は、周公の客があるとそのたびに食事が中座されるので、何度も何度も配膳し直さなければならなくて、大変であったろう。

江戸時代には、万金丹《ばんきんたん》（気付け・解毒等に効く）、反魂丹《はんごんたん》（食傷・腹痛等の特効薬）などの丸薬が広く用いられていた。「シュウコウタン」と聞いただけでは、知識のある人でなければ、人名だとは分からない。

周公旦唐《しゅうこうたんとう》の練薬《ねりやく》だと思《おも》い　〔二二一・1〕

周公旦《しゅうこうたん》は何《なん》の薬《くすり》だとたわけ　〔一三七・26〕

丸薬の呼び名に「タン」が付いているのを活かしたもので、薬の一種であると思ったとしても、ごく自然であろう。

幽王・褒姒（ゆうおう・ほうじ）

幽王（?～前七七一）は、周の第十二世（最後）の王。当時、周の力は衰え、諸侯は次第に離反しつつあった。幽王は暗愚であり、申侯《しんこう》の娘を妃としていたが、褒《ほう》国から献上された美女褒姒の愛に溺れた。褒姒は笑わない女性であった。幽王は彼女を何とか笑わせようと色々試みたが、駄目だった。幽王にとっては「何とかして彼女を笑わせよう」というのが、最大の政治課題となってしまった。

つんとしたのに幽王《ゆうおう》くらいこみ　〔七・24〕

幽王はつんとしていて一向に笑わない后、褒姒のとりこにされてしまった。「くらいこみ」は、本来は捕らえて牢に入られるという意味であるが、ここではとりこにされること。すべての心を奪われてしまうこと。

幽王《ゆうおう》はこそぐる事《こと》に気《き》がつかず　［一三・27］

女性がいくら澄まして、つんとしていても、男が手を使ってちょっとくすぐってやれば、笑ったりするはずなのに。幽王は男のくせに、好きな女を笑わすことが出来なかったなんて、まったく駄目な男だ。

ある日、幽王が召集の合図である狼煙《のろし》を上げると、諸侯が馳せ参じたが、何事も起こらず、そのまま引き返した。褒姒はその様子がおかしいといって大いに笑った。気をよくした王は、その後しばしば狼煙を上げて諸侯を召集したので、諸侯は次第に召集の合図である狼煙を信用しなくなった。

后《きさき》の外《ほか》は笑《わら》い手《て》が一人《ひとり》なし　［一九・28］

花火見《はなびみ》るたびお妾《めかけ》は笑《わら》うなり　［一三・3］

狼《おおかみ》のくそ火《ひ》にくべて笑《わら》わせる　［拾五・5］

幽王はのろしを繰り返し上げて、褒姒を笑わせていた。「狼のくそ火」は、のろしのこと。のろしに狼の糞を用いると、風が吹いても真っ直ぐ煙が上ると言う俗説に基づく。

笑《わら》うので四百余州《しひゃくよしゅう》の民《たみ》は泣《な》き　［五九・11］

召集の必要がなくともそれをすると褒姒が笑うので、幽王は狼煙を上げることを繰り返した。そのため国中の人々は大いに苦しめられ、泣かされたろう。

皆人《みなひと》を笑《わら》いなくすと臣下《しんか》いい　［一二・29］

狼煙が上がると褒姒は笑うが、臣下は前途に不安なものを感じて、笑いごとでは済まされないことだと、互いにつぶやきあったことだろう。

万卒《ばんそつ》をすてて一妾御寵愛《いっしょうごちょうあい》　［五六・38］

唐の曹松《そうしょう》の詩「己亥の歳」の「一将功なりて万骨枯る」という句を活かす。

幽王は申后と太子宜臼《ぎきゅう》を廃して、褒姒を后とし、褒姒の産んだ伯服《はくふく》を太子とした。そのため大いに怒った申侯は、異民族の犬戎軍《けんじゅう》を率いて都に攻め入った。幽王は大慌てで狼煙をあげて諸侯を召集したが、また王の一人芝居であろうと判断して、馳せ参じる者は一人もなかった。王は驪山《りざん》の麓で殺され西周は滅亡し、褒姒は虜とされた。

花火《はなび》に身代幽王《しんだいゆうおう》いれあげる　［一八・29］

きげんよく幽王身代《ゆうおうしんだい》をつぶし　［二一・10］

笑《わら》いごってはねえと幽王《ゆうおう》あわて　［三四・33］

本当の危急存亡の時がきて、大急ぎで狼煙を上げるとき、幽王は褒姒に「今度は笑い事ではないぞ」と、叫んだろう。幽王に「笑いごつてはねえ」という下町言葉を言わせて、幽王のあわてぶりを身近なものにしていると同時に、今更あわてても後の祭りさ、と突き放しているところがミソ。

紂王《ちゅうおう》は狐幽王犬《きつねゆうおういぬ》が食《く》い　［傍五・11］

殷の紂王は狐の化身に、周の幽王は異民族の犬戎軍に滅ぼされた。

幽王《ゆうおう》のしまいがほんの笑止《しょうし》なり　［一五・23］

幽王は殺され、西周王朝は亡び、褒姒の笑いも終わって、本当の笑止（笑うべきこと。恥ずかしく思うべきこと）になってしまった。

第三章 春秋・戦国時代

予譲（葛飾北斎筆）

楚の荘王（そのそうおう）

春秋時代の楚の荘王（?～前五九一）は、春秋五覇と呼ばれる春秋時代の五人の覇者のうち、三番目で、周の定王に代々の王朝が宝としてきた鼎《かなえ》の重さを尋ねた話で有名である（「鼎の軽重を問う」の故事）。

ある日、群臣に酒を振る舞った。酒宴がたけなわになったとき、突然灯火が消えた。その闇に乗じて、王の侍女の衣服を引いて悪戯をした者があった。侍女はその者の冠の紐を引きちぎり、王に告げて「急いで灯火を照らし、冠の紐を切られた者を調べて下さい」と言った。すると王は「今日わしと一緒に飲んで冠の紐を切らない者は、まだ歓びが十分ではないぞ」と命じた。百余人の臣下は、皆王の言葉に従い、冠の紐を切り、灯火をつけても誰が侍女に手出しをしたのか分からないまま、歓びを尽くして酒宴を終えた。

明君《めいくん》はくらきに纓《えい》を断《た》ち切《き》らせ　［七五・39］

纓《えい》をとらせて明《あか》るみへ出《だ》さぬ恥《はじ》　［九九・89］

纓《えい》を皆切《みなき》れと寛仁大度《かんにんたいど》なり　［一二一乙・1］

皆纓《みなえい》を断《た》って官女《かんじょ》の片明《かたあ》かり　［一二一・34］

その後二年経ち、晋と楚が戦った折、一人の臣下が常に楚軍の先頭にあって、五回の合戦で五回とも敵の首を取り、敵を退け、楚に勝利をもたらした。荘王は不審に思って尋ねると、その臣下は、あの酒宴の夜に纓を切られた者で、そのときの恩に報いるための奮闘であったという。

孔子・論語（こうし・ろんご）

孔子（前五五一～前四七九）は、魯《ろ》国の昌平郷《しょうへいきょう》の陬邑《すうゆう》（現在の山東省曲阜《きょくふ》市）で生まれた。孔子の父の叔梁紇《しゅくりょうこつ》は、偉丈夫で大力と武勇の士として知られていた。孔子の母は、顔氏の三人姉妹の末娘であった。叔梁紇は、顔家の娘に求婚した。姉二人は断ったが、末娘の徴在《ちょうざい》は「父の決めたことに従いましょう」と言って、結婚した。二十歳前であったといわれる。

このとき、叔梁紇は六十歳をすぎ、正妻の施氏との間には九人の女の子、側室との間には男の子がいた。二人の結婚は野合といわれたが、それは夫婦の年齢が離れすぎていたことと無関係ではない。父母は子供が授かるかどうか、心配だった。そこで、巫女《ふじょ》（祈禱師）でもある母は、近くの尼丘《じきゅう》山に祈って、孔子を授かることができた。

孔子は誕生したとき、頭の中央がくぼみ、周囲が高くなっていたので、「丘《きゅう》」と命名し、母が尼丘山に祈ったことも考慮して、字を「尼《じ》」とし、次男なので「仲」をつけて「仲尼《ちゅうじ》」と呼んだ。

聖人《せいじん》のへこむはつむりばかりなり　［九六・9］

聖人といわれる人は、万事に完全であって、へこむ（やりこめられて屈服する）ようなことは全くないというが、あの孔子さまにも、へこむところはあった。しかもそれは肝心な頭にあったのだ。

成人して、魯《ろ》の委吏《いり》（倉庫の出納係）となり、さらに司職の吏（犠牲に用いる動物を飼育する係）となった。ともに下級の村役人であるが、孔子は職務に忠実で、量りかたは公正になり、牧場では牛馬がよく繁殖したという。この頃、長男が生まれた。

水性《すいせい》の字《じ》をくり出《だ》して孔子《こうし》つけ　［二五・21］

孔子は息子の命名には、水生（水中生物）に因んだ文字を次々と用いた。名は鯉《り》、字は伯魚《はくぎょ》。「伯」は、長男の意。孔子の名が「丘」と「尼」という山に関連していたので、息子には川に関するものを用いたのかも知れない。

濃汁《こいしる》にしょうと産婦《さんぷ》に孔子《こうし》きき　［一四一・23］

「濃汁」は、鯉などを丸切りし、濃い味にした味噌汁。鯉こくの類。和風料理を登場させたところがミソ。長男の名からの連想を活かす。出産した新妻に対する孔子のやさしい気持ちを代弁している。

この頃の魯国は、下克上の風潮が甚だしかった。君主にはほとんど実権がなく、桓公《かんこう》の後裔で三桓氏と呼ばれる季孫《きそん》氏、孟孫《もうそん》氏、叔孫《しゅくそん》氏の三氏が公室をしのいでいた。昭公はたまりかねて、前五一七年に三桓氏討伐の兵を挙げたが、却って敗北を喫し、斉《せい》へ亡命した。

孔子は魯に失望し、斉の大夫・高昭子《こうしょうし》を頼って斉国に赴いた。高昭子の推薦で斉の景公と何度か会見する機会を得た。景公は孔子を高く評価し任用しようとしたが、宰相の晏嬰《あんえい》が、猛反対したので、実現しなかった。孔子は斉国での仕官には失敗したが、大国である斉の景公から高い評価を得たことで大きな成果を得た。

いたくない腹《はら》を孔子《こうし》もさぐられる [九九・105]

何のやましいところもないのに、（他国者であるとして）孔子さまでも疑いをかけられた。景公が政治の要諦を尋ねたのに対して、孔子は「礼楽によって、斉の習俗を改善する」ことを勧めただけなのに、「傲慢で口ばかり達者な他国者をにわかに信用すべきではない」と反対された。

やがて魯に戻り、定公に抜擢されて仕官し、累進して司寇《しこう》（警察や裁判を管理する司法の責任者）となった孔子は、三桓氏を抑えて、政権を定公に戻そうと懸命に努力した。しかし努力は実を結ばなかった。

政情に失望した孔子は、魯を去り、衛《えい》に行った。その時、衛の霊公の寵臣弥子瑕《びしか》は「私の妻は子路の妻の姉妹である。私の家に滞在してくれたら、大臣に推薦しよう」と誘ったが、孔子はそれを断り、子路の妻の兄（衛の大夫、顔濁鄒《がんだくすう》）のところに滞在した。このとき居候の生活を体験した。

孔子《こうし》でも三杯目《さんばいめ》にはそっと出し《だ》 [九一・35]

あの孔子さまでも、おかわりの三杯目はそっと出したろう。居候の身はつらいものだね。

数か月すると霊公に「孔子は実力者なのに、門人たちを引き連れて母国を飛び出し、衛国で何かを企んでいるに違いない」と讒言《ざんげん》する者があった。孔子は身の危険を感じ、衛を去って陳へ行こうとして匡《きょう》の町に入った。

門人の顔刻《がんこく》が御者をしていた。鞭を上げて匡の町を指し示し「以前私が陽虎《ようこ》の御者をつとめてこの町へ入ったときは、あの城壁の裂け目からでした」といった。匡の町の人々は、その言葉を聞いて、またもや魯の季氏の家臣陽虎が侵攻してきたのかと誤解して、兵器を持って孔子一行を取り囲んだ。孔子は容貌が陽虎に似ていたので人違いで捕らえられた（「子、匡に畏《い》す」の故事）。五日間拘留され、生命の危険にもさらされた。

こいつだと孔子《こうし》をうしろ手《で》にしばり ［一四・9］
陽虎《ようこ》ではござりませぬと曰《のたま》わく ［拾四・18］

『論語』では、孔子の言葉は「曰わく」として引用されているので、それを活かして、おかしみを出す。

俺《おれ》は孔子《こうし》だと陽虎《ようこ》は二度《にど》かたり ［傍五・28］

孔子が陽虎に間違えられたのではなく、実は陽虎が孔子の名前を騙って「俺は孔子だ」と語ったのだろう。「かたる」は、「語る」と「騙る」とを掛けている。

陽虎《ようこ》と間違《まちが》ったは四十二《しじゅうに》の歳《とし》 ［筥二・8］

孔子がこの事件に出会ったのは、五十五歳の時である。「四十二歳」としたのは、孔子ほどの聖人がこんな目に遭うのは、男の厄年でもなければあり得ないことであろうとしたもの。

前四八六年、孔子が陳の国に滞在しているとき、呉が大挙して陳を攻撃し、楚が陳に援軍を送り、陳の国内は混乱に陥った。その翌年、孔子は楚の昭王の招きに応じて、楚へ行こうとした。これを聞いた陳・蔡《さい》の大夫は、兵を出して、孔子一行を陳・蔡の野で囲んだ。そのため食料が尽き、病に倒れる者もあった（「君子は固《もと》より窮す」の故事）。

三日《みっか》めはああひだるいと曰《のたま》わく　［拾四・18］

食糧が尽きて三日目になると、孔子も「ああ、お腹が空いた。食べ物が欲しい」とおっしゃったろう。さすがの聖人も「ひもじさ」には、勝てなかったろうというのである。

凡人から見れば、聖人なら何事も思い通りになるのだろうと思いがちだが、孔子のような聖人でも、どうすることもできないことがある。それは人の運命だ。孔子は六十九歳の時、五十歳の息子に先立たれた。

聖人《せいじん》の身《み》にもかなわぬあがり鯉《ごい》　［一九・20］

聖人といわれる人でも、息子の寿命を願い通りにすることはできなかった。「あがる」は、魚などが死ぬ意で、ここでは息子の名「鯉」の縁語。このとき、孫の伋《きゅう》、字は子思《しし》（後に有名な学者となる）は、まだ一歳であった。

孔子は『論語』の中で食生活について「飯は上等の米を食べ、さしみは細かく切ってあるのがよい。生煮えや煮えすぎた物は食べない。季節外れの食品は食べない。食べ物に応じた切り方やしかるべきソースがついているものでなければ食べない。肉類は飯の分量に応じて、食べ過ぎないようにする。酒は量なし、乱に及ばず」など、その持論を披瀝している。

喰《く》いものにかけては孔子《こうし》むずかしい　[八・25]

喰《く》い物《もの》の小言《こごと》も孔子《こうし》いって置《お》き　[二六・14]

偉丈夫であった孔子は、食生活についてはかなり神経質なようで、調理をする立場の人たちには、苦労が多かったのではないかと想像される。

酒《さけ》ばかりかってにしろと孔子《こうし》いい　[拾四・23]

酒については、あの孔子さまも好きなだけ飲めといったよ。孔子は、ほろ酔い（微酔）を目処に飲むことを勧めているのであるが、「量なし」だけを強調し、「乱に及ばず」を全く無視して、「勝手にしろ」と飛躍させ、孔子のお墨付きを得たようにしたところがミソ。

『論語』には、孔子が晩年になってから、自分の思想・人格の発達過程を「私は十五歳の時に、学問によって身を立てようという志を立てた。三十歳の時に、その学問の基礎が確立し、四十歳の時には、自分の進む道に迷いが無くなった。五十歳の時には、天から自分に与えられた使命を知った。六十歳になると、何を聞いても素直に聞くことができるようになった。七十歳をすぎてからは、思いのままに振る舞っても、道理を踏み外すことはなかった」と回顧した自叙伝的な章句がある。この章句は、志学《しがく》（十五歳）、而立《じりつ》（三十歳）、不惑《ふわく》（四十歳）、知命《ちめい》（五十歳）、耳順《じじゅん》（六十歳）、従心《じゅうしん》（七十歳）という年齢を表す成語の出処でもある。これらを踏まえた作品もある。

十有五《じゅうゆうご》にして教《おし》えねど心《こころ》ざし　［四九・29］

人間は親が教えなくても年頃になれば、ごく自然に周囲の影響を受けて、色々な遊びや要領を身につける。そして一人前に成長していくのだから、何の心配もいらない。でも孔子とは大違いだ。

孔子は三歳のころに父を亡くし、その後は孔家を出て、母の手によって育てられた。家は貧しく身分も低かったので、おそらく巫祝《ふしゅく》者の中に身をおいて、礼器をならべて、葬式や祭礼の真似ごと遊びなどをして育ったのであろう。長じては、諸処の葬礼などに雇われて、葬祝のことなどを覚えていったものと思われるが、青年時代の孔子の生活については、ほとんど分かっていない。

惑《まど》わずの年《とし》を新造《しんぞう》惑《まど》わせる　［一一二乙・42］

「新造」と呼ばれる女性には、いろいろな女性が当てはまるが、ここでは、町家の嫁入り前の若い女性、または、勤めに出て間もない遊里の若い女性のこと。四十過ぎの男性は、若い女性に弱い。また夫が中年過ぎたら、妻は夫の若い女性関係に気を付けなさいというところか。

振《ふ》り袖《そで》の天命《てんめい》を知《し》る吉田町《よしだちょう》　［九・16］

顔には白粉を厚く塗って皺を隠し、振り袖を着て街角に立っている吉田町の女性の中には、五十歳に達するような女性も混じっていた。それらの女性は、そろそろ退き時と、自分の仕事を天命と悟っされるていたであろうか。「吉田町」は、本所の東の果ての町で、入江町と共に夜鷹（街娼）が多くいたとされる。

六十《ろくじゅう》にして立《た》つ御隠居《ごいんきょ》はたのもしい［三九・32］

六十歳になっても、なおバリバリの現役であるというのは、何とも頼もしいことだ。江戸時代の六十歳であるから、これは高齢社会であれば、まさにお手本のような人であろう。「御隠居」としたところに、多少のやっかみが含まれている。

七十《しちじゅう》にしてなり振《ふ》りに矩《のり》を越《こ》え［拾五・8］

髪型や化粧から服装に至るまで、いくら若作りにしたいといっても、限度というものがある。度を超すと「老人の狂い咲き」なんて陰口をたたかれたりしてしまう。杜甫《とほ》の詩「曲江」に「人生七十古来稀なり」（「古稀」の出処）とあって、生命があるだけでも感謝すべきことなのであるから。

孔子は諸国を周遊し、治国の道を説いたが、他国で用いられることはなかった。六十八歳の時、時世の非を悟って魯に帰り、以後は弟子の教育と文化・典籍（詩・書・礼・楽）を整理する仕事に専念した。その思想は主として、弟子たちとの言行録である『論語』に表されている。孔子はその生きた時代よりも、後世に大きな影響を与えた。

魯《ろ》なる国《くに》で聖《きよ》き書物《しょもつ》出来《でき》［一二〇・21］

「おろか」の意味がある「魯」を活かしたおかしさ。魯国生まれの孔子は、知識や徳行にすぐれた人物の言行を記した『論語』を残し、聖人とされた。魯・聖を活かした言葉遊び。

秦の始皇帝の焚書令《ふんしょ》の時、学者たちは書物を解いて壁の木舞掻きにして隠した。漢の武帝時代になって、孔氏の旧宅の修繕をした際、壁の木舞掻きに利用されていた竹簡が発見された。調査の結果、『論語』の竹簡であることが判明した。これに関連して、次のような句がある。

壁《かべ》に曰《いわ》くのあることが後《のち》に知《し》れ 〔三九・26〕

「曰く」は、「いわく（特別な事情、子細）」の意と「子曰く」の形で書かれている『論語』とを掛けている。

何《なん》だかと左官論語《さかんろんご》をめっけ出《だ》し 〔一〇・6〕
何《なん》だなと壁土《かべつち》はたきはたき読《よ》み 〔一三・6〕
読《よ》めぬ事壁土《ことかべつち》ほじりほじり読《よ》み 〔六七・6〕

よくは読めないが、何か大切なことが書いてありそうだなあ。

ねから読《よ》めませぬと鏝《こて》でほじり出《だ》し 〔二六・17〕

歴史的な大発見も当事者たちは、意外なほど冷静であった？　左官職人たちは、文字は読めなくても、不思議に思って、懸命にほじり出した。

壁《かべ》に耳《みみ》なく四巻世《よつまきよ》に残《のこ》り 〔一一・39〕

四巻は、『古文尚書』『礼記』『論語』『古文孝経』という。

壁《かべ》に耳《みみ》あると論語《ろんご》は今《いま》になし 〔一六・22〕

諺の「壁に耳あり」を活かす。

孔子の門人たち

孔子の門人は三千人、そのうち六芸《りくげい》（礼・楽・射・御・書・数の六種の技芸）に通じる者が七十二人あった。最年長者は孔子より九歳若い子路《しろ》（前五四二〜前四八〇）である。姓は仲《ちゅう》、名は由《ゆう》という。子路は字、季路《きろ》とも呼ばれた。正直者で孔門第一の武勇の士でもあった。後年、衛の蒲《ほ》の家老職であった時に内乱に巻き込まれ、敵に冠の紐を斬られたが「君子は死んでも冠を脱がない」と紐を結び直して死んだという。

十哲《じってつ》のうち一《いっ》てつ者《もの》の子路《しろ》 [八一・18]

「孔門の十哲」と呼ばれる弟子たちのうち、子路は強情者で直情径行の傾向があった。孔子はその人となりを愛して、感化し導き続けたという。「一てつ」は、「一哲」と「一徹」とを掛ける。

若い頃の子路は任侠を好み、雄鶏の羽根で作った冠をかぶり、雄豚の皮を剣の飾りにした勇ましい姿で、孔子を辱しめたこともあった。しかし弟子入りしてからは、その生活態度をすっかり改め、両親のために、百里も離れた遠い所から食糧を背負って来るようなこともした。

鶏《にわとり》を子路《しろ》おんのけてうんとしょい [四五・36]

子路は鶏の冠を脱いで、多くの米を背負ってうんうんと唸りながら運んだ。「鶏」はここでは、雄鶏の羽根で作った冠のこと。「うんと」は、「多く」の意と、「うんうんと唸りながら」とを掛ける。子路は生活に苦労もしたが、世事にも通じていて、米の値段などもよく承知していた。

上白《じょうはく》は九合《くごう》しますと子路《しろ》曰《いわ》く ［二一・ス9］

「上白」は、上等の白米。「合」は値段の単位。

門人の中で最も学問好きとされたのが顔淵《がんえん》（前五二一～前四九〇）である。名は回《かい》で、淵は字である。孔子に「一を聞いて十を知る」と評されたほどの秀才であったが、裏長屋に住み、一椀の飯と一椀の汁、肱を枕とする生活を続けながら学問に励んだという。二十代で既に白髪となり、早世した。孔子第一の弟子とされる。

小便《しょうべん》をしては顔淵書物《がんえんしょもつ》を見《み》 ［拾四・19］

顔淵は、小用をたすとき以外は書物から目を離さなかったとして、早世した秀才を揶揄している。

木枕《きまくら》もなくて顔淵《がんえん》だだをいい ［五一・7］

このおれがどうして木の枕もなく、「肱《ひじ》を曲げて、これを枕とする」生活をしなければならないのか、と。

孔子の不興をかうことが多く、門人の中で叱られ役を果たしていたのが宰予《さいよ》（前五二二～前四八九）である。宰が姓、予は名、字は我《が》という。日中に昼寝をしたために「もうこんな奴に教育してもしょうがない」と、きつく叱責されたことがあった（「朽木糞牆《きゅうぼくふんしょう》」の故事）。孔子に「言語には宰我・子《し》貢《こう》」と評されるほど、弁舌にすぐれていたが、弁舌が立ちすぎたため、孔子は常に手綱をゆるめなかったようである。

宰予《さいよ》に問《と》うて曰《いわ》く寝足《ねた》らずや ［四四・30］

孔子は宰予をきつく叱責したはずなのに、「問うて曰く」という『論語』の慣用句を用いて、孔子のやさしい人柄をだしているところが面白い。

先生《せんせい》がそれと宰予《さいよ》はおこされる ［四八・35］

先生がおいでになった、さあ大変だと、宰予は昼寝から起こされた。あるいは、宰予がなかなか起きないので「先生がおいでになった」と偽って、起こしているか？

宰予《さいよ》が昼寝《ひるね》とくびこんおっぱずし ［八七・27］

宰予が昼寝で叱られたのは、このためだったのだろう。昼寝だけで、孔子からあれほどきつく叱責されるのはおかしい。何か他にそれなりの理由があったはずだ、というのである。「とくびこん」は、男性のふんどしの一種。夏に男性が昼寝をすると、こんなことが起こったかもしれない。

蔵宿《くらやど》は宰予子貢《さいよしこう》にくどかれる ［三五・32］

自分で話のつけられない武士は、仲間の中で弁舌の立つ者を利用して、蔵宿を口説かせた。「蔵宿」は、武士の封禄を担保に金を貸しつけた金融業者。

儒者《じゅしゃ》の下女《げじょ》わっちや宰予《さいよ》とわるく洒落《しゃれ》 ［一四六・17］

儒者の家のお手伝いは「わたしはこの家の宰予なの、昼寝はお手のものなのよ」と洒落を言って、澄ましている。お手伝いの方が一枚うわてのようである。

師の娘を娶ったのが公冶長《こうやちょう》（生没年未詳）である。公冶が姓で、長は名。字は子長《しちょう》、また子芝《しし》という。鳥の言葉を聞き分けることができる特殊な才能の持ち主であったという。またそれが原因で殺人犯の嫌疑を受け、投獄された。しかし孔子は「無実の罪」であるとし、その人柄を信用して、自分の娘を嫁がせた。

其《そ》の名《な》まで鳥《とり》のようなり公冶長《こうやちょう》 ［九八・64］

鳥の言葉を聞き分けることが出来たという公冶長は、「コウヤチョウ」というその名前がすでに鳥の名のように聞こえた。

孔子《こうし》より五丁《ごちょう》も行《い》けば紺屋町《こうやちょう》 ［五三・16］

染め物職人の町である神田の紺屋町が、湯島の聖堂から五丁ほどの距離にあることと『論語』の第五編が「公冶長編」であることとを利かせる。「孔子」は、ここでは、湯島聖堂のこと。「紺屋町」と「公冶長」とを掛けている。

公冶長《こうやちょう》あさっての晩《ばん》に読《よ》みます ［五二・18］

『論語』を「公冶長編」まで読み進むのは、なかなか困難である。紺屋の仕事は天候に支配されるので、染め物の仕上げが遅れがちになる。そこで客の催促に対して、いつも「明後日《あさって》には必ず……」と言い続けて、約束の期限が当てにはならないことが多かった。ここでは、『論語』の学習に身が入らないことを暗示している。諺の「紺屋の明後日」を活かしたもの。

孔子から「彼こそすぐれた孝行者である」と評された閔子騫《びんしけん》（前五三六〜前四八七）は、名は損《そん》、子騫は字。穏やかな性格で、継母と義兄二人に冷遇されたが不平を漏らすことは全くなかったという。

綿入《わたい》れに継母《けいぼ》の心透《こころす》き通《とお》り　［三五・10］

綿入れの着物の違いによって、継母の気持ちを察することができた。閔子騫は、幼少の時に母を失い、継母に育てられた。ふだんは実子と分け隔てなく養育されてきたが、厳冬の季節がくると、継母は実子には綿入れの着物を着せ、子騫には、蘆花を入れた粗末な着物を着させたという。

『論語』の章句に関するもの

寺子屋などで始める『論語』の学習は、素読から始まる。素読は内容の理解は求めないが、読み方は正確を期し、誤りは厳しく訂正された。

孔子《こうし》ののたまくと読《よ》んで叱《しか》られる　［三一・23］

『論語』開巻冒頭の句「子曰」を「子ののたまく」と読んで、師匠から叱られてしまった。「子曰く」をいきなり「のたまく」と読んだのでは、叱られても当然か。「のたまく」は、「宣巻く」と書き、訳の分からないことをくどくどと言う意。また、酔漢を指す。

志を同じくする友人が、遠方から訪ねてきて話し合うのは、楽しいことだ、ということを述べた「朋《とも》有り遠方より来る、亦《また》楽しからずや」（学而《がくじ》編）を用いた句。

藪《やぶ》医《い》者《しゃ》の友《とも》は遠方《えんぽう》より来《きた》る　［一九・24］

医者は本来は信頼され、尊敬される職業である。ところが医者の前に「藪」が付くとそうではなくなる。藪医者の評判が立てば、近隣の人々はその医者にはかからないようになる。ごく自然のかたちで疎遠となる。「藪医者」は、いなかの巫（巫女）と医（くすし）を指し、祈禱によって病を治療する人のこと。それが転じて、広く医術の拙い医師のことを指すようになった。「患者」を「友」としたところが、利いている。

巧妙な言葉遣い、うわべを飾る表情や態度、こういう事柄を持つ人物には、人間らしさはない、という「巧言令色、鮮《すく》ないかな仁」（学而編）を用いた句。

少《すく》ないかな腎女《じんおんな》を見《み》るも毒《どく》　［六一・33］

腎臓の病が進んだようだ、このごろは「女性を目にするだけでも身体に毒だから、止めなさい」なんて、医師に宣告されてしまった。「少ないかな腎」は、腎臓が弱く、精力消耗症であることをいうが、ここでは「鮮いかな仁」の同音異義を活かしたもの。それにしても腎臓の病にだけは、なりたくないものだ。

過失を犯したことに気づいたら、ためらわず、速やかに改めるのがよい、という「過《あやま》ちては則ち改むるに憚《はばか》ることなかれ」(学而編)を用いた句。

過《あやま》ってはばからず来《く》るふてえやつ　［四八・8］

人は十人十色というが、図々しい人間が多くなる社会は互いに住み難くなって、望ましい社会ではない。「はばからず」は、躊躇せず、ためらわずの意。「ふてえ」は、下町言葉で、ずうずうしいの意。

安遊《やすあそ》び父母《ふぼ》は只《ただ》その病《やむ》を憂《うれ》う　［拾五・4］

両親は子供が病気にならないかと、そのことばかり心配している、親には心配かけるなという「父母は唯だ其の疾《やまい》をこれ憂う」(為政《いせい》編)を用いた句。

若い者は、遊びがしたいために、様々な苦労や悩みを抱えながらそれを克服して、やっと一人前に成長する。親はそのことをすべて分かってはいるのである。遊びそのものは、心配などしていない。

先祖の法事をする場合には、先祖がそこにいるように敬虔に行う、という「祭るには在《いま》すが如くす」(八佾《はちいつ》編)を用いた句。

ぬけた夜着《よぎ》いますが如《ごと》くふくらませ　［一一・5］

家族が夜遅く寝静まってから、そっと蒲団を抜け出し、あたかも寝ているかのように蒲団を膨らませてから、遊里へ遊びに出かける。これはスリル満点。しかし、こんな芸当は、誰にでも出来るものではない。それなりの年期とコツが要るようだ。

豊かな人間性を身につけた人物は、孤立することはない、という「徳は孤ならず、必ず隣有り」（里仁《りじん》編）を用いた句。

釣り舟《つぶね》の沖《おき》に孤《こ》ならず隣《となり》でき　［三九・34］

俗に太公望仲間といわれる人々は「釣れますか」とか、「餌は何にしていますか」というように、気楽に話しかけることが多いので、直ぐに仲間意識を持つことになるようだ。

玉川《たまがわ》の水《みず》は孤《こ》ならず隣同士《となりどうし》　［拾四・25］

お隣とよく話してみたら、同じ玉川上水を産湯を使った仲であることが分かった。共同井戸の水ではなく、玉川上水を使ったところに価値がある。

ろう長《た》けた娘《むすめ》かならず隣《となり》あり　［拾四・28］

洗練されて上品な娘には、それにふさわしい友人（恋人？）ができるものだ。

父母が在世のうちは、遠方への旅行はしない、という心懸けを述べた「父母在《いま》せば遠く遊ばず」（里仁編）を用いた句。

父母《ふぼ》います内《うち》は餅《もち》にて食傷《しょくしょう》し　［拾四・10］

正月だというのに遊びにも出られず、雑煮やら汁粉やらと餅も食べ飽きて、餅は見るのもうんざりだという。両親の目が光っているうちは、正月だからといって自由に出かけることを許されない、柔順な息子の姿が浮かんでくる。

病に倒れた弟子を見舞って嘆いた「斯《こ》の人にして斯の疾《やまい》あるや」（雍也《ようや》編）を用いた句。

此《こ》の人《ひと》にして此《こ》の病《やまい》飲《の》むと行《ゆ》く　〔三五・21〕

酒を飲むと気が大きくなって、毎回吉原へ遊びに出かける。酒さえ飲まなければ、本当にいい人なんだけどねえ。

此《こ》の人《ひと》にして此《こ》の病《やまい》又《また》五両《ごりょう》　〔四四・10〕

性懲りもなく、何度同じことを繰り返すのか。もうこうなったら、ほとんど病気だね。五両は、当時、人妻と不倫をした男の払う内済（示談）金。

貧しく簡素な生活でも、楽しみはその中にあることを述べた「疏《そ》食《し》を飯《く》らい水を飲み、肱《ひじ》を曲げてこれを枕とす、楽しみ亦《また》其の中にあり」（述而《じゅつじ》編）を用いた句。

粗《そ》食《し》を食《く》らい水《みず》を飲《の》み金《かね》をため　〔籠三・5〕

飲食代をぎりぎりまでも切りつめて、金を貯める。金の亡者か。こんな人の気が知れない。孔子は粗末な食事、水を飲むような貧乏暮らしの生活でも、楽しみはおのずから、その中に存在するといったのに。

孔子は自分の思想を超自然的な事柄に託して語らなかったとする「子は怪力乱神を語らず」（述而

編）を用いた句。

怪力乱神《かいりきらんしん》を語《かた》る牽頭持《たいこも》ち　［一四・3］

「牽頭持ち」は、幇間《ほうかん》とも呼ばれた。花柳の巷で遊客の機嫌を取り、酒興を助けることを仕事としていたが、一般社会では一顧もされず、小人の見本のような存在であった。

危篤の床にあった曾子《そうし》が、見舞いにきた魯の家老孟敬子《もうけいし》に語ったとされる「鳥のまさに死なんとするや、其の鳴くこと哀《かな》し」（泰伯《たいはく》編）を用いた句。

客《きゃく》まさに金《かね》やらんとす其《そ》の声《こえ》かなし　［拾四・29］

作者は、その場に及んでこんな声を発するような者は「遊ぶ資格はない」とでも言いたいのであろう。「やらんとす」は、放す、支払うの意。

孔子が、流れ行く川の水を前にして嘆いた言葉とされる「逝《ゆ》く者は斯くの如きか、昼夜を舍《お》かず」（子罕《しかん》編）を用いた句。

行《ゆ》く者《もの》は昼夜《ちゅうや》をおかず猪牙《ちょき》と駕《かご》　［六三・9］

吉原の遊里へ遊びに行く客を乗せた舟や駕籠《かご》が、昼夜の別なく続いて後を絶つことがない。「猪牙」は、猪牙舟のこと。隅田川を上下して吉原通いの客を運んだ船足の速い遊び舟。「駕」は、四手駕籠のこと。四本の竹を柱とし、割り竹で簡単に編んだ粗末な駕籠。孔子はさぞ嘆いていることであろう。

司馬牛《しばぎゅう》の嘆息を子夏がなぐさめた「死生命あり、富貴天に在り」（顔淵編）を用いた句。

代脈《だいみゃく》こたえて死生《しせい》は天《てん》にあり　［一四・42］

「代脈」は、代診の先生。自分の診察に自信が持てないので、責任の所在をうやむやにするために、すべてを天に任せて、相手を納得させようとする態度である。これは「藪医者」の代脈であろう。

徳に基づく政治の、為政者と被支配者の関係について述べた「君子の徳は風なり、小人の徳は草なり」（顔淵編）を用いた句。

儒者《じゅしゃ》の庭《にわ》小人《しょうじん》の徳生《とくお》い茂《しげ》り　［九一・3］

儒者の住む家の庭には、主人が草むしりもしないので雑草が生い茂っている。

うたたねで儒者《じゅしゃ》は君子《くんし》の徳《とく》を引《ひ》き　［一〇二・43］

儒者はうたた寝で風邪を引く。儒者といわれる人種は、偉そうな態度をとり、理屈は達者である。しかし、世事には疎く、常識では考えられないような行動も多い。しかもその行動は、要領を得ないことが多く、妻にとっては子供より手の掛かる存在であったか。

兄弟のないことを嘆いた司馬牛を子夏がなぐさめた「君子は敬して失うことなく、人と恭《うやうや》しくして礼有らば、四海の内皆兄弟なり」（顔淵編。「四海兄弟」の出処）を用いた句。

四海皆兄弟《しかいみなけいてい》なりと借《か》り倒《たお》し　［一二二乙・31］

「四海皆兄弟」の前提となる条件を無視して、自分の都合のいいところだけを利用する。「四海皆兄弟」の本来の意味は「自分は慎み深く行動し、欠点をなくすように努め、他人に対しては謙虚で礼儀を守れば、世界中の人間は皆兄弟となる」という意。

孔子が楚の葉公《しょうこう》に吾が党の正直者として語った「父は子のために隠し、子は父のために隠す」（子路編）を用いた句。

父《ちち》は子《こ》のためにかくして昼間《ひるま》買《か》い　［三・23］

父親は息子に見られたり、鉢合わせしたりしないように時間の都合をつけて、夜でなくわざわざ昼間に吉原へ遊びに行く。父子の間に存在する微妙なあうんの呼吸か、それとも親の勝手な理屈か。「かくして」は、「斯くして」と「隠して」とを掛けている。

江戸時代の『論語』

江戸時代の家持ちは、土地家屋の持ち主で、社会的な地位は高かった。寺子屋の手習師匠には、様々な身分の者がいたが、師匠ということで町内では敬意を払われていたようである。

家持《いえもち》の次《つぎ》に並《なら》ぶが論語読《ろんごよ》み　[初・24]

町内の会合などでは、まず家持ちが上座に着き、次に寺子屋で『論語』を講じている師匠が敬意を表されて座に着いた。ここでは「百人一首」で大伴家持《おおとものやかもち》の歌「かささぎの……」の次に、学者の阿倍仲麻呂《あべのなかまろ》の歌「天《あま》の原《はら》……」の歌が続くので、それを活かしたものである。

寺子屋の手習師匠は、幕府から「手習師匠は、筆道を教えるばかりではなく、風俗を正し、礼儀を守り、忠孝を教える者であるから、師匠は生徒をきちんと教育すべきである」とお触れを出されているが、その収入は、盆暮れの付け届けや、五節句に受け取る謝礼金が主なもので、現金収入は少なかった。

論語読《ろんごよ》み論語知《ろんごし》らずに借《か》りだらけ　[五五・35]

店賃《たなちん》で言《い》いこめられる論語読《ろんごよ》み　[五・13]

理屈に強いはずの師匠も、これでは生徒たちに示しがつかなかっただろう。

「論語読み」は、身近な現実生活に必要な知識を身につけられないと、揶揄されることもあった。

論語読《ろんごよ》み思案《しあん》の外《ほか》のかなを書《か》き　[拾二・8]

「論語読み」は、「恋」という文字を知らないので、ラブレターには「こいしく」などと仮名で書いた。『論語』には、「恋」という文字が出てこないので、「論語読み」は知らないはずだという前提である。「思案の外」には「恋は思案の外」を掛けている。

江戸庶民の娘たちは、武家屋敷に奉公し、礼儀・教養を身につけることが、良縁を得ることができる条件であった。そこで武家奉公の必須教養として、七、八歳から琴・三味線・舞踊などを盛んに稽古したのである。

姉《あね》は弾《ひ》き弟《おとうと》は論語《ろんご》巻《まき》の壱《いち》　［傍三・18］

姉は一心に琴の稽古に励み、弟は得意そうに声を張り上げて、『論語』の「学而編」の素読を繰り返している。姉弟の努力の成果が、家の外にまで聞こえてくる。親としては、誇らしく、うれしい時期であろう。

親の強制によって『論語』の勉強を始めた息子もあるようで、机に向かってはいるが、親の目をかすめて他のことをする者も多かった。

足音《あしおと》がすると論語《ろんご》の下《した》へ入《い》れ　［傍二・32］

町家の子弟が机に向かって、教養のために習う『論語』を勉強している。しかし、よく見ると、机の上の『論語』は、ただ開いて置いてあるだけで、当人はもっと面白いもの（笑本。えほん）を見ている。親の足音がすると、サッと『論語』の下へそれを隠す。何とも「知らぬは、親ばかりなり」の風情である。

そろそろと論語《ろんご》知《し》らずに息子《むすこ》なり　［五三・14］

巻一から素読を始めて、進むに従って次第にきびの年頃となり、『論語』の教えとは正反対のことをしたくなる。親にとってはまことに皮肉なことである。

最初から『論語』を敬遠して、親を嘆かせた息子たちもいたようである。

魯《ろ》の国《くに》の人《ひと》と息子《むすこ》はつきあわず　［二一・27］

孔子も孟子も魯国の人。うちの息子は『論語』『孟子』の素読は御免だとさ。

素読《そどく》など不可《ふか》なりとして息子行《むすこゆ》き　〔一三・37〕

『論語』の素読などはいやだといって親を困らせるだけではなく、吉原へ遊びに行ってしまう息子たちもいた。

息子《むすこ》の不得手《ふえて》地女《じおんな》と孔子《こうし》　〔二〇・26〕

「地女」は、素人の女性のこと。息子が得意なのは「遊女」。孔子は「未だ徳を好むこと、色を好むが如き者を見ざるなり」（子罕《しかん》編・衛霊公《えいれいこう》編）として、「色好み」を退けている。

「『論語』は常に手元において、手放すことはない」といえば、聞こえはいいが、これにもいろいろな事情があるようだ。

寝《ね》ころんで論語《ろんご》みている暑《あつ》い夏《なつ》　〔一一・18〕

不届《ふとど》きさ昼寝《ひるね》の顔《かお》へ論語当《ろんごあ》て　〔二四・22〕

昼寝をしただけでも宰予は厳しく叱責されたというのに。まあ読み疲れた結果の行為だというならいいが、最初から予定の行動だとしたら。

『論語』は男性社会の論理を説く。従って女性には馴染みが薄く、ときには目の敵にされたこともあったようである。

論語《ろんご》をば妾《めかけ》そばからひったくり　〔二一・17〕

久しぶりに二人きりになっているのに、自分に関心を示さず、『論語』を読むことを止めようとしない。なんでこんな物ばかりにかじりついているのよ。

老子（ろうし）

春秋時代の思想家で楚《そ》の人。姓は李《り》、名は耳《じ》、字は耼《たん》、一説に伯陽《はくよう》という。周の王室文庫の司書官であった。伝説によれば、孔子が礼について問うたことがあるという。周の政治力が衰えたので、青牛に牽かせた車に乗って国を去ろうとして、函谷関《かんこくかん》（周の西境にあった関所）に至ったとき、関守の尹喜《いんき》が著述を懇望したので『老子道徳経』を説いたという。老子は『列仙伝』や『神仙伝』にも登場する人物で、母の胎内に八十年もいたという伝説が知られている。

七十《しちじゅう》の賀《が》の頃《ころ》老子《ろうし》腹《はら》に居《い》る　［七六・6］

袴着《はかまぎ》の時分《じぶん》老子《ろうし》は賀《が》の祝《いわ》い　［九一・33］

老子は普通の子供が七五三のお祝いをする時期に、長寿を祝う会をすることになった。

八歳《はっさい》で米《よね》の守《まも》りを老子《ろうし》出《だ》し　［八〇・12］

「米の守り」は、米寿（八十八歳）の祝いの時に「米」という文字を書いて人に贈る丸い餅のこと。

江戸時代吉原は官許の郭であったから、遊女の十年の年季は厳重に守られた。従って身請けされることは、傾城にとっては嬉しいことであった。身請けされなくても年季を過ぎれば、郭を退かなければならなかった。年季を過ぎた傾城が引き続き商売をするとすれば、どうしても岡場所へ移ることになる。

功成《こうな》り身《み》しりぞき囲《かこ》まれる　［三八・11］

遊女は功成り名を遂げると、旦那に身請けされていく。遊女が身請けされるのは一流のあかしである。『老子』の「功成り名遂げて身退くは天の道なり」を活かす。

孝成《こうな》り名遂《なと》げて身退《みしりぞ》く二十七《にじゅうしち》　［七二・35］

親兄弟の生活を助けるために遊女になった娘たちも、その役割を終えて引退する年齢が二十七歳である。

柳下恵（りゅうかけい）

春秋時代の魯《ろ》の賢者。姓は展《てん》、名は禽《きん》、字を季《き》という。魯の大夫・士師《しし》（裁判官）となり、自分の信じる道を守って君に仕えた。柳下に住み、恵と贈り名されたので柳下恵と呼ばれる。道に行き暮れた女性を家に泊めたり、道で出会った見知らぬ女性が寒さに苦しんでいると体温で温めてやるようなこともしたが、誰からも男女の秩序を乱したと、非難されるようなことはなかったという。

名代《みょうだい》を取《と》った気《き》で居《い》る柳下恵《りゅうかけい》　〔四七・36〕

「名代」は、遊女が何らかの事情があって客席へ出られない場合、その代わりを勤める妹女郎のこと。この場合、客は名代と関係しないのを粋とした。

柳下恵《りゅうかけい》あたまはりはり抱《だ》いて寝《ね》る　〔九〇・7〕

柳下恵は一緒に寝た女性の頭を、なでなでしながら添い寝をしたのであろう。男女の同衾というより、父娘の添い寝という雰囲気である。

柳下恵《りゅうかけい》しんぼう強《づよ》い名《な》を残《のこ》し　〔五七・29〕

男だったらそんな名を残しても、名誉にはならないだろうに。

据《す》え膳《ぜん》を食《く》わずに帰《かえ》る柳下恵《りゅうかけい》　〔七二・20〕

据《す》え膳《ぜん》をすやして仕舞《しま》う柳下恵《りゅうかけい》　〔七二・20〕

「すやす」は、当てが外れる。ここでは女性を失望させること。

諺の「据え膳喰わぬは男の恥」を活かす。

抱《だ》いて寝《ね》て毛《け》へもさわらぬ柳下恵《りゅうかけい》　〔五一・6〕

柳下恵は勇気のない男であろう。「毛をみてせざるは、勇なきなり」と同じ部類の人か。

伯牙（はくが）

春秋時代の琴の名手で、自分の思いをよく音調の上に表現することが出来た。しかし、彼の演奏の深意を完全に理解することが出来たのは、友人の鍾子期《しょうしき》ただ独りであった。鍾子期が死ぬと伯牙は自分の琴を絶って二度と弾くことはなかった（「知音《ちいん》」「絃を絶つ」の故事）。

仲《なか》のよい友《とも》に別《わか》れて琴《こと》をやめ　［三六・14］

『源氏物語』の横笛の巻に「琴の緒絶えにし後より、昔の御童遊びの名残をだに、思ひ出でたまはずなむなりにて侍るめる」と、この故事を踏まえたところがある。

十三《じゅうさん》をぱっかり伯牙《はくが》斧《おの》で割《わ》り　［五三・17］

伯牙は子期が死去すると、愛用の十三弦の琴を斧で大きく割ってしまって、二度と弾けないようにした。

伯牙《はくが》が短気《たんき》十三羽雁《じゅうさんばがん》が飛《と》び　［一六四・3］

「雁」は琴柱。琴柱が斜めに並ぶのが、雁が空を飛ぶときの列に似ていることからいう。

友去《ともさ》りて伯牙《はくが》が琴《こと》は糸薄《いとすすき》　［一五三・12］

友人の鍾子期が亡くなってからは、琴の名手としての伯牙の存在は極めて影が薄くなってしまったろう。「糸薄」は、植物の「すすき」の一種。茎、葉、穂ともに細く小さい。ここでは「糸」は、琴の縁語であると同時に、副詞の「いと」とを掛けている。

予譲（よじょう）

予譲（?～前四五三）は、春秋時代の末期、晋《しん》の智伯《ちはく》に仕えていた。智伯は趙 襄子《ちょうじょうし》に亡ぼされ、智伯の頭骨（されこうべ）は漆を塗られて趙襄子の飲器（さかずき）にされた。山の中へ逃亡した予譲は「ああ『士は己を知る者のために死し、女は己を説《よろこ》ぶ者の為に容《かたちづく》る』というが、智伯さまはおれの理解者であった。おれはきっと仇を討って死ぬぞ」と述懐して、姓も名も変えて刑余の労役者になりすまして、趙襄子の宮殿に入り込んだ。

悪衣悪食《あくいあくじき》で予譲《よじょう》はねらってる ［四八・8］

労役者に身をやつした予譲は懐に匕首《あいくち》を忍ばせ、便所の壁塗りをしながら趙襄子を刺し殺す機会をねらっていた。

ある日、趙襄子が便所へ立つと、何か胸騒ぎがした。壁塗りの刑余者を捕らえて尋問すると予譲であった。襄子の側近たちは彼を処刑しようとしたが、襄子は「この男は義士である。わしの方がやつを避けるしかない」と言って予譲を釈放し、立ち去らせた。暫くすると、予譲は今度は全身に漆を塗ってかぶれさせ、顎髭をなくし、眉をけずり、顔に傷を付けて容貌を変え、道中に物乞いをした。

漆屋《うるしや》で見《み》たが予譲《よじょう》のほんの顔《かお》　［五八・26］

漆を塗る前に漆屋で見かけたのが、予譲の最後の素顔である。

忠臣《ちゅうしん》はうるしくさい男《おとこ》なり　［三二・8］

大層《たいそう》な漆《うるし》かぶれも忠義《ちゅうぎ》なり　［四七・1］

身《み》に漆塗《うるしぬ》るはかた地《じ》な忠義《ちゅうぎ》なり　［九一・7］

全身に漆を塗ってまで変装するのは、片意地な忠義のためである。

予譲は、物乞いの途中で妻にあった。妻は予譲に気づかなかったが「顔かたちは夫に似てないけれど、声は夫に何と似ていること」と言った。予譲は、さらに炭を飲んで声をつぶして、発声できないようにした。

主《しゅ》の仇《あだ》せしめる気《き》にて予譲《よじょう》のみ　［一六・23］

予譲が漆を塗って変装したこんな苦労も第三者の立場から見ると、

目《め》や口《くち》へ予譲《よじょう》こくそをかわぬばか　［五五・18］

目や口など顔へ漆を塗るときには「こくそ」（漆塗りの下地に塗る練りもの）を買って使用しなかったばっかりに、ひどくかぶれてしまったのだ。予譲はひどくかぶれたほうが好都合であったのだから、これは余計なお節介というものか。「ばか」は、「ばかりに」を掛けている。

その後しばらくしてから、趙襄子が外出することを知った予譲は、必ず通る道筋の橋の下に潜んだ。襄子が橋にさしかかると馬が驚き騒いだ。襄子は言った「これはきっと予譲に違いない」と。

忠臣《ちゅうしん》はたるきと橋《はし》の下《した》に住《す》み　［三八・25］

出《で》ませい出《で》おろうと予譲《よじょう》を下官《げかん》ども　［一〇三・39］

出合え出合えと叫びながら襄子の下官どもは、予譲の潜んでいる橋を取り囲んだ。捕らえられた予譲は「今日の事は、お手討ちになって当然。だが出来れば殿のお召し物をいただき、これをたたき切って仇討ちの志を示すことが出来れば、死んでも遺恨には存じません」と心情を訴えた。襄子はこれを聞いて大いに義を感じ、臣下に上衣を持って行かせて予譲に与えた。

切《き》って血《ち》のたらぬ予譲《よじょう》が敵討《かたきう》ち　［四〇・12］

切《き》って血《ち》の出《で》ぬは予譲《よじょう》が主《しゅ》の仇《あだ》　［一二七・83］

予譲の仇討ちは、切っても切っても血を見ることはなかった。予譲は剣を抜きはらい、三たび躍りかかって襄子の上衣に斬りつけ「わしはあの世で智伯さまに報告できますぞ」と言うと、剣で身をつらぬき自殺した。

裂《さ》かずとも予譲《よじょう》おれだとぶち殺《ころ》す　［八二・39］

裂《さ》かずとも予譲《よじょう》ぶち殺《ころ》せばいいに　［一〇六・32］

上衣を裂いて仇討ちをしたことにするという大義や理屈よりも、おれが予譲だったら、文句無しに相手をぶち殺してやるのに。

古着《ふるぎ》やへ予譲《よじょう》死骸《しがい》を売《う》り渡《わた》し　[四九・24]

予譲（の子孫）は古着屋へ趙襄子の死骸（上衣）をさぞ高値で売却したことであろう。

荘子（そうし）

戦国時代の荘子（前三六九？〜？）は、名は周《しゅう》、字は子休《しきゅう》という。老子の思想を受け継いで発展させ、絶対的自由を追求して、生と死、是と非を同一視することを提唱した思想家である。夢の中で胡蝶となり、物と我との区別を忘れ、物我一体の境地に遊んだ。夢から覚めた荘周は、夢の中で胡蝶となったのか、胡蝶の夢の中で荘周となっているのかが、分からなくなったという「胡蝶の夢」の故事がよく知られている。

猫《ねこ》に追《お》われたで荘子《そうし》はうなされる　[二四・38]

荘子《そうし》が寝言《ねごと》此《こ》の猫《ねこ》め此《こ》の猫《ねこ》め　[八三・45]

胡蝶になって菜畑の上をひらひらと自由に飛びまわっていた荘周は、突然猫に追いかけられて、思わず声を出してしまった。猫は胡蝶が好物、という俗説を活かした、胡蝶と猫の組み合わせの妙。

蜘蛛《くも》の巣《す》に掛《か》かって荘子《そうし》うなされる　[七一・5]

蝶《ちょうちょう》々にならぬと貘《ばく》が喰《く》うところ　[五七・27]

荘子がただ夢を見ただけであったら、貘に喰われてしまって、「胡蝶の夢」という故事は生まれなかったろう。「貘」は、人の夢を食するという想像上の動物。全身が白黒の斑の毛で覆われ、頭は小さく、形体は熊に、鼻は象に、目は犀に、尾は牛に、足は虎に似ているという。

荘子《そうし》のは夢《ゆめ》が花野《はなの》をかけめぐり　[七四・34]

芭蕉の名句「旅にやんで夢は枯れ野をかけめぐる」を活かす。

卞和
（べんか）

春秋時代の楚《そ》の人卞和（生没年未詳）は、楚山《そざん》で玉璞《ぎょくはく》（玉《ぎょく》の原石）を手に入れ、厲《れい》・武の二代の王に献上したが、その都度、玉工が「ただの石である」と鑑定したので、王を欺いたとして足切りの刑に処せられた。

足《あし》を切《き》られても手強《てづよ》く持《も》っている　[四〇・6]

卞和は、厲王には左足を、武王には右足を切る刑に処された。普通の人間ならば、この石のために、こんな目に遭うのだとして、石を棄ててしまう。卞和は、おのれの眼識によほどの自信があったのであろう。

罪無《つみな》くて蛸《たこ》と卞和《べんか》は足切《あしき》られ　[一〇八・37]

蛸は何も悪いことをしたわけでもないのに、人間に捕獲されてその足を切られて食用にされてしまう。卞和は、玉璞を王に献上したのに、足を斬られてしまった。卞和のしたことは悪事ではない。むしろ褒賞されるべき行いである。蛸の足との連想を活かす。

卞和は、文王が位に就いたことを聞くと、玉璞を抱いて楚山の麓で大声で三日三晩泣き続け、泣き尽くして血の涙を流した。文王はそのことを聞き、使者を遣わしてその理由を尋ねさせた。和は「私は足を切られたのを悲しむのではありません。献上した玉璞をただの石とされた。さらに正直者の私が詐欺者とされたのが心外で悲しいのです」と答えた。

文王はこれを聞き、玉工に玉璞をよく磨かせると、世にも稀な宝玉であることが判明した。そこで命じて玉璧を作らせた。これを「和氏の璧」という。また後に秦王が、この璧と十五城とを交換したいと言ったことから「連城の璧」とも呼ぶ。

両眼《りょうがん》に玉《たま》を連《つら》ねて卞和泣《べんかな》き　[一一〇・23]

三度目《さんどめ》は卞和《べんか》へのこをすでの事《こと》　[二四・33]

「へのこ」は、陰茎、中足。「すで」は、すんで。もう少しで。

両足《りょうあし》をすてて名玉世《めいぎょくよ》に光《ひか》り　[四四・29]

三度目《さんどめ》にそれ見《み》なさいと卞和言《べんかい》い　[七四・14]

本玉《ほんたま》と見《み》たは卞和《べんか》の目《め》がねなり　[四九・39]

秦の昭王（在位前三〇六～前二五一）は、趙《ちょう》の恵文王《けいぶんおう》（在位前二九八～前二六六）が「和氏の璧」を手に入れたことを聞き「和氏の璧と秦の十五城とを交換したい」と申し入れた。趙では議論を重ねた結果、藺相如《りんしょうじょ》（生没年未詳）を使者として、璧を持たせて秦へ遣わした。

藺相如は、秦王に璧を献上し、秦王は喜んで受け取った。しかし、藺相如は、その様子から秦王が代償の十五城を趙に渡す意志がないと判断した。そこで「その璧にはきずがございます。それを王様にお教えいたしましょう」と言って、一度献上した璧を取り戻し、身を以てこれを守り、趙に持ち帰った（「璧を完《まっと》うして趙に帰る」の故事）。

よく見《み》ればきずの有《あ》るのがほんの玉《たま》　［拾五・7］

（完全無欠なのを完璧というが）実はよく見ると、傷があるのが本物の璧なのである。当人がそう言っているのだから、間違いないだろうよ。

玉《たま》にきずとは美《うつく》しい狐《きつね》なり　［筥二・15］

秦王に献上した璧は、よく手懐けた美しい狐の化身であったろう。だから厳重な秦王の警戒網をすり抜けて、無事に帰国することができたのさ。戦国時代の諸侯は、互いに化かし合いのような行動を繰り返してはいたが、藺相如が狐使いの名手であったとは？

伍子胥

（ごししょ）

伍子胥（?～前四八四）は、楚の大夫伍奢《ごしゃ》の次男であったが、父と兄が讒言《ざんげん》を信じた楚の平王（在位前五二九～前五一六）に殺されたので、呉に逃れた。呉王闔閭《こうりょ》（在位前五一四～前四九六）を助けて楚を討ち、国都郢《えい》（今の湖北省江陵の北）に攻め入り、仇を報じた。これ以後、呉国が覇を唱えた。のち呉王夫差《ふさ》（在位前四九五～前四七三）を補佐していたが、夫差は美女西施《せいし》がお側に侍るようになってからは、昼は遊宴、夜は淫楽だけに時を過ごし、国家の危機を顧みなくなっていた。それで子胥は何度も直言して諫めた。

淋病《りんびょう》もあいつがわざと伍子胥言《ごししょい》い　〔三五・34〕

「あいつ」は、西施のこと。夫差が病んだと伝えられる「石淋」を「淋病」に置き換えて、西施がその感染源であるとしたところがミソ。

西施はひとたび微笑むと宮中の池の花も影が薄れ、艶やかな姿がちらっと見えると、雲間の月も姿を消したかと怪しまれるほどの美人であった。夫差は西施のために黄金で飾った御殿を建て、花のない春の日は、麝香《じゃこう》を路に埋めて履き物に芳香をそえ、行宮に月のない夏の夜は、蛍火を集めて燭火としたほどの思い入れようであった。

蛇皮線《じゃびせん》を弾《ひ》くが伍子胥《ごししょ》は気《き》に入《い》らず ［拾五・29］

伍子胥は、西施が越の蛇皮線を上手に弾いて、王を喜ばせるのが特に気に入らなかったようだ。子胥は「殷《いん》の紂王《ちゅうおう》は妲己《だっき》の色香に迷って世の中を乱し、周の幽王は褒姒《ほうじ》を溺愛して国を傾けた。今あなたが西施に耽溺なされるご様子はこれにまさります。国家の衰亡は遠くはありません」と諫言した。このことが王の不興を買い、次第に遠ざけられ、ついには死を賜った。

『史記』によると、死に臨んで子胥は、家臣に「わしの墓には、梓を必ず植えよ。（木が大きくなったら、呉王の）棺桶にできるだろう。目玉をえぐり出して、呉の都の東門の上に置け。越が呉を滅ぼすのを眺めるのだ」と遺言したという。

忠《ちゅう》の字《じ》を言《い》うて眼玉《めだま》を額《がく》にかけ ［三三・34］

諫言《かんげん》を目《め》の出《で》るほどに伍子胥《ごししょ》する ［三九・16］

「目の出るほど」は、目が飛び出るほど沢山の意。ここでは、死後にその目が、都の東門の上に置かれたことを掛けている。

呉《ご》の国《くに》で目《め》ぬきの男《おとこ》伍子胥《ごししょ》なり ［三一・19］

呉の国でぬきんでた男であったため、その目を抜かれたのは伍子胥である。「目ぬき」は、「目抜き」と「著しくぬきんでている」とを掛けている。

東門《とうもん》に呉《ご》は滅亡《めつぼう》と見《み》ぬいた目《め》 ［五五・17］

高見《たかみ》で見物《けんぶつ》を伍子胥《ごししょ》はするつもり　［五八・12］

「高みの見物」を活かす。

我が国の『太平記』では、『史記』の記述とは異なって、呉王は子胥を「処刑して、その両眼をえぐり取り、東門の旗の鉾の上に掛けて置いた」となっている。江戸時代の多くの日本人は、どちらかというと『太平記』によって判断し、子胥に同情を寄せていたようである。

潮煮《うしおに》にする気《き》で呉王眼《ごおうめ》を抜《ぬ》かせ　［一六〇・10］

「潮煮」は、塩だけで調理すること。呉王は子胥の処刑だけでは気が収まらず、喰ってしまいたいほど憎かったのだろうという。

呉では子胥が処刑されてからは、主君が悪行を重ねても諫言する者はなくなった。群臣は口をつぐみ、万人は目でうなずき合うだけであった。ほどなく越軍が呉の都へ侵攻して、呉王は生け捕りにされた。引き立てられて東門を過ぎる際、目を門上にやると、伍子胥の両眼はにわかに眸を開いて、まるで笑うかのように見えた。夫差は顔を見られるのが恥ずかしかったのか、袖を顔に当て、首うなだれて通りすぎたという。

東門《とうもん》の二目《ふため》がぬけて呉《ご》のやぶれ　［七九・5］

伍子胥がいなくなってから、呉は滅亡への道を急速に歩みだした。

東門《とうもん》に目玉《めだま》ばかりが生《い》きている　［七八・22］

呉が亡んだ日、東門に懸けられた伍子胥の両眼だけが、生きているように輝いていた。

勾践
（こうせん）

越王の勾践（?～前四六五）は、長い間隣国の呉と争い、呉王闔閭《こうりょ》を敗死させたが、前四九四年、夫椒《ふしょう》（今の太湖《たいこ》椒山《しょうざん》）の一戦で呉王夫差《ふさ》に大敗した。会稽山《かいけいざん》に立てこもり「自分は臣下となり、妻は下女になって仕えますから」と命乞いをして、囚われの身となった（「会稽の恥」の故事）。

呉王《ごおう》にはあだに誓《ちか》いし西施《せいし》なり　［五三・7］

自分の妻を呉王のもとへ献上するなどと誓約したのは、本当は悪い戯れであったろう。西施（生没年未詳）は、もとは越の薪売りの女性であったという説と、勾践の后で寵愛も格別であったという説とがある。「あだに」は、「仇に」と「徒に」とを掛ける。「誓いし西施」は、「誓詞をかく」の意味を掛けている。

西施《せいし》をよこせはふさふさしい詮議《せんぎ》　［安五・満2］

「ふさふさしい（図々しい）」と呉王の「夫差」とを掛けている。ここでは西施は、敗者の越王から献上された女性ではなく、勝者から名指しで要求された女性であるとしたところがミソ。

替《か》え玉《だま》は喰《た》べぬぞと呉《ご》の使《つか》い　［明七・仁5］

呉王夫差も天下第一の美女とされる西施に対しては、かなりの執着があったようだ。

勾践が西施を贈ったのは、この美女によって夫差の心を惑わし、その隙に乗じて復讐を果たそうという計画であった。

西施《せいし》を一《ひと》つ打《う》ち込《こ》んだゴの中手《なかで》 〔一三三・4〕

「ゴ」は、「呉」と「碁」とを掛ける。「中手」は、囲碁で相手の眼を一つにする（殺す）ために、相手の地の中に石を打ち込むこと。

夫差は西施に耽溺して病を得、政治を疎かにして滅亡への一歩を踏み出した。

越《えつ》の傘《かさ》かりて恥辱《ちじょく》を雪《すす》ぐなり 〔一四・9〕

「越の傘」は、本来は越後屋が俄雨の時に貸し出した傘のこと。ここでは、「傘」と「瘡（かさ・梅毒）」とを掛けて、西施のこと。江戸の人々には『呉越軍談』などを通じて波乱の多い呉越の物語はよく知られていたようである。

『太平記』によると、西施という女性は、勾践の后であったという。

越王《えつおう》は五両《ごりょう》で国《くに》を取《と》り返《かえ》し 〔六四・14〕

越王は堪え難きを堪え、忍び難きを忍んで、越の国を取り戻した。「五両」は、人妻と不倫をした男の払う示談金。妻を寝取られた夫が五両受け取って、泣き寝入りする「堪忍五両」という慣用句の「五両」を活かしたもの。

西施は心配事があって顔をしかめると、一層美しく見えた。そこで当時の女性たちは、顔をしかめればだれでも美人に見えると思い、真似をする女性が多かったという（「顰みに倣う」の故事）。

呉《ご》の国《くに》を眉《まゆ》をひそめて傾《かたむ》ける　〔一二・12〕

『太平記』によると、勾践が姑蘇城《こそじょう》の獄に囚われていた時、呉王夫差は俄に石淋《せきりん》の病（尿管結石）に掛かり、生命も危うくなった。他国より名医を招いて診察させると「この石淋を嘗《な》めて、五味の様を知る人が有れば、それに基づいた治療ができ、平癒することができる」と診断した。ところが呉王の近臣には、嘗める者がなかった。これを聞いた勾践は「我が命を助けられた恩返しだ」として、石淋を嘗め、其の味を医者に告げた。その結果、夫差の病は平癒したという。

越王《えつおう》はふさふさしくも拝味《はいみ》する　〔四九・39〕

越王勾践は、大げさなしぐさで呉王夫差の石淋を嘗めて、その味見をした。「ふさふさし」は「夫差」と「大げさなこと」とを掛けている。

越王《えつおう》はなめて心《こころ》で舌《した》を出《だ》し　〔一六四・21〕

越王は夫差の石淋を嘗めながら、心の内では、「くそ、いまに見ておれ。きっとこの屈辱ははらしてやるぞ」と舌を出していたろう。

越王《えつおう》はあとで茶碗《ちゃわん》で酒《さけ》を飲《の》み　〔拾五・18〕

越王は石淋を嘗めた後は、悪夢を一刻も早く忘れ去りたいと、茶碗で酒をあおり飲んだろう。

勾践は呉にあること三年、呉王に恭順の限りを尽くしてその信任をえた。また石淋を嘗めた行為なども評価されて赦され、本国へ帰ることになった。その帰途、車前に跳び出す多数の蛙を見て「これは勇士を得て、素情を達すべき前兆である」と、車から降り、礼拝して通ったという。

越王《えつおう》は先《ま》ず仕合《しあ》わせとむしがよし [拾五・16]

これは「幸先のよいこと」と自分に都合のいいように解釈する越王は、身勝手でむしがよすぎる。『呉越春秋』の記述によると、帰国した勾践は、自分の寝起きする部屋に苦い獣の肝を吊り下げて、寝起きするたびごとにそれを嘗め「お前は、会稽山での恥を忘れたのか」と自分を責め、寒い冬の間、薪中に臥して復讐心を高めたという（「臥薪嘗胆《がしんしょうたん》」の故事）。

嘗《な》めるのは呉《ご》を一呑《ひとの》みにする気《き》なり [六六・3]

苦い獣の胆を嘗めるのは夫差に復讐して、呉を滅亡させる気持ちをたかめるためである。前四七三年、越王勾践は呉を攻めた。呉は戦うたびに敗北し、呉王夫差は姑蘇山に引きあげた。そして以前、勾践が会稽山でやったように、和睦を願い出たが、聞き入れられず、呉は滅亡した。

会稽《かいけい》でなめた口《くち》まですすぎ上《あ》げ [八一・29]

勾践は会稽での恥と石淋を嘗めた恥辱とを晴らすことができた。「すすぐ」は「恥をすすぐ」と「口をすすぐ」とを掛ける。

范蠡（はんれい）

越の謀臣范蠡は、『太平記』の記述に従えば、会稽《かいけい》の戦いに敗れた王の勾践《こうせん》が、命は助けられたものの姑蘇城《こそじょう》の土牢に投げこまれた事を聞くと、恨み骨髄に達し、それを忍ぶことができなかった。そこで心を砕いて考えた末に、簀《す》の子に魚を入れて背負い、魚屋の姿に身をやつして、呉国へ入り、行商をしながら獄中の勾践の様子を探り歩くことをした。

松江《ずんごう》の鱸《すずき》やんと范蠡《はんれい》は呼《よ》び　［二一・26］

范蠡は「松江《しょうこう》でとれた鱸《すずき》でございい」と叫びながら、魚の行商をして歩いた。「ずんごう」は、松江（江南地方の川の名）。松江の鱸は美味で有名。

范平《はんぺい》と名《な》を変《か》え魚売《さかな う》って来《く》る　［二〇・6］

蠡《れい》の字《じ》の半天《はんてん》を着《き》た魚売《さかなう》り　［四五・27］

范蠡は「范平」と名を変え、蠡の文字を襟や背に染め抜いた印半天を着、腰には、手鉤をさしていたろう。名を「范平」としたのは、江戸の豪商の下僕は「～平」と呼ばれることが多かったので、それに倣ったもの。

生臭《なまぐさ》い荷《に》だこ忠義《ちゅうぎ》の肩《かた》に出来《でき》　［五六・21］

「生臭い」は、魚屋であることと、荷だこができたことが、うさんくさく、怪しいことであるという意味を掛けている。「荷だこ」は、荷物を担いだために肩の表皮にできた「たこ」。ここでは売り物の「蛸」と掛けている。

范蠡は、獄中の勾践に手紙を差し入れた。その手紙には「周の西伯《せいはく》も晋の重耳《ちょうじ》も、いったん虜囚や亡命の不運を嘗めたが、後にいずれも政権を取った。殿も自重して、敵に命を与えるようなことのないように」と書いてあり、勾践は大いに励まされた。

牢番《ろうばん》の目《め》を抜《ぬ》き魚《うお》の鰓《えら》を抜《ぬ》き　［四二・4］

范蠡は鰓を抜いて、代わりに手紙を差し込んだ魚を、牢番の目を盗んで差し入れした。魚の腹にものを隠す方策は、かつて呉王夫差の父、闔閭が従兄弟の呉王僚《りょう》を暗殺したとき、宴席に出す焼き魚の腹中に匕首《あいくち》を隠して持ち込み、刺客に王を殺させた仕方を真似したもの。「目を抜く」は、人目をごまかす。欺く。「鰓」は、水生動物の呼吸器であるが、ここでは魚の内蔵の意。

范蠡《はんれい》は鰹《かつお》の笹《ささ》のように入《い》れ　［八四・35］

范蠡は勾践の収容されている禁獄に近づき、一通の手紙をまるで鰹に笹を添えるかのように手際よく魚の腹中に入れて、獄中へ投げ込んだ。

魚屋《さかなや》の助言《じょげん》とうとう呉《ご》に勝《か》たせ　［九一・4］

魚屋に変装した范蠡の助言・激励によって、勾践は苦境を脱し、ついには呉を滅ぼす結果につながった。「呉」は「碁」を掛けている。

江戸時代の風流人は呉越の興亡を将棋の勝敗におきかえて、楽しむこともあった。特に王将が相手の陣地に入って戦う「入り王」で勝ちを得ることはなかなか難しかったようである。

魚屋《さかなや》が助言《じょげんい》入り王勝《おうか》ちになり 〔四一・2〕

呉王と越王の将棋の勝負は、入り王になっていた越王が、魚屋の助言を受けて勝ちになった。

入《い》り王《おう》が勝《か》って魚屋《さかなや》どっか行《ゆ》き 〔六四・14〕

入り王になっていた越王が勝負に勝ってからは、あれほど頻繁に出入りしていた魚屋が何処かへ行ってしまって、すっかり姿を見せなくなった。

勾践は呉を滅亡させた後、晋・楚・斉・秦《しん》を平定し、諸国の盟主となった。その功績の恩賞として、范蠡を万戸侯《ばんここう》に任命しようとした。范蠡は「大きな名誉のもとに長く居座ってはいけない。功績を挙げ名誉を得たら、身を退くのが天の道である」と言ってそれを受けず、姓名を変えて、過去とは決別したという。

陶朱公《とうしゅこう》身切《みき》って銭《ぜに》をつなぐなり 〔四・4〕

范蠡は過去の栄光を断ちきり、今後の越王の行動に見切りをつけて、経済活動に専念することにした。「身切る」は、「過去を断ちきる」と「見切りをつける」とを掛けている。

また范蠡は「わが主君は艱難を共にすることは出来ても、安楽を共にすることはできない人物である」と、その危険性を見抜いて勾践の許を辞し、五湖地方に隠棲したともいわれる。

勝《か》ち逃《に》げの元祖《がんそ》は五湖《ごこ》に遊《あそ》ぶなり　［一五・21］

勝《か》ち逃《に》げで品《ひん》のいいのは陶朱公《とうしゅこう》　［三〇・28］

勝負事で勝ったままで逃げる者には、ろくな奴はいないが、陶朱公だけは別格である。

足元《あしもと》の明《あか》るいうちに陶朱公《とうしゅこう》　［三九・37］

「足元の明るいうち」は、身の安全なうちに。自分の弱点や悪事が見つけだされて、不利な状態にならないうちに。

陶朱公前《とうしゅこうまえ》から河岸《かし》で見《み》た男《おとこ》　［五二・34］

五湖にやってきた陶朱公という男は、以前に呉の魚河岸で見かけたことのある男である。五湖の河岸と呉の市場の河岸を活かす。

陶朱公老《とうしゅこうお》いてあぶないあそび所《どこ》　［八七・17］

陶朱公が引退した五湖地方は、水辺の多いところ、お年寄りにとっては危ない場所。特にお足元にはご注意を。

孟母（もうぼ）

孟母（生没年未詳）は、戦国時代中期の思想家孟子《もうし》（前三七二〜前二八九）の母。幼少期に父親を失ったわが子の教育に深く意を用い、よりよい環境を求めて三度も住居を移したと伝えられる（「孟母三遷の教え」の故事）。

孟子が最初に移った住居は、墓地の近くにあった。孟子はたびたび葬送を目にし、死者の霊を弔うことばを耳にする機会が多かったので、日常の遊びのなかでその冒頭の部分を大声で真似ることがあった。

如是我聞《にょぜがもん》やめろと孟子《もうし》しかられる　［一九・26］

「如是我聞」は、「是くの如く我れ聞く云々」という意味で、経文の冒頭にあることば。仏教伝来以前の孟子に、経文を真似させたところがミソ。小さな子供がこれでは、母親に叱られても当然か。

子供はもの憶えがいい。孟子も色々な宗派のお経をそれなりに区別して記憶していたようだ。一つの経文を親に注意されると、別のお経を口ずさみながら遊んだ。幼い孟子がその意味を知って口ずさんでいるわけではないが、母親にとっては気になって仕方がない。

南無《なむ》きゃらたんのういやんなと孟母《もうぼ》　［二一・30］

孟母が思わず「もうその言葉は止めなさい」と叱ったのであろう。「いやんな」は、言うな。息子がなかなか言うことを聞かないので、いらいらしている母親の心理をよく捉えている。「なむからたんのうたらやあなあ」というのは、仏法僧の三宝に帰依するという意味を表す経文の一句。

南無喝《なむか》らたん那《のう》こりゃあと孟母越《もうぼこ》し　［七八・27］

習《なら》わぬ経《きょう》を覚《おぼ》えたで孟母越《もうぼこ》し　［一三・39］

お経を息子が憶えたので、孟母は引っ越すことにしたのだろう。諺の「門前の小僧習わぬ経を読む」を活かす。

孟子が憶えたのはお経だけではなく、友達と葬送の真似ごとをするようなこともあったようである。

銅《どう》だらいたたいて孟子叱《もうししか》られる　［三三・41］

じゃらんぼんよせと孟子《もうし》の母《はは》は言《い》い　［拾四・20］

「銅だらい」「じゃらんぼん」は、共に葬送の時に用いる鳴り物の連想。

庶民が墓所を嫌う理由の多くは、俗に幽霊が怖いとか、お化け出るからという。子供を墓所から遠ざけようとするには「お化けが出る」といえば、簡単に納得させやすい。ところがさすがは孟母、息子に「お化けが出るから引っ越す」とは言わなかったろう。

それお化《ば》けが出《で》ると孟子《もうし》の母言《ははい》わず　［一四三・32］

寺町《てらまち》で孟母《もうぼ》を聞《き》けば越《こ》しました　［二一・6］

寺町へ孟母を尋ねていくと、寺町は息子の教育に適さないといって、よそへ越して行きましたということであった。

庶民は現実的で生活力が旺盛である。寂しいとか、心細いなどとは言わない。孟母が引っ越した住居には直ぐに新しい住人が入った。墓地の傍らなら、商売繁盛するにちがいないと。

寺町《てらまち》の孟母《もうぼ》が跡《あと》へ花屋越《はなやこ》し 〔一二三別・24〕

孟母が転居したあとには、寺町ならば墓前に供える花が沢山売れるに違いないと、花屋が越してきたろう。

ぶりがれん真似《まね》るで孟母店《もうぼたな》をかえ 〔一三・38〕

孟母が引っ越した先は、町の市場の近くであった。親にはまだ知り合いはできないうちから、息子には遊び友達ができた。毎日元気に遊ぶのは嬉しかったが、その遊びがまた母には気になった。

孟母は息子が商人と客との符丁の真似をして遊ぶので、ここも子育ての環境としては悪いと判断して、移転することにした。「ぶりがれん」は、市場の商人の符丁。一はソク、二はブリ、三はキリ、四はダリ、五はガレン、六はロンジ、七はサイナン、八はバンドウ、九はガケ。したがって、ブリガレンは二十五文のこと。

おっかさん又越《またこ》すのかと孟子言《もうしい》い 〔三七・26〕

息子としては、環境が良いというのは、楽しい遊び場があることと、遊び仲間が多いことだ。やっと環境に慣れたところで、またそこを離れるのは、いやだ。

親の心、子知らず。子の心、親知らず。

孟母だって趣味で引っ越しをしていたわけではない。息子の教育を考慮して、やむに止まれず、そうしたのである。借家の世話をしてもらった人には、特に恥ずかしい思いをした。

店請《たなうけ》に孟母《もうぼ》すこぶる叱《しか》られる　［五四・9］

店請《たなうけ》へ口《くち》をすぼめる孟《もう》が母《はは》　［三五・23］

孟母は借家の保証人に、言葉尻が聞き取りにくいほどに細い声で、恥ずかしそうに引っ越しの話しを伝えたろう。「店請」は、借家の保証人。

孟母はあれこれ気にする性格のようで、引っ越しが決まっても実際に転居するまでは、更にひと苦労があったようである。

孟母《もうぼ》嘆息《たんそく》其《そ》の後《あと》は日《ひ》も方《かた》も　［一六五・15］

引っ越しが決まると、今度は引っ越しの月日や日時、さらに引っ越しの方角などを詮索して決めるのが、また一苦労であったろう。

孟母の引っ越しは運送業者の間で知られる存在となり、その引っ越しが期待されるようになったか？

孟《もう》お越《こ》しなさる時分《じぶん》と車力《しゃりき》言《い》い　［一一三・26］

「孟」に「もう」を掛ける。あの家は「もう引っ越しなさる頃だ」と車力は待っていたろう。

三度目に越した先は、学校の側であった。孟子は祭礼の器を並べ、進退の礼儀作法の真似をして遊んだ。孟母はこれを見て大いに喜び「こここそわが子のための住居である」と言って、そのままそこに住みついた。

三度目《さんどめ》にやっと落《お》ち着《つ》く孟《もう》が母《はは》 ［四三・19］

小豆粥《あずきがゆ》孟母《もうぼ》上手《じょうず》に焚《た》きならい ［四七・8］

転居をするたびに小豆粥を炊いたので、孟母は小豆粥がいちだんと上手に焚けるようになったろう。「小豆粥」は、小豆を米に交ぜて炊いた粥。邪気を除くとして、引っ越しの時に炊いた。

迷子札《まいごふだ》孟母《もうぼ》は三度《さんど》書《か》き直《なお》し ［五七・11］

子どもの胸につける迷い子札を孟母は三度書き直したろう。住所が変われば、連絡場所も変わる。

三度《さんど》引《ひ》っ越《こ》して賢人《けんじん》を仕立《した》て上《あ》げ ［三三・42］

孟母は三度転居をして、息子を賢人に育て上げた。孟母が機織りの仕事をしていたことを活かして、「仕立て上げ」としたところがミソ。

孟此《もうこ》の子《こ》ここにおいてと母安堵《ははあんど》 ［六〇・19］

孟母は、もうこれからは、この子をここで立派に育て上げられることが出来ると、そこに安住することにしたのだろう。「孟此の子」は、「もう」と「孟子」とを掛ける。

母親は落ち着いても、息子は以前の住居環境が気に入っていたようで、母の目をかすめて、時には旧交を温めていたようだ。

元長屋《もとながや》へはいきやんなと孟母《もうぼ》言《い》い ［四三・20］

元の長屋の友達のところには、二度と遊びに行ってはいけないよ、と孟母は息子に注意したろう。孟子は三歳頃に父親を失っていたので、母親が息子の教育に神経質になり、何とか環境を整えようとして、転居を繰り返した。もし父親が存在していたら、そんなことは起こらなかったはずだ。

孟父《もうふ》だと引《ひ》っ越《こ》すどころかぶんなぐり　〔二一三・36〕

父親が孟子の妙な真似事遊びを見たら、引っ越すどころか、その都度、息子をぶん殴ってその遊びを止めさせたであろうに。

孟母の教育はふだんから厳格であり、「嘘をつくべきではない」と教えていた。ある日、孟子が隣家で豚を料理するのを見て、「どうするのだろう」と言ったので、孟母は冗談に「お前にご馳走してくれるのだろう」と口を滑らしてしまった。

口《くち》がすべって瓜坊《うりぼう》を孟母《もうぼ》買《か》い　〔拾五・4〕

「瓜坊」は、猪の子、豚。孟母は、「嘘をつくべきではない」という手本を示さなければならなくなって、わざわざ豚肉を買って孟子に食べさせたのである。

孟子が成長してからのある日、学業半ばにして帰宅した。その時、機織りをしていた孟母は、織りかけの布をわざわざ断ち切って、「お前が学問を中途でやめてしまうのは、私が織りかけの織物を断ち切るのと同じで、完成しなければ何の役にも立たないのだ」と言って、中途で学業を廃することの不可を戒めた（「孟母断機の教え」の故事）。

機《はた》を切《き》るしおきは唐女《からめ》一人《ひとり》なり　［三三・11］

自分の織物を断ち切り、ここまで見せしめをして、息子に忠告した女性は孟母だけであろう。

機《はた》を切《き》る孟母《もうぼ》は短慮功《たんりょこう》をなし　［一〇一・4］

諺の「短慮功を成さず」を活かす。

孟母は息子に関することでは、万事に神経質といえるほど慎重だ。何事も先の見通しもなく行動する女性ではない。織物を断ちきった行動にも、ちゃんと胸算用があったにちがいない。

褌《ふんどし》と胸《むね》を定《さだ》めて孟母《もうぼ》切《き》り　［四五・29］

切《き》ったのはいづれ孟子《もうし》の犢鼻褌《とくびこん》　［九一・23］

ここで切ってしまったら、この織物は、褌くらいにしか利用できないと覚悟を決めて切ったろう。断ちきられた織物は、使い道は限られてしまうから、いずれ孟子の褌に利用されるのだろう。「犢鼻褌」は、褌。

手織《ており》にて孟母《もうぼ》とうとう仕立《した》て上《あ》げ　［七七・10］

「仕立て上げ」は、手織で織物を完成させること。ここでは、息子を手塩に掛けて大成させたことを掛けている。

史上最初の教育ママとか、偉大な母親とされる孟母も、立場や時代が変わると、評価も形無しになってしまう。

今《いま》ならば孟母気《もうぼき》に入《い》る嫁《よめ》はなし　［一五二・5］

いつの世でも、姑があまり偉すぎると嫁には敬遠され、嫌らわれる。

されども孟母《もうぼ》 姑《しゅうとめ》にはいやな人《ひと》

［一四五・18］

母としては申し分のない女性であっても、姑としては、頂けない女性である。

屈原（くつげん）

屈原（前三四三〜前二七七）は、名は平《へい》といい、楚の王族である。懐王《かいおう》を補佐し賢者を抜擢し有能なものに官職を授けるなどして国務に精励したが、懐王が讒言《ざんげん》を信じたために次第に遠ざけられた。頃襄王《けいじょうおう》（在位前二九九〜前二六三）が即位すると、さらに迫害され、漢水北岸地方に追放された。

ある日、川のほとりを彷徨しているとき、漁師に出会った。漁師は「何故こんなところをさまよっているのですか」と尋ねた。屈原は「世間の人々が利欲に汚れ、良心を失っているのに、自分だけが正常さを保っていたために追放されてしまったのだ」と嘆いた。漁師が世間の流れに同調して生きることを勧めると、屈原は「この潔白な身に、世間のうす汚れた生き方を受け入れるくらいなら、湘水に身を投じて死んだほうがましだ」と主張した。漁師はにっこり笑って「滄浪《そうろう》の水清《す》まば、以て吾が纓《えい》を洗うべし、滄浪の水濁らば、以て吾が足を洗うべし」と歌いながら立ち去った。

滄浪《そうろう》の水《みず》で豆腐屋《とうふや》洗《あら》ってる　［一三一・27］

庶民が川の水で洗うのは、冠や足ではなく、もっと実生活と関係したものである。

冠《かんむり》を漁父《ぎょほ》も洗《あら》わん御上水《ごじょうすい》　［一六五・6］

江戸の三上水（神田・玉川・千川）なら、漁父も冠を洗ったであろうに。きれいな上水を使って生活することが出来るのはありがたいことだ。

追放されて放浪の生活を続けているうちに、楚の都が秦に占領されたことを知ると、屈原は汨羅《べきら》に投身して国に殉じた。

屈原《くつげん》は酔《よ》い醒《さ》めの水呑《みずの》んで果《は》て　［一一五・15］

屈原は（きれいな）川の水を大量に飲み込んで、溺死した。「酔い醒めの水」が利いている。

屈原《くつげん》はさめて李白《りはく》は酔《よ》って死《し》に　［一〇六・11］

屈原は正気で（世を憂えて）川に身を投じ、李白は酒に酔って川面に映った月を捕らえようという風流のなかで溺死したという。死に際はどちらが幸せだったろうか。

川柳の世界では、社会的な身分の高い人物や清潔で正義感の強い人物は、往々にして揶揄、嘲笑の対象にされる。

群烏《むらがらす》汨羅《べきら》に三閭土左大夫《さんりょどざたいふ》　［一四四・1］

汨羅の下流に浮かんだ三閭大夫という高い身分の屈原の水死体を、烏が群がってついばんでいる。

われひとりさめてさまよう隅田川《すみだがわ》　［三九・10］

仲間たちは吉原へ乗り込んで行ったのに、自分だけ一人残ったものの、後から隅田川を舟で上って吉原へ行こうか、それともこのまま戻ろうか思案中。

孟嘗君（もうしょうくん）

戦国時代の斉の孟嘗君（生没年未詳）は、食客数千人を養って斉国の有力な政治勢力となり、その名声は諸侯に聞こえていた。秦の昭王に招かれて宰相に任命されたが、王に疑いをかけられて捕らえられた。孟嘗君は、狗盗《くとう》（犬の真似をするこそ泥）をなす食客を使って、一度王に献上した狐白裘《こはくきゅう》（皮衣）を秦宮の蔵の中から盗み出させて、それを王の幸姫に献じ、その口添えによって釈放された。逃げて夜半に函谷関《かんこくかん》（秦の東境の関所）に至ったが、関の掟として鶏鳴（一番鶏が鳴く）までは、通行を許さないことになっていた。そのとき、食客の一人が鶏の鳴き真似をすると、鶏たちが一斉に鳴きだしたので、関が開けられ、孟嘗君は窮地を脱した（「鶏鳴狗盗」の故事）。

鶏《にわとり》を一《ひと》つ頼《たの》むと関《かん》で言《い》い　〔二五・8〕

物真似《ものまね》で鶏《にわとり》いっち用《よう》に立《た》ち　〔五二・36〕

食客の中には色々な特殊技能を持った人物が多かったが、函谷関での鶏鳴の声帯模写が最も役に立ったろう。「いつち」は、一番の意。

寝耳《ねみみ》へ鶏《とり》の声色《こわいろ》で関《せき》をあけ　〔四三・3〕

「寝耳へ」は、「寝耳に水」を活かす。一番鶏が不意に鳴いたことに疑問を持ちながらも、規則を守らなければならない、関守の立場が詠み込まれているところが面白い。

時計《とけい》なき函谷関《かんこくかん》の大恥辱《だいちじょく》　〔七〇・17〕

こりはてて函谷関《かんこくかん》に時計《とけい》出来《でき》　〔拾五・9〕

孟嘗君の事件に懲りて、二度と騙されないようにと函谷関には時計が備え付けられた。この時代に時計を持ち出す時代錯誤にねらいがある。

孟嘗君は戦国時代の人気者であったから、江戸庶民にもその名前だけは知られていたが、どんなことをした人物であるかまでは知らない人が多かった。そこで、こんなことも起こったようである。

孟嘗君《もうしょうくん》を美人《びじん》だと知《し》ったふり　〔六二・5〕

絶世の美人とされた王昭君《おうしょうくん》など、歴史上の女性の名から連想して判断したのであろう。

盧生

（ろせい）

唐代の伝記小説『枕中記《ちんちゅうき》』の作中人物。戦国時代の蜀《しょく》の人。趙の都邯鄲《かんたん》の旅館で道士呂翁《りょおう》から「邯鄲の枕」を借りて昼寝をしたところ、夢の中で立身出世して、五十年の栄華を楽しんだ。しかし、それは粟飯が炊きあがるくらいの、ほんの短い時間の夢の出来事であり、目が覚めると周囲は何も変わらず、元のままであった。人生の栄枯盛衰のはかなさの喩えとされる「邯鄲の夢」「黄粱一炊《こうりょういっすい》の夢」などの故事である。日本では、謡曲『邯鄲』の主人公として知られる。

夢見《ゆめみ》ぬと盧生《ろせい》は人《ひと》の知《し》らぬもの　［七・15］

邯鄲の枕を借りて夢を見なかったら、「邯鄲の夢」の話は存在しないから、盧生は無名の人で終わったろう。

謡曲『邯鄲』では、盧生の寝入りばなに早くも楚の勅使が登場し「楚国の王が王位を譲りたい」と伝える。その理由を尋ねると、盧生が「瑞相（目出度い人相）の持ち主であるから」という。せかされて迎えの輿に乗せられ、宮城内に入って、王位に就いた。

粟飯《あわめし》のにえ立《た》つ頃《ころ》が即位《そくい》なり　〔三三・38〕

宿屋の食事係が炊いている盧生の粟飯が、やっと煮え立ったころ、盧生は早くも夢の中で楚国の王に即位した。

しろがねの山《やま》をつく頃飯《ころめし》が出来《でき》　〔三四・27〕

王位に就いた盧生が宮中の庭に白銀の山を築かせたころに、食事係の粟飯が炊きあがった。楚王となった盧生は、宮殿の大広間で大小諸侯をはじめ、諸大臣や廷臣たちとやりとりをしていた。

朕々《ちんちん》と言《い》うが盧生《ろせい》の寝言《ねごと》なり　〔拾四・22〕

盧生は寝言の中で朕という言葉を頻発した。「朕」は、帝の一人称。

大《おお》たばな寝言《ねごと》を盧生《ろせい》へしに言《い》い　〔四七・37〕

「大たばな」は、偉そうな。「へしに」は、やたらに。

うなされる盧生杓子《ろせいしゃくし》でつっつかれ　〔六・3〕

あまりにも現実離れした寝言を言うので、宿の食事係に杓子で突っかれたろう。「杓子」は、飯を食器などに盛りつける具。

いい枕寝返《まくらねがえ》りもせず五《い》つ昔《むかし》　〔六四・26〕

謡曲『邯鄲』のシテである盧生は夢の中で栄華を極めたが、舞台の上の盧生の姿は「もじの団扇《うちわ》」（安物の麻糸をもじって目をあらく織った布地のうちわ）を顔に乗せたままじっとしている。

五十年《ごじゅうねん》もじの団扇《うちわ》を顔《かお》へ当《あ》て　〔二九・6〕

舞台の上の盧生は、寝返りもうたずに、五十年の栄華の夢にひたった。

盧生は夢の中で栄華な生活を満喫しているが、現実には片田舎の住人で、安物の唐の団扇を手にしているという落差を活かす。

宿屋の食事の準備がすっかり整ったので、盧生は声をかけられ、夢から覚めた。

汁《しる》も出来《でき》もし盧生《ろせい》さま盧生《ろせい》さま　[一一乙・18]

五十年《ごじゅうねん》たつとはたごや膳《ぜん》を出し　[二八・19]

夢の中でちょうど五十年経過したところで、宿屋の食事の用意が出来たとして起こされ、食事を出された。

寝言《ねごと》など言《い》いはせぬかと盧生《ろせい》言《い》い　[拾四・20]

当人もそれなりに気にしていたようである。

粟飯《あわめし》が出来《でき》ると元《もと》の旅人《たびと》なり　[一三・4]

美しい宮殿の中で宮女に囲まれて酒宴を開き、甘露の味もこのようであろうと思われる旨さの食事を味わってきた盧生は、急に現実の世界に戻された。

目《め》が覚《さ》めてあじきなく食《く》う粟《あわ》の飯《めし》　[二六・15]

いい夢《ゆめ》を見《み》て粟《あわ》の飯《めし》まずくなり　[三〇・20]

宿の粟飯はさぞかし、つまらないものとして映ったに違いない。

栄華《えいが》のうちに粟餅《あわもち》がかたくなり　[一一・19]

第四章　秦・漢時代

蘇武（葛飾北斎筆）

始皇帝

（しこうてい）

始皇帝（前二五九～前二一〇）は、秦王朝の初代の皇帝で姓は嬴《えい》、名は政《せい》という。父の子楚《しそ》（後の荘《そう》襄王《じょうおう》）が人質として趙《ちょう》の邯鄲《かんたん》に滞在していた頃、同じく人質として邯鄲にいた燕《えん》の太子丹《たん》とは幼友達であった。その後、秦の王位を嗣いだ政は、燕の太子丹を人質として秦に留めた。

『平家物語』によると、丹は秦王の扱いが非礼であるとして強い不満を持ち、帰国を願い出たが許されず、却って秦王から「烏《からす》の頭を白くし、馬に角を生やしたら帰国を許そう」と言う難題を出されてしまった。丹が天を仰いで嘆き訴えると、不思議なことに、烏の頭が白くなり、馬には角が生えた。秦王はやむなく丹を出立させたという。

燕《つばめ》の子《こ》白《しろ》い烏《からす》が出《で》て助《たす》け　［五一・12］

白頭《はくとう》の烏《からす》がかえす燕《つばめ》の子《こ》　［七九・23］

秦から逃げ帰った燕の太子丹は、前二二七年、秦に報復するため、荊軻《けいか》・秦舞陽《しんぶよう》の二人を刺客として秦へ送り込んだ。二人には、秦の亡命将軍樊於期《はんおき》（始皇帝が金千斤と一万戸の領地を懸賞としてその首を求めていた）の首と、燕が献上する肥沃な土地の地図を持たせた。秦の咸陽宮《かんようきゅう》で謁見し、その場で始皇帝を暗殺しようという計画である。

樊於期《はんおき》が首《くび》はおさきにつかわれる　［二二・37］

首《くび》と絵図《えず》踏《ふ》んちらかして追《お》っかける　［一八・23］

燕の二人の刺客は、秦の宮殿の中で始皇帝に謁見し、暗殺の機会を得ると手土産として持参した大事な首と地図をそっちのけにして、始皇帝を追いかけた。目的が献上品を奉納することではなく、暗殺にあったことを暗示する。

刺客に、殿中で衣の袖口を捕まえられた始皇帝は、観念したように「今は生命の最後であるから、華陽《かよう》夫人の琴の音を聴いて冥途の迷いを免れたい」と懇願した。歴史上の華陽夫人（?〜前二三〇）は、始皇帝の祖父、安国君《あんこくくん》（後の孝文《こうぶん》王）の正夫人であるが、江戸庶民に親しまれた謡曲『咸陽宮』などでは、始皇帝に仕える后で琴の名手として登場し、始皇帝の危機を救った女性としている。

琴爪《ことづめ》ではしの歩《ふ》を突《つ》く始皇帝《しこうてい》　［五二・23］

「はしの歩を突く」は、将棋の語で、手の窮した時に、端の歩を進めること。転じて、打つ手がなくなったことを言う。

きき納《おさ》め琴《こと》をと王《おう》の一手《いって》すき　［六・22］

「王の一手すき」は、将棋の語。相手につけ込む一手の隙。

聞《き》くうちは待《ま》てと始皇《しこう》の手琴《てごと》なり　［六一・22］

武士の情け、この琴の演奏が終わるまでは、お待ちなされ、と言いながら、始皇帝は琴を弾く真似をした。
華陽夫人は、「わが君、お聞きくださいませ。高い七尺の屏風も躍れば、越えられるでしょう。薄衣の袂も引けば、切れましょう。刺客どもはすっかり琴の音に酔っております。臣下の者たちは、わが君をお助けしようとしております」という秘曲の調べを繰り返し奏でて、始皇帝に決断を促した。

　急《きゅう》なこと始皇《しこう》を爪《つめ》で救《すく》うなり　［二九・15］

「こと」は、「事」と「琴」とを掛ける。爪は琴爪のこと。

　きゃしゃな手《て》で荒《あら》わざのべの琴《こと》を弾《ひ》き　［四〇・7］

華陽夫人は華奢な手で琴を弾きながら、荒技を始皇帝に勧めた。

　三《み》つ指《ゆび》で手《て》まねきをして逃《に》げろなり　［三一・7］

琴を弾くのは、三つ指。

　引《ひ》っ切《き》りの飛《と》べのと琴《こと》で振《ふ》りを付《つ》け　［一七・33］

華陽夫人の奏でる琴の調べに、二人の刺客も聞き惚れ、何時しか眠気を催すようになった。

　いい趣向抜身《しゅこうぬきみ》を琴《こと》でねせつける　［三五・15］

華陽夫人の琴の音で刺客を寝せつけてしまおうという始皇帝の工夫は、よい考えであった。「趣向」は、「始皇」を掛ける。「抜き身」は、二人の刺客を指す。

　ころりんとだましてしゃんと始皇逃《しこうに》げ　［八三・41］

始皇帝はふたりの刺客がうとうとしている隙に、巧く琴の音に合わせて足音を忍ばせ、その場を逃れた。「ころりん・しゃん」は、琴の音。「ころり」と「だます」を活かしている。

二人の刺客が計略に気がついたときは、既に遅かった。始皇帝は袖を引きちぎり、屏風を跳び越えて危機を脱した。

名曲《めいきょく》で樊於期首《はんおきくび》を棒《ぼう》に振《ふ》り　［八三・73］
女《おんな》めもぐるだと荊軻秦舞陽《けいかしんぶよう》　［五六・28］
気《き》の太《ふと》い女《おんな》は華陽夫人《かようふじん》なり　［一八・36］

刺客に袖を捕まれ追いつめられて、絶体絶命であると思えた始皇帝が、袖を振りきって屏風を飛び越えるという、思いも寄らないことをして逃げてしまった。

袖《そで》ばかり持《も》ってあほうの二人《ふたり》なり　［一五・8］
さあとんだ事《こと》だと荊軻秦舞陽《けいかしんぶよう》　［四二・17］
とんだ知恵《ちえ》つけたのは華陽夫人《かようふじん》　［一三・38］

「とんだ」は「飛んだ」と「思いも寄らない」とを掛ける。

始皇帝は華陽夫人の琴の調べに促されて、七尺の高さの屏風を跳び越えて、必死に逃げたという。

始皇帝八尺《しこうていはっしゃく》ほどは飛《と》び上《あ》がり　［三九・39］
爪音《つまおと》は命《いのち》の親《おや》と始皇《しこう》ほめ　［六八・2］

始皇帝は華陽夫人の琴の音は、わしの命の恩人であると誉めた。多くの候補者の中から、始皇帝の父を王位の後継者に指名してくれた歴史上の華陽夫人は、この事件が起こる四年前に他界している。この話とは別の意味で、始皇帝にとっては、やはり「命の親」であったろう。

始皇帝は前二一九年、東方の群県を巡り、泰山《たいざん》（今の山東省内）へ登って天を祀り、下山するとき、俄かに風雨に襲われ、大きな松の樹の下に避難したことがあった。

木《き》のそばに公《こう》のまします雨宿《あまやど》り　〔一一・37〕

始皇帝は松の木の下で雨宿りをした。「木のそばに公」は、「松」をいう。

松《まつ》の木《き》の下《した》できぬ傘《がさ》しぼるなり　〔一四・8〕

供奉《ぐぶ》の官人《かんじん》松《まつ》の木《き》のわきでぬれ　〔二五・15〕

雨宿りといっても官人たちは、雨に濡れているというのがミソ。

雨宿《あまやど》り始皇《しこう》でからが惨《みじ》めなり　〔八・26〕

雨宿りをして雨が上がるのを待つ気持ちは、始皇帝ほどの高貴な人でも実に惨めなものであろう。

笠合羽《かさかっぱ》咸陽《かんようきゅう》宮をかつぎだし　〔一一・27〕

泰山にいる皇帝に、遙か遠く離れた都の咸陽宮から笠合羽を届けようとさせたところがミソ。

朝焼《あさや》けのした日《ひ》に始皇《しこうか》狩りに出《で》る　〔拾四・20〕

庶民の間では、朝焼けは雨または嵐の前兆というのは常識である。天子ともあろう者が常識も知らずに、雨具の用意もなしに狩りに出るとは、迂闊なことだ。

始皇帝はその威を天下に示すために、巨大な阿房宮《あぼうきゅう》を築いた。謡曲『咸陽宮』などによると「宮城は普通の地面より三里高く、雲を凌ぐばかりに築き上げたもので、その四方には、四十里の鉄塀が設けてある。塀の高さが百余丈もあるので、空高く飛ぶ雁も特別の雁門《がんもん》を通らなければならない。宮城の内には、三十六の宮殿があり、地面には、真珠や瑠璃《るり》や黄金の砂などが敷きつめてある。長生《ちょうせい》殿《でん》から不老門《ふろうもん》までは、屋根が続いている。天子の御殿である阿房宮は、銅の柱の高さは三十六丈、東西の広さが九町、南北が五町云々」とある。

夕立《ゆうだち》にこり三百里《さんびゃくり》たて続《つづ》け　〔一三・15〕

阿房宮は突然の夕立に懲りた始皇帝が、雨に濡れないところを多くしようとして、建て続けた結果が全長三百里にも達する建物になってしまったのだろう。

参内《さんだい》に三日路《みっかじ》かかる阿房宮《あぼうきゅう》　〔八四・25〕

「三日路」という誇大な表現が庶民の気持ちを代弁している。

下馬札《げばふだ》を梯子《はしご》で掛《か》ける阿房宮《あぼうきゅう》　〔六八・33〕

「下馬札」は、参内者に下馬すべきことを記した立て札。

内庭《うちにわ》へ始皇榎木《しこうえのき》を植《う》えさせる　〔一〇・41〕

始皇帝は阿房宮の内庭が広いので、便宜を考えて一里塚を設けさせたろう。江戸幕府が街道に一里塚を設け、榎木や松の木を植えたことを活かす。

始皇帝《しこうてい》畳《たたみ》の上《うえ》で旅《たび》やつれ　〔四四・22〕

中国では畳は使われなかったろうが、それにしても「畳の上」と「旅やつれ」のアンバランスが笑わせてくれる。

春霞《はるがすみ》包《つつ》みかねたり阿房宮《あぼうきゅう》　〔一六四・22〕

股《また》ぐらを雁《かり》がねのとぶ始皇帝《しこうてい》　〔五三・15〕

空高く飛ぶ雁も、雲を凌ぐほどの高さの宮殿を越えるときには、雁門をくぐって通過したろう。雁門は始皇帝の居室の下に設けられていた。

広大な阿房宮には、後宮三千人といわれるように美女が満ち満ちていたが、男子は禁制であった。

阿房宮《あぼうきゅう》男《おとこ》の声《こえ》は始皇《しこう》なり　［一〇・31］

壱荷《いっか》では足《た》らぬ阿房《あぼう》の化粧水《けしょうすい》　［八〇・14］

阿房宮の化粧水は荷車一台の分量では足らなかったろう。

阿房宮持薬《あぼうきゅうじやく》に鳳《ほう》の玉子酒《たまござけ》　［一三三・17］

阿房宮では、鳳凰の玉子酒はやっぱり、不老不死の仙薬ではないかと……。「鳳凰」は、想像上の瑞鳥である。

阿房宮羅切《あぼうきゅうらせつ》したのがはききなり　［二一・22］

阿房宮の内では去勢された宦官たちが、羽振りよく振る舞っていた。

三千《さんぜん》の船《ふね》に帆柱一本立《ほばしらいっぽんた》て　［八三・76］

阿房宮には三千人の女性たちが……。皇帝は今夜はどのお船に、帆柱をお立てになるのやら。

九年目《くねんめ》で后《きさき》はやっと泊《と》まり番《ばん》　［一五四・12］

果実が実を結ぶのは、桃・栗三年、柿八年、といわれるが、それよりも長い年月を待たなければ、后でも順番が来ない。ほんに待ち遠しいことよ。

只一本三千人《ただいっぽんさんぜんにん》の廻《まわ》りもち　［一四一・21］

三千分の一では、多くの女性たちは悶々の夜を過ごすか？　これが後宮の管理が難しい原因の一つ。
阿房宮は始皇帝が死去したとき、未だ完成されていなかった。その後、楚の項羽に火をかけられ、三か月の間燃え続けた。

阿房宮《あぼうきゅう》消えかね九十一日目《くじゅういちにちめ》　〔三九・4〕

阿房宮三隣亡《あぼうきゅうさんりんぼう》に垣《かき》を結《ゆ》い　〔傍五・24〕

「三隣亡」は、民間の暦注で凶日の一つ。この日は、普請始め、柱立て、棟上げなどには大凶とされる。もしこの日を用いて施行した建造物や造作が、後日災禍を起こした場合には、近隣の三軒を焼き滅ぼすとされる。
始皇帝は前二一三年に、現在の政治を誹謗する儒家の言論を封殺するため、李斯《りし》の進言を採用して、民間に蔵する医薬、卜筮《ぼくぜい》、種樹に関する以外の書物をすべて焼き尽くさせた（「焚書」の故事）。

きついもの四百余州《しひゃくよしゅう》に本《ほん》がなし　〔一五・4〕

草草紙《くさぞうし》までも取《と》りやげる始皇帝《しこうてい》　〔一三・10〕

「草草紙」は、小説類のやわらかい読み物。庶民の楽しみ。「取りやげる」の口調が利いている。

変《へん》なこと始皇《しこう》ちんぷんかんきらい　〔一八・36〕

おかしなことに始皇帝は、漢文が嫌いなんだとさ。始皇帝は自分が難解な書物は嫌いなので、焚書の策を実行したに違いないという。「ちんぷんかん」は、漢文で書かれた書物を冷やかして言う。ここでは、経書類をいう。

人々は焚書という露骨な言論封殺の愚民政策は、長く続くはずはないと判断したのだろう。そして、この暴風が過ぎ去るのをじっと待つ気持ちになり、書物の冊子を解いて、壁の木舞掻き（壁の下地に組む竹）に利用して、隠したのである。

始皇《しこう》をば壁《かべ》と見《み》て書《しょ》を塗《ぬ》り込《こ》める　［五六・31］

明徳《めいとく》を壁《かべ》になしたる秦《しん》のやみ　［八二・21］

始皇帝は立派な徳を涵養する経書を壁に塗り込めさせてしまったので、秦の代は本当の闇になってしまったろう。「秦の」は、「真の」を掛けている。

始皇帝壁《しこうていかべ》の中《なか》には気《き》が付《つ》かず　［一三・19］

唯我独尊的な為政者の政策に、現実の生活に密着した庶民の知恵が勝利した。

当時の秦の政治は、法治主義に基づく厳しい政策であった。徳治主義を唱える儒者には多くの不満があり、始皇帝を誹謗する者があった。始皇帝は大いに怒り、自分を誹謗したかも知れない学者たちを厳しく取り調べた。取り調べを受けた儒者のうち、禁を犯したとされる者は次々と逮捕され、坑（穴埋め）にされた（「坑儒」の故事）。その数は、四百六十余人に達したという。

始皇帝口《しこうていくち》がいやさに生《い》き埋《うず》め　［一二・10］

諫《いさ》めると穴《あな》だと始皇《しこう》おどすなり　［一三・25］

異議《いぎ》を三千《さんぜん》いわせぬは始皇《しこう》なり　［五一・19］

「異議を三千」は、『中庸』に「礼儀三百威儀三千」とあるのを活かす。

ぱいぱい儒者《じゅしゃ》もゆるすなと始皇下知《しこうげち》　［二六・22］

始皇帝は「儒者はとるに足らないぺいぺいでもすべて捕らえよ」という命令を下したろう。

詩の語《ご》のといわせず始皇皆埋《しこうみなうず》め　［四〇・35］

「詩の語の」は、「詩経と論語」と「四の五の」とを掛ける。あれこれと言わせずの意。

もう読《よ》める奴《やつ》はないかと始皇帝《しこうてい》　［五四・25］

秦《しん》の世《よ》に坑《あな》にはまるは恥《はじ》でなし　［五二・28］

始皇帝の代に穴埋めにされることは、為政者から儒者としてのお墨付きをもらえたことになるから、恥ずかしいことではなかったろう。

書物を焼き払い、儒者を生き埋めにした「焚書坑儒」は、暴虐な行為であり反動的な処置であった。その結果、始皇帝の独裁は益々進み、秦は滅亡への道を早めることになった。

文盲《もんもう》な奴《やつ》をば埋《う》めぬ始皇帝《しこうてい》　［一二・34］

始皇帝《しこうてい》無学《むがく》なやつを出世《しゅっせ》させ　［七二・9］

儒《じゅ》を坑《あな》にしたから鹿《しか》を馬《うま》にする　［傍三・26］

正統な儒者が存在しなくなったから、鹿のことを馬と言い張る出鱈目（一一七ページ参照）がまかり通ることになったのだろう。

徐福
（じょふく）

秦の方士であった徐福（生没年未詳）は、権力を絶対的なものにした始皇帝が何とか不老不死の仙薬を得て、現在の権力を永遠に維持したいという願望を持っていることを知った。そこで始皇帝に「斎戒して童男・童女を連れて探しに行けば、不老不死の仙薬を求めることが出来る」と上書した。始皇帝はそれを信じ、実行することを命じた。

不老不死《ふろうふし》始皇《しこう》持薬《じやく》に飲《の》む気《き》なり　〔三八・26〕

徐福は始皇帝から大きな期待をかけられ、多額な費用を渡されて、三千人の童男・童女を率いて東方の蓬萊《ほうらい》（日本）の島を目指して船出し、蓬萊にやっと到着した。

肌《はだ》のいい子供《こども》を連《つ》れて徐福《じょふく》くる　〔四四・30〕

徐福は若々しい男女の青年たちを引き連れて、はるばる日本へやってきたようだ。

さて遠《とお》い一里《いちり》と言《い》うて徐福《じょふく》来る　〔五六・17〕

蓬萊は遠く万里の彼方にある島と聞いていた徐福は、蓬萊に着いてから一里の長さがこんなに長いとはと、愚痴をこぼしたろう。当時の日本の一里は、中国の六里に相当する。

日本には徐福に関する伝説が非常に多く残っている。渡来した徐福は富士山の北麓に住み、そこで生涯を終えたというのもその一つである。江戸時代中期には徐福を祭る小さな祠《ほこら》や徐福の墓が作られていたという。

他国《たこく》から富士《ふじ》へ代参一度立《だいさんいちどた》ち　［二九・15］

中国の始皇帝の代参として徐福が、我が国の富士山へ来たのだろう。「代参」は、他人に代わって神仏へ参詣すること。江戸時代には霊峰富士山を信仰する富士講が盛んであった。

時知《ときし》らぬ山《やま》を尋《たず》ねて徐福来《じょふくく》る　［四七・6］

「時知らぬ山」は、富士山のこと。『伊勢物語』東下りの「時知らぬ山はふじのねいつとてか鹿子まだらに雪の降るらん」を活かす。

日本《にっぽん》へふじな使《つか》いを始皇《しこう》たて　［五六・25］

「ふじ」は、「不死」と「富士」とを掛ける。

徐福は蓬萊の島の富士山へ迷わず到着できたわけではない。川柳作者は、伝説に基づいて徐福が最初に着いた所は、幕府が外国との接触を許可していた長崎としたようである。

面舵《おもかじ》に不二《ふじ》へ引《ひ》き向《む》け徐福来《じょふくく》る　［三九・9］

徐福は中国本土を離れてから、渤海を横切って進んだ後、船の舳先を右に向けて進んで来たろう。

長崎《ながさき》で駿河路《するがじ》を先《ま》ず徐福聞《じょふくき》き　［四一・6］

駿河の国にある富士へ向かう途中、三保が崎を通過した際。

三保《みほ》が崎《さき》あたりを五湖《ごこ》と徐福《じょふく》ほめ　[四一・10]

このあたりの風景は中国の名勝地洞庭湖の美しさと比べても遜色がないと誉めたことだろう。

いよいよ富士が近づいてきたので徐福が船を三保の松原の見える清見潟の近くに着けた。

清見潟《きよみがた》あたりへ徐福船《じょふくふね》を着《つ》け　[三五・38]

上陸した徐福は一安心したが、冷静になって観察すると、自分の身近には中国の仲間である方士はもちろんのこと、母国語を話せる人間もいなかった。

来《き》は来《き》たが話《はな》し相手《あいて》のない徐福《じょふく》　[九・27]

国者《くにもの》の壱人《ひとり》もないは徐福《じょふく》なり　[六八・2]

童男童女ばかりでは、話し相手にはならないし、気を休める状態にはなれなかったろう。

始皇帝の代参であるから、何としても富士山には登らなければならない。富士山に登るためには白衣を着て、杖をつき「懺悔懺悔六根清浄」と唱えながら登らなければならなかった。

唐音《とうおん》で徐福《じょふく》はざんげして登《のぼ》り　[三七・34]

徐福は中国語でなにやら分からない言葉をぶつぶつ唱えながら富士山を登ったことだろう。

この地に伝わる伝説によると、富士山を尋ねてきた徐福は、北麓で不老不死の仙薬を探し求めているうちに、神武天皇第三皇子神八耳命《かむやいみみのみこと》の末孫で富士山の北麓を開拓した下津岩根童子《しもついわねのどうじ》の部下の供《とも》翁《おきな》の娘「オキナケ」を愛するようになり、この女性を娶って、そのままここに留まったという。

雪《ゆき》の肌《はだ》見《み》とれて徐福《じょふく》かえられず　[七九・8]

徐福は、日本の佳さに心を奪われてしまったのだろう。「雪の肌」は、「富士の雪の肌」と「女性の雪の肌」とを掛ける。徐福の失踪は予定の行動か？

雪《ゆき》に居続《いつづ》け徐福《じょふく》が初《はじ》めなり　[一〇一・23]

恋人の所で一夜を明かし、朝になったら雪だから帰れないと弁解して帰らず、そのまま居続けたのは徐福が最初であろう。「居続け」は、遊里で一夜を明かし、朝になっても帰らず、そのまま居続けること。

徐福は中国の港を大船八十五隻に三千の童男童女、金銀珠玉、五穀、器財を分乗して船出した。これでは準備万端を整えて、二度と故郷の地を踏まない覚悟で出航したとしか思えない。徐福には最初から不老不死の仙薬を探す意思はなく、蓬萊の島へ移住する覚悟で出かけてきたのであろうという。

山《やま》ほどのうそをついたは徐福《じょふく》なり　[三八・26]

大《たい》そうな取《と》り逃《に》げ駆《か》け落《お》ちは徐福《じょふく》　[三五・20]

山《やま》がはずれて欠落《けつらく》は徐福《じょふく》なり　[八八・23]

自分の見立てが外れて、日本に亡命してしまった（中国に帰国しなかった）のは、徐福である。

徐福が長い航海の果てにたどり着いたのは熊野浦《くまのうら》で、現在の阿須賀《あすか》神社のあたりが上陸地点といわれ、その背後の蓬萊山には徐福が採取したという天台烏薬《てんだいうやく》（腎臓病、リュウマチに特効がある）とよばれる薬草が生育していた。徐福は従者らと共に土地の人々に農耕、漁法、捕鯨術、紙すき等を教えた後、さらに西方の新宮《しんぐう》に移り住んだという伝説もある。新井白石の『同文通考』にも「今熊野の付近に秦住《はたす》という地あり、土人相伝えて徐福の居住の旧地となす」とあって、この伝説はかなり広く知られていたようである。熊野には、江戸時代に建てられた徐福の墓とされるものも残っている。

鯨汁豚《くじらじるぶた》よりいいと徐福《じょふく》喰《く》い　[四三・30]

徐福は中国で食べる豚汁よりも、日本で食べる鯨汁が美味しいと言って喜んだろう。江戸時代には、熊野は捕鯨が盛んであった。

そもそも不老不死の仙薬なんてものが、この世にあるはずはない。何でも自分の思い通りになると思った世間知らずの始皇帝が、方士の徐福に見事に騙されたのさ。それにも気づかずに、徐福の帰りを待ち続けたとは。始皇帝も焼きが回ったか？

薬取《くすりと》り始皇《しこう》待《ま》てども暮《く》らせども　[四三・20]

薬取《くすりと》り始皇帝《しこうてい》でも待《ま》ち惚《ぼう》け　[一三七・10]

徐福に一杯食わされたことに気づかず、徐福の帰りを待ち続けるなんて、まったくあきれたもんだ。諺の「待ち惚け」と「待てど暮らせど」を活かす。

徐福が本当に始皇帝のことを思っていたのならば、求めていた薬が日本には全く存在しなかったというわけではない。

おれが徐福《じょふく》なら四《よ》ツ目屋《めや》で買《か》って行《ゆ》く　[一五五・9]

おれが徐福なら、江戸両国の四ツ目屋で「長命丸」を買って、不老長寿の薬だと持って帰るよ。

「四ツ目屋」は、江戸両国にあった淫薬・淫具等専門の薬屋。買う人の恥ずかしさを考慮して、店先を暗くしたり、顔を見られないで買えるような工夫をしていた。最も有名な商品が、「長命丸」であった。

趙高（ちょうこう）

趙高（?～前二〇七）は、始皇帝と二世皇帝に仕えた宦官である。ある時、二世皇帝の胡亥《こがい》に鹿を献上して「馬でございます」と言った。帝は笑って「これは馬ではない、鹿であろう」と言って、左右の臣下を見回すと、彼らは趙高の権勢を恐れて沈黙し、趙高におもねる者は「馬でございます」と答えた。臣下の中には「鹿でございます」と答えた者もあったが、趙高は「鹿である」と答えた者を、後日に処刑した（「鹿を指して馬と為《な》す」の故事）。

口《くち》うらを趙高馬《ちょうこううま》と鹿《しか》で引《ひ》き　［二二・6］

趙高は馬と答えたか、鹿と答えたかによって、臣下の心中（身方か敵か）を探った。諺の「口裏を引く」を活かす。

その結果、馬が鹿と呼ばれるようになった。それまで馬は人間生活と密接な関係を持っていたので、

「さあ大変だ」ということになり、川柳作者の想像力を大いにかきたてたようである。

鹿《しか》をどうどうどうと引《ひ》く馬鹿《ばか》らしさ　〔一三・10〕

「どうどうどう」は、牛馬を停止させるときのかけごえ。

秦《しん》の代《よ》に鹿《しか》のいななく飛《と》んだこと　〔四四・3〕

「いななく」のは、元来馬である。

馬《うま》の気《き》でくるまに乗《の》って笑《わら》われる　〔一四・27〕

急ぎの用事で馬車で駆けつけようと車に乗ったら、速く走る馬車ではなく、鹿の引く乗り物だった。

鹿留《しかと》めの札《ふだ》秦《しん》の代《よ》の道普請《みちぶしん》　〔八七・21〕

「鹿留め」と書いてあった。「馬留めの札」を利かせる。

宮廷の年中行事である正月七日の節会にも（実際は馬に乗っているのであるが）、宮中に仕える女官は左右の鹿寮から鹿に乗って登場するという前代未聞のことになったろう。

秦《しん》の代《よ》の宮女《きゅうじょ》七日《なのか》は鹿《しか》にのり　〔八五・21〕

また正月の芝居でも、

秦《しん》の代《よ》の芝居《しばい》下官《げかん》は鹿《しか》の足《あし》　〔一〇〇・133〕

芝居の世界にも趙高の意向が徹底していて、張り子の「馬の足」の役は「鹿の足」と呼ばれるようになったろう。

趙高は他人に自分の意向を強制するだけではなく、自分自身でもそれを徹底したろう。

趙高《ちょうこう》が剣《けん》を掛《か》けとく馬《うま》の角《つの》　［七六・25］

鹿の角の剣掛けならば、高級品だが。これこそまさに歴史的な珍重品であろう。

趙高《ちょうこう》はしかも馬《うま》だと湯《ゆ》やで言《い》い　［三二・44］

趙高は、わしは馬だと言ったが、実は鹿なんだと、湯やで言い訳をした。素裸でしか入れない「湯や」を詠み込んだところが利いている。

趙高《ちょうこう》が一《いち》もつしかも馬《うま》のよう　［五八・36］

「しかも」を利かす。

趙高《ちょうこう》が女房《にょうぼ》鹿《しか》だとはねつける　［九二・29］

女性は、鹿よりは馬（小よりも大）の方が好きなようである？

趙高は兄弟共に去勢された宦官であったが、学問ができたので公子胡亥の教師となっていた。その胡亥が即位したので、絶対の信任を得て横暴な政治をした。猜疑心が強く、皇帝に影響を与えて実力者の李斯《りし》を粛清し、また皇帝の座を脅かすおそれのある公子や公主をことごとく殺した。このことは、始皇帝の一族の力を完全に失わせるものであった。

世《よ》のそしり趙高鹿《ちょうこうしか》の耳《みみ》に風《かぜ》　［一六二・8］

世間からの非難にも、趙高は少しも動ぜず、聞き流していたろう。「馬耳東風」を活かす。

秦《しん》の代《よ》のつぶれも馬鹿《ばか》と阿房《あぼう》なり　［八七・28］

秦王朝が短い期間で亡びた原因は、鹿を馬だとした趙高の横暴と始皇帝が阿房宮を建設したことにあろう。

劉邦・項羽（りゅうほう・こうう）

劉邦（前二四七～前一九五）は、今の江蘇《こうそ》省の中流農家の出身で、若いときは家業も手伝わず無頼の徒であった。しかし、人に対する思いやりの心を持ち、施しを好んで、心は広く大きかった。壮年になってから役人に採用され、宿駅泗水《しすい》の亭長（村長兼駐在所の巡査のような役目）となった。それでも郡の役所の役人たちを、みな侮り軽んじており、酒色を好んで、馴染みの居酒屋で酔いつぶれていることも多かった。

ある日のこと、壮士を引き連れて山道を行くと、長さ十丈（約二十メートル）ほどの大蛇が道をふさいでいた。一同はそれを避けて、別の道を通行しようと主張したが、劉邦はそれを聞きいれず、剣を抜いて大蛇を両断して道を開いて通った。従う者たちは皆その行動に驚いたという。

うわばみの時《とき》に沛公《はいこう》ぬいたまま　［二一・27］

沛公は大蛇を退治するために刀を抜いたが、それ以来、剣を抜いたことはない。「うわばみ」は、大蛇。また大酒飲みのこと、大蛇と沛公とを掛けている。

このとき、劉邦が抜いた剣が、どのような剣であったかは分からない。しかし、晩年、危篤に陥ったとき、医師が「ご病気はお治しすることが出来ます」と言うと「わしは無位無官の身で、三尺の剣を引っ提げて、天下を取った。これは天命というものだ。わが命も天命に任すのだ」と主張し、医師には大金を与えて、治療を止めさせたという。劉邦が常時携行していたのは僅か「三尺の剣」であったようだ。

三尺《さんじゃく》の剣《けん》四百《しひゃく》の元手《もとで》なり 〔二六・36〕

三尺《さんじゃく》の剣《けん》で四百《しひゃく》を切《き》り鎮《しず》め 〔四六・19〕

たった三尺の剣を引っ提げて、中国全土を支配したという。武力を主体として制圧したのではないことをいう。「四百」は、中国全土（四百余州）を支配すること。

始皇帝の死の翌年に陳勝《ちんしょう》・呉広《ごこう》の乱が起こったとき、沛《はい》（今の江蘇省内）の父老が県令を殺し、劉邦を立てて沛の令とした。楚では「令」のことを「公」といったので、劉邦は「沛公」と名のり、沛の子弟を率いて兵を挙げた。山東一帯を手中に収めた後、楚の懐王《かいおう》の傘下に入り、項梁《こうりょう》、項羽らと力を合わせて秦の打倒を計った。

項羽（前二三二～前二〇二）は、名は籍という。歴代、楚の将軍をつとめた家柄の出で、羽は楚の将項燕《こうえん》の甥の子である。叔父の項梁に従って、秦末に農民蜂起軍に参加し、叔父の死後はその部隊を率いて、抗秦の主力となった。

項梁の死後、項羽と劉邦とは別々な行動をとった。それは楚の懐王が諸将に「先《ま》ず入りて関中《かんちゅう》を定

む る 者は之《これ》に王とせん」と約束していたからである。天下の中心である関中の王は、誰もがなりたがっていたのはいうまでもない。ここに両雄による先陣争いが開始された。

高祖《こうそ》と項羽大《こううたい》そうな廻《まわ》りくら 〔二七・31〕

廻《まわ》りくらに負《ま》けたのは項羽《こうう》なり 〔三六・35〕

劉邦と項羽の大がかりな廻りくらは、劉邦の勝ち、項羽の負けであった。「廻りくら」は、互いに違った道を通って、同一の地点に早く着いた方が勝ち、となる遊戯。

前二〇六年、項羽は咸陽《かんよう》を目指して大軍と共に函谷関《かんこくかん》に到着したが、劉邦の兵が関を守っていた。その上、劉邦がすでに関中に入って、咸陽を陥落さたという知らせを聞くと大いに怒り、関を打ち破って軍を進めた。一方、劉邦は咸陽を陥落させたが、部下の諫言を聞き入れて、そこには留まらず、秦の財宝をおさめた庫に封印して、項羽の到着を待っていた。

項羽軍は関中に入ると、鴻門《こうもん》（今の陝西省内《せんせい》）に駐屯した。項羽の参謀范増《はんぞう》は、劉邦が秦の財宝にも後宮の女性にも手をつけなかったと聞いて、大志在りと見抜き、早く攻め滅ぼすことを勧めた。

このことを項羽の叔父の項伯《こうはく》が聞いて、急いで劉邦軍中の張良に知らせた。項伯はかつて殺人を犯したが、張良によって命を助けられたことがあり、その恩義に報いようとしたのである。ときに項羽の軍は四十万、劉邦の軍は十万であった。

このことを知らされた劉邦は、やむを得ず自ら百余騎を率いて、釈明のために鴻門に向かった。これが有名な「鴻門の会」である。両雄の宴席がたけなわになり、余興の剣舞が始まると、劉邦の命がねらわれていることが判明した。張良《ちょうりょう》は主君の危急を、護衛の樊噲《はんかい》に知らせた。主君の一大事を知らされた樊噲は「そりゃ一大事だ、一刻も猶予していられない。主君と生死を共にしよう」といって、剣を帯び盾を抱え、血相を変えて軍門に入った。

鴻門《こうもん》の会《かい》に益《えき》なき楯《たて》を持《も》ち 〔九・28〕

鴻門の会は、劉邦の釈明と両者の和解を図るための会合であったから、本来は武具は不必要なのに、樊噲は楯を持って会場に乗り込んだ。

樊噲《はんかい》も頼《たの》みましょうと初手《しょて》は言《い》い 〔三・28〕

中国の勇士に、入り口で「頼みましょう」と江戸時代の言葉を使わせたおかしさ。

項羽《こうう》の門《もん》の番《ばん》めりめりでびっくり 〔九一・25〕

樊噲は、力ずくで陣門を押し倒して内へ入ったので、番兵は驚いた。樊噲は会場に押し入り、幕をかかげて項羽をにらみつけた。それから大声で、劉邦の功績を述べ、功労のある者を誅するのは亡秦の後継者ではないか、と言い立てた。

むさすみをもって樊噲《はんかい》たたくなり 〔拾六・10〕

「むさすみ」は、近江の武佐地方で作られた墨の名。堅くてなかなか磨り減らなかった。転じて、減らず口の喩え。

樊噲《はんかい》が来《こ》ぬと鞘《さや》へはおさまらず 〔三六・32〕

樊噲の登場がなければ、鴻門の会は無事には収まらなかった。

劉邦は宴席を中座して厠へ行き、樊噲を招いて外へ出た。あとは張良に任せて、そのまま辞去の挨拶もせず、間道づたいに逃げ帰った。

せつなぐそたれに張良《ちょうりょう》おいて出《で》る [一八・18]

劉邦は、急に便意を催したとして、張良を座に残したまま門外に出た。どんなに切迫した場面でも、生理現象を持ち出されては、項羽に限らず、誰でも拒否はできないだろう。明らかに作戦勝ち。

鴻門《こうもん》の会雪隠《かいせっちん》から逃《に》げる [三二・19]

「雪隠」は、厠。トイレ。

鴻門《こうもん》の会食《かいく》い逃《に》げを高祖《こうそ》する [三五・11]

高祖が項羽に挨拶もせずに退出したことを心配すると、樊噲は「大行《たいこう》は細瑾《さいきん》を顧みず、大礼《たいれい》は小譲《しょうじょう》を辞せず。今我々は、俎上《そじょう》の魚肉である。わざわざ挨拶などする必要はない」と言って、劉邦をたしなめた（「俎上の肉」の故事）。

鴻門《こうもん》の帰《かえ》りはんかいくだをまき [一三・8]

劉邦を討つことに失敗した項羽は、関中に入ると、降伏した秦王子嬰《しえい》を殺し、劉邦が封印した財宝と美女を奪い、宮殿に火を放った。宮殿は三か月の間燃えつづけたといわれる。事実上、天下の主となった項羽は、関中に君臨すれば天下に号令できると勧められたが、故郷に錦を飾りたい気持ちが強かった。そこで、関中は三分して自分の系列の功臣に与え、自分は梁・楚九郡の王となり、西楚の覇王と称した。

項羽は功労者を各地の王としたが、そこにはあきらかな偏重人事があった。自分の息のかかった者には、良い土地を与え、そうでない者は不利な扱いを受けた。それが露骨であったため、諸将の間に不満が起こった。劉邦は、巴《は》・蜀《しょく》・漢中を与えられて漢王となった。

漢王に封じられてから五年後（前二〇二）、劉邦は領地を与える約束で諸侯の兵を集め、垓下《がいか》（今の安徽《あんき》省内）に項羽の軍を包囲した。この時、項羽の兵は十万ほど、漢の軍及び諸侯の軍は併せて、優に五十万を越えていた。

『通俗漢楚軍談』によると、このとき、漢軍の張良は、相手の戦意をくじくために、近くの山に上り、悲歌に和して洞簫《どうしょう》（尺八に似た楽器）を吹いた。敵の軍勢はこれを聞いて皆涙を流し、故郷のことを偲んだ。すなわち「四面楚歌」の場面である。

てこずった所《ところ》へ張良笛《ちょうりょうふえ》を出《だ》し　［二一・19］

なかなか兵士たちの声がそろわず、巧く行かなかったときに、張良が得意の簫を取り出した。

久《ひさ》し振《ぶ》り吹《ふ》ければよいと子房言《しぼうい》い　［七・19］

久し振りなので、巧く吹けるかなあといいながら、張良は簫を吹いたろう。

おれが吹《ふ》くから歌《うた》えよと子房言《しぼうい》い　［天七・鶯2］

大音《だいおん》なやつに張良《ちょうりょう》うたわせる　［二二・16］

あわあれな声《こえ》で歌《うた》えと子房言《しぼうい》い　［一三・11］

もっと哀れそうに、もう少し気持ちを込めて、などといいながら、張良は歌わせたろう。敵の兵士がうたう故郷の歌を、楚の兵士たちは、どんな気持ちで聞いたのだろう。

おつを吹《ふ》くなどと項羽《こうう》も初手《しょて》は言《い》い　〔拾五・22〕

風流といえば風流であるが、戦場で大将がこれでは、勝てないよ。「おつ」は、味があること。

簫《しょう》を聞《き》く楚《そ》の大将《たいしょう》は漢《かん》に絶《た》え　〔九七・38〕

楚王の項羽は、簫の音に感心して聞き惚れるなどしていたから、漢王の劉邦軍に敗れることになったのだろう。「漢に絶え」は、「感に堪え」と掛けている。

吹《ふ》くもんだなと楚軍《そぐん》で初手《しょて》は言《い》い　〔二二・5〕

こいつ妙笛妙笛《みょうてきみょうてき》と楚軍卒《そぐんそつ》　〔四三・28〕

大将がそうなら兵士も倣う。

名笛《めいてき》の呂律《ろれつ》に楚軍秋《そぐんあき》の空《そら》　〔一四六・23〕

張良の吹く笛の音を聞いているうちに、楚軍の戦意は「秋の空」のように変化し、動揺を来してしまったろう。日本の諺「秋の空」が利いている。

楚《そ》の陣《じん》を空蟬《うつせみ》にする簫《しょう》の笛《ふえ》　〔一五七・6〕

「空蟬」は、蟬の抜け殻、転じて魂が抜けた虚脱状態の身になること。

八千《はっせん》の枝葉《えだは》を散《ち》らす簫《しょう》の音《ね》　〔三五・15〕

簫の音が、項羽直属の兵士たちの心を動揺させ、厭戦気分にしたろう。『史記』に項羽は「江東の子弟八千人と江を渡りて西せしに、今一人の還る者なし」と記されている。

もうこれまでと覚悟を決めた項羽は、夜起きあがって、帳を張り巡らした陣営の中で、最後の宴席を開いた。その宴席には、愛姫の虞美人《ぐびじん》も同席していた。愛人と別れに際して項羽のうたった次の歌は、あまりにも有名である。

「力は山を抜き、気は世を蓋《おお》う
時に利あらず、騅《すい》（名馬の名）逝《ゆ》かず
騅の逝かざるを奈何《いかん》せん
虞や虞や、若を奈何せん」

ぐしぐしと泣《な》くので項羽《こうう》はなれかね 〔一二・26〕

泣き崩れている寵姫を振り切って、行動することができない項羽の人間性、武将としての弱さをつく。「ぐしぐし」は、ぐずぐず泣くさま。「虞氏」を掛ける。

恋《こい》はくせものぐしぐしと泣《な》き別《わか》れ 〔八六・23〕

女《おんな》と馬《うま》ばかりになって項羽《こうう》死《し》に 〔籠三・22〕

江東の子弟八千人と江を渡って西した項羽も、追いつめられて今身近にいるのは、寵姫と愛馬だけになってしまった。

薄《うす》いとは言《い》えど項羽《こうう》に厚《あつ》い縁《えん》 〔八七・2〕

「美人は薄命」と言うが、項羽と虞氏との縁は薄いどころか、まことに厚いものがあった。
項羽は決死の壮士八百余騎を率いて、夜に乗じて包囲を破り、南下して烏江《うこう》（今の安徽省内）まで逃れた。ここで愛馬を亭長に与えて、最後の壮烈な肉弾戦を展開した。項羽は世の中に自分より有能な者、強い者はいるはずがない、と思っていた。したがって最後は「天が我を亡ぼすのである」と自分を納得させてから、首を刎ねて死んだ。

主慕《しゅした》う哀《あわ》れ烏江《うこう》に馬左衛門《ばざえもん》

［一五一・13］

項羽の愛馬の騅が、後追い入水したというのか？　まさに人馬同体、武将ならこうこなくちゃあ。動物だって可愛がられた飼主が亡くなったら、後追い心中ぐらいするだろうと。「馬左衛門」は、人間の水死者の土左衛門を利かす。

項羽が死に、楚の地はすべて漢に降り、漢の世がきた。劉邦はさっそく秦の苛酷な法を除き、法は三章（人を殺した者は死刑、人を傷つけた者、盗みをした者は、それに相当する刑に処す）のみであると約したことを実行して人民を安心させ、その支持を得た（「法は三章のみ」の故事）。

劉邦は柄が悪く、傲慢で人を侮り、口汚く罵ることもあったが、部下の手柄はすなおに認め、攻め落とした領地などは、その者に与えた。したがって、多くの有能な人材が益々集まり、その人材をうまく使いこなしてきた。それでも直接、間接的に多くの戦いを勝ち抜いてきたことは事実である。

四百勝《しひゃくか》つ元手《もとで》は七十二《しちじゅうに》せんなり

［二一〇・34］

四百文を得た賭事の元手は、たったの七十二銭であった。転じて、劉邦は中国全土四百余州を平定するまでに、七十二戦したという。「せん」は、「銭」と「戦」とを掛けている。

「七十二」という数字は、実際の数ではなく、漢代に流行した五行説に基づいて、陰暦の一年三百六十日を五で割った数字で、数が多いことを表す。ここでは、垓下より脱出した項羽が部下に向かって「吾れ兵を起こしてより今に至るまで、八歳なり。身づから七十余戦し、当たる所の者は破り、撃つ所の者は服し、未だ嘗て敗北せず」と述べたのを考慮して、最後に項羽を破ったのであるから、項羽が七十までがはっきりしているというのなら、劉邦はそれに勝ったのだから、それ以上の数字であるはずだとしたもの。

庶民の階層から身を起こして天下を取った劉邦は、豪快で酒色を好んだとされるから、私生活においてはさぞ「亭主関白」であろうと思われたが、期待に反して「かかあ天下」であったという。

内股《うちまた》のほくろ呂后《りょこう》にかぞえられ [四〇・26]

劉邦は、家庭では呂后に主導権を握られ、自分の内股にあるほくろの数まで数えられてしまっていた。劉邦は入り婿のような形であったので、家庭においては、飼い猫のようなところがあった。劉邦は鼻が高く、容貌が竜に似て厳めしかったが、美しいあご髭と頬ひげがあり、左の内股には、五行説で漢（火徳・赤）帝の数と合致する七十二の黒子があったという。

呂后（りょこう）

呂后（前二四一～前一八〇）は、若いときから高祖（劉邦）と苦楽を共にし、漢王朝の礎を築きあげた重要な人物の一人である。

高祖は晩年、戚《せき》夫人を寵愛し、戚夫人の生んだ如意《にょい》を太子に立てようとした。呂后は自分の生んだ子、盈《えい》（恵帝）の地位を確保することに異常な執念を燃やした。高祖の死後、太子廃立や樊噲《はんかい》（呂后の妹の夫）誅殺を計画したという理由で、戚夫人を捕らえ、両手両足を断ち、眼をえぐり、耳を燻《くす》べて聞こえなくし、瘖薬《いんやく》を飲ませてしゃべれなくして、便所の中に置いて、「人彘《じんてい》（人豚）」と命名したほどである。

科《とが》のきわまったじゃ后合点《きさきがてん》せず ［安五・梅3］

呂后はただ相手を処刑するだけではまだ納得できず、さらにむごい仕打ちをした。

ちん毒《どく》を切《き》らすまいぞと呂后言《りょこうい》い ［二一・17］

呂后は手元に常時毒薬を用意して、必要に応じていつなんどきでも使えるようにしていたろう。「ちん毒」は、毒薬。酒に加えて人を殺すのに用いた。

恵帝は母親の残忍な性格を知っていたので、趙王如意を保護しなければ危ないと思って、常に起居を共にしていた。しかしある朝、恵帝は幼少の如意を寝床に置いたまま、狩猟に出かけた。呂后はそのすきに、如意を毒殺した。

斑猫《はんみょう》を羊《ひつじ》の中《なか》へ呂后入《りょこうい》れ ［二一・10］

呂后は猛毒を持った斑猫を寝床で静かに眠っていた羊（趙王如意）の背中へ入れたろう。「斑猫」は、猛毒を持った昆虫。

まま母《はは》のわるい手本《てほん》を呂后出《りょこうだ》し ［拾五・4］

呂后は自分以外に高祖の息子を産んだ女性たちをひどく憎み、その子供に対しても冷酷非情な態度をとった。

呂后は功臣に対しても非情で、高祖に勧めて多くの功臣を殺させた。梁《りょう》王の彭越《ほうえつ》は高祖に疑われて庶民におとされ、蜀《しょく》の青衣《せいい》という辺地に流される事になった。その途中で呂后に出会い、泣いて無実を訴えた。呂后は「あなたのことは引き受けました」といって、彼を伴って洛陽《らくよう》に帰り、高祖に「彭越のような壮士を左遷するのは危険です。誅殺すべきです」と進言した。彭越は処刑された後、「ひしお（肉の塩漬け）」にされ、三族まで亡ぼされた。

彭越《ほうえつ》を茶漬《ちゃづ》けの菜《さい》に呂后《りょこう》する　〔四三・32〕

呂后《りょこう》の夜食《やしょく》彭越《ほうえつ》で茶漬《ちゃづ》けなり　〔八一・8〕

呂后は高祖の死後は、呂氏一族の天下を目指して、着々とその布石をした。劉氏の王が亡くなると、其の後任には一族の呂氏を立てた。劉氏に子供のある場合には、暗殺までして目的を達成した。しかし、彼女が死去すると呂氏は急激に権力を失い、一族はことごとく誅殺された。

西漢《せいかん》の呂后《りょこう》女《おんな》の立《た》てがたき　〔九八・63〕

漢の呂后は歌舞伎の女の敵役（憎まれ役）としては、この上ない役であろう。「立てがたき」は、歌舞伎の敵役の中でも最も重要な役柄。

張　良

（ちょうりょう）

張良（?～前一八九）は、字は子房《しぼう》。漢の高祖に「作戦計画を立てることについては、自分が逆立ちをしても及ばない」とまで言わせた功臣である。戦国時代の韓の貴族の後裔で、韓の滅亡後、復讐しようと刺客を募り、始皇帝の暗殺を図ったが失敗した。姓名を改めて身を潜め、下邳《かひ》（今の江蘇省内）に逃れた。

そんなある日、土橋の上でひとりの見知らぬ老人に出会った。その老人は沓《くつ》を橋の下に投げ、張良に「下に降りて履き物を取ってこい」と命じて取らせ、それを自分の足に履かせた。これが黄石公《こうせきこう》との出会いである。

沓《くつ》を落《お》としたと黄色《きいろ》な声《こえ》で言《い》い　［一二四・91］

「黄色い声」は、甲高い声。「黄色」は、黄石公との出会いを掛けている。

どろ沓《くつ》を取《と》るも一物腹《いちもつはら》にあり　［八六・4］

張良にも、それなりの魂胆（恩義を懸けておけばそれなりの見返りがあるに相違ない）があったのさ。

老人は「お前は見込みがある。教えることがあるから、五日後の明け方、この橋の上で待て」と言って立ち去った。張良が約束の日の早朝に橋の上に行くと、老人はすでに来ていた。

寝坊《ねぼう》めがと張　良《ちょうりょう》はしかられる ［六・24］

寝坊助め、年長者と約束して、遅れてくるとは何事か。また五日後に来い、と張良は叱られた。張良は二回目は一番鶏の鳴く時刻に行ったが、今度も老人は先に来ていて、また「五日後に来い」と言われた。

張　良《ちょうりょう》も土橋《どばし》へ行《い》って二度《にど》ふられ ［三五・23］

「土橋」は、江戸深川の土橋を掛ける。深川は江戸第一の岡場所であった。遊里では一度目を初会、二度目を裏、三度目を三会目といい、やっと一人前の客としての扱いを受ける。上妓の場合だと初会は食べ物にも箸をつけず、酒も飲まず、上品ぶっており、肌は許さない。裏ではややうちとける。客はこの時または三会目にかなりの心付けを与える習慣で、いわゆる馴染み客となり、ぐっと親身な待遇を受けた。三会目には客には専用の箸が出て、箸袋にはその名が書かれていて、いい気分にさせ、ますます金を使わせるようにさせたという。形式張った面倒なものによって、女郎の商品価値を高く見せるための営業政策であった。

張良は三回目には、夜半にならないうちに出かけ、土橋の下で待っていた。

三度目《さんどめ》は張　良《ちょうりょう》からっ腹《ぱら》で行《い》き ［二四・12］

謡曲『張良』によると、程なくやってきた老人は、「こうでなくてはならない」と言いながら、もう一度張良の心を試してみようと、履いていた沓を川に投げ落としている。

張　良《ちょうりょう》は流《なが》れる沓《くつ》をうけてやり ［四三・8］

「流れる」「うける」は、質受けのことを掛ける。

張良《ちょうりょう》は脇《わき》の下《した》まで水《みず》が垂《た》れ　［一六六・10］

三度目《さんどめ》に馴染《なじみ》になった張子房《ちょうしぼう》　［四三・27］

その後、老人は一巻の巻物を取り出して、こう告げた。「これを読めば、お前は帝王の師となれよう。十年後には出世し、十三年たったら、お前はわしと会うだろう。済北《せいほく》の穀城山《こくじょう》（今の山東省内の黄山）の麓《ふもと》にある黄色い石がわしだ」という。言い終わると、老人は立ち去って見えなくなってしまった。夜が明けてからその巻物を見ると、それは太公望《たいこうぼう》の兵法書であった。

張良《ちょうりょう》へ文《ふみ》も手《て》わたし三会目《さんかいめ》　［四四・27甲］

張良《ちょうりょう》は十五両《じゅうごりょう》で伝《でん》を受《う》け　［四〇・27］

張良は堪忍すること三回で、太公望の兵法の書を手に入れた。諺の「堪忍五両」を活かす。

前一九五年、高祖は英布《えいふ》の反乱を平定した後、病気がいよいよ進行し、いよいよ後継者に戚《せき》夫人の子、如意《にょい》を立てようとした。そこで、呂后《りょこう》は子房に相談した。創業の功臣といわれる韓信・英布・彭《ほう》越《えつ》等はすでに誅せられ、蕭何《しょうか》も獄に囚われていた。そこで子房は「骨肉の間のことは、私たち百人が口を挟んだとしても、何の役にも立ちません」と答えて、深入りすることを避けた。

手《て》まわしに足《あし》を洗《あら》った張子房《ちょうしぼう》　［五六・2］

張良は後継問題がややこしくなる前に、身を引いた。「手まわし」は、事が起こる前に、手はずを整えること。「足を洗う」は、きりあげること。

張子房座敷《ちょうしぼうざしき》がすむと身《み》をかくし　［四〇・35］

創業の功臣たちが処刑されるようになると、張良は表舞台の仕事は最小限にして、目立たないように目立たないようにと行動するようになったろう。

まごつくと子房《しぼう》もひしおもらうとこ　［一六・33］

まごまごしていると、張良もひしおをもらうところであったろう。「ひしお」は、肉の塩漬け。ここでは彭越が誅されて塩漬けにされたこと。

韓信

（かんしん）

秦末・漢初の武将韓信（?～前一九六）は、若いときは、家が貧しく自立できず、人に寄食して、しばしば屈辱を味わった。少年時代に辱められて、股くぐりの恥を忍んだ逸話が有名である。無頼の若者が衆をたのんで韓信に「お前は、大きな身体で剣をぶら下げるのが好きだが、本当は臆病者なのだろう。死ぬほどの度胸があるなら、俺を刺してみな。できないなら俺の股の下をくぐれ」と言った。韓信は相手をじっと見据えた後、頭を下げて股の下をくぐって這い出した。盛り場中の人々は、みな韓信を臆病者として笑った（「韓信の股くぐり」の故事）。

韓信《かんしん》が頭《あたま》の上《うえ》で一《ひと》つひり　［三五・41］

韓信《かんしん》に意地《いじ》の悪《わる》い屁《へ》をかがし　［拾五・3］

臭いは上に広がるので、大したことはなかろうが。

うぬ見《み》ろよ見《み》ろよと股《また》をくぐるなり　［拾五・24］

お前らよく見ろ、よく見ろと言いながら、股の下をくぐったろう。「うぬ」は、相手を賤しめている二人称。気持ちでは、韓信の勝ち。

くぐらせる股《また》を心《こころ》で笑《わら》って居《い》　［八三・60］

相手を心の中で軽蔑しながら、股の下をくぐったろう。韓信のほうが、一枚上手のようだ。

韓信は、ただ怖じ気づいて股下をくぐったわけではない。相手がそうならこちらもと一発、いや二発くらいはお返しをしたかも。

韓信《かんしん》はおなら御免《ごめん》とくぐるなり　［七八・10］

韓信が恥を忍んで行動したことは、後の人々からは支持されたようである。

かんしんに人《ひと》の股《また》ぐらよく潜《くぐ》り　［一四一・20］

「かんしん」は、「韓信」と「感心」とを掛けている。

堪忍《かんにん》をするが韓信《かんしん》かなめなり　［五七・32］

「肝心要め」を利かす。

韓信《かんしん》は男女《だんじょ》の股《また》を出《で》た男《おとこ》　［五四・46］

母親から生まれるのは、誰も皆同じ。韓信は、一つ多かった。

韓信《かんしん》と言《い》えばまたかと聞《き》く意見《いけん》　〔拾五・9〕

感心と言えば、親の説教をまた説教かと思いながらも、素直に聞く息子がいることよ。「韓信」と「感心」、「又」と「股」とを掛ける。

韓信《かんしん》と女《おんな》の運《うん》は股《また》にあり　〔九九・85〕

何が開運のきっかけになるのやら。

江戸時代の銭湯の湯ぶねの入り口（ざくろ口）は、湯の冷めるのを防ぐため、湯ぶねの前を板戸でおおってあった。そこで、韓信になった気分で腰をかがめ、体を低くし入り口をくぐって湯ぶねに入ることもあったようだ。

韓信《かんしん》という身《み》でくぐるざくろ口《ぐち》　〔三七・11〕

剃刀《かみそり》の砥石《といし》は、女性に跨れると、直ぐに割れてしまうという俗信を活かした句もある。

剃刀《かみそり》砥《と》韓信《かんしん》よりも気《き》が早《はや》し　〔五一・34〕

人に跨れると割れてしまう剃刀の砥石は、じっとこらえて人の股の下をくぐった韓信よりも気が短い。

前二〇二年、垓下《がいか》の戦勝の後、劉邦は斉王韓信の基地に入り、その軍隊を取り上げた。項羽を滅ぼすことに最大の功績を立てた韓信は、その報酬として軍隊を奪われ、斉王から楚王へと国替えを命じられた。領地は淮河《わいが》の北で、下邳《かひ》（今の江蘇省内）を首都とする。

その翌年、韓信は「楚王韓信謀反す」という密告によって捕らえられ、洛陽に送られた。韓信は「狡兎《こうと》死して良狗《りょうく》烹《に》られ、高鳥《こうちょう》尽きて良弓《りょうきゅう》蔵《かく》され、敵国破れて謀臣亡ぶ」と言われるが、そのとおりであると憤慨した。劉邦は赦して淮陰侯《わいいんこう》に格下げした。

王から侯に降格された韓信の心は穏やかではなかった。それに、劉邦や呂后《りょこう》の心を知った蒯通《かいとう》が、「勇気と知略がその主君を震え上がらせるほどの者は、身に危険が迫る」と忠告するのに心が揺れているうちに、再度謀反の疑いがかけられ、遂に呂后に誅殺された。

韓信《かんしん》は既《すで》にはんとに出《で》るところ　［一三・8］

韓信《かんしん》はふと気《き》が付《つ》くと先《さき》がなし　［九八・61］

韓信は漢の建国のために一生懸命に奔走し、力を尽くしてきたが、ふと気が付くと自分の居場所がなくなっていた。

蘇武（そぶ）

蘇武（?～前六〇）は、漢の武帝（在位前一四一～前八七）に仕えて中郎将となり、匈奴《きょうど》の使者を送還する漢の使者として匈奴に遣わされた。匈奴の単于《ぜんう》（王）は、その人物を見込んで引き止め、降伏を勧めた。蘇武はそれを拒否したため、拘留されてしまった。その後も降伏を迫られ、数々の迫害を加えられたが、漢への節操を守り通した。

『平家物語』によると、天子が宮中の庭園で射た雁の足に帛書《はくしょ》が結びつけてあり、蘇武が異国で生存していることが判明した。その後、両国の間で和解が成立して帰国することになった。出発当時荘強であった蘇武も都に帰ってきたときは、白髪の老人になっていた。民族の気節を堅く守ったことで、彼はその名を後世に残した。

雁《がん》に文《ふみ》つけて末世《まっせ》に名《な》を残《のこ》し　〔七二・33〕

雁の足に手紙を結びつけて生存を知らせたことが、後世に名前を残すことになった。「雁書」「雁足」「雁帛」などの成語の故事。

江戸時代には急ぐ手紙なら、通常は早飛脚を用いた。しかし川が増水して川留めに合うと、どうにもならなかった。空を飛ぶ雁ならば、その心配は無用である。

川《かわ》どめにかまわぬ蘇武《そぶ》が早飛脚《はやひきゃく》　〔一〇五・5甲〕

足紙《あしがみ》で啓上《けいじょう》をする蘇武《そぶ》が章《ふみ》　〔一四七・10〕

手紙に対してわざと「足紙」としたところがミソ。「啓上」は、書簡用語で「申し上げる」の意。

秋便《しゅうびん》に任《まか》せてと書《か》く蘇武《そぶ》が状《じょう》　〔一四八・17〕

雁は秋には、北から南へ飛ぶので、蘇武は手紙の書き出しを「秋便に任せて」とした。

雁皮紙《がんぴし》で雪《ゆき》に飛《と》ばせる鳥《とり》の足《あし》　〔一三九・1〕

和紙を便箋として用いたところがミソ。「雁皮紙」は、滑らかで薄く上品な和紙。「雪に飛ばせる」は、白い紙の上に筆を走らせる意と実景とを踏まえる。「鳥の足」は、文字、手紙の意があり、雁の足と掛ける。

もし蘇武《そぶ》へ返事《へんじ》が有《あ》れば燕《つばめ》なり 〔新編一八・25〕

蘇武へ返信を出すとすれば、南から北へ飛ぶ燕に託すことになろう。季節的に雁と燕は、ちょうど入れ替わりになる。

鳥《とり》かげに飛《と》び立《た》つばかり蘇武《そぶ》が妻《つま》 〔新編八・14〕

雁の姿を見つけると、蘇武の妻は飛び上がるほどに喜んで迎えたろう。妻には雁より先に「虫の知らせ」でもあったか。

王昭君（おうしょうくん）

前漢の元帝（在位前四九～前三三）の後宮には三千人もの美女が仕えていたので、元帝は一人一人に面会して確認することは出来なかった。そこで、宮女たちの容姿を宮廷絵師の毛延寿《もうえんじゅ》に描かせ、その絵に基づいて女性たちを召幸していた。

三千《さんぜん》の顔《かお》の絵図《えず》引《ひ》く毛延寿《もうえんじゅ》　［一二四・別36］

帝のお召しを得たい宮女たちは、少しでも美しく描いてもらおうとして、絵師に賄賂を贈るようになった。それは当然の成り行きでもあった。

三千《さんぜん》の似面《にがお》を書《か》くも金次第《かねしだい》　［五〇・2］

毛延寿《もうえんじゅ》握《にぎ》った顔《かお》は念《ねん》が入《い》り　［七五・20］

「握った」には、「賄賂」と「手」とを掛けているか？

毛延寿《もうえんじゅ》ひつじくらいは知《し》らん顔《かお》　［一三・12］

毛延寿は羊の贈り物くらいの賄賂には目もくれず、もっと高価なものを欲しがったろう。

金泥《きんでい》で絵顔《えがお》を作《つく》る毛延寿《もうえんじゅ》　［九七・9］

毛延寿は黄金の賄賂を贈ると、金粉を用いて笑顔の似顔絵を描いたろう。「金泥」は、金粉を膠で溶いて絵画の彩色に用いること。ここでは、賄賂として「黄金」を貰うこと。

金泥《きんでい》をやるとなぐらぬ毛延寿《もうえんじゅ》　［一二一・乙30］

「なぐる」は、なぐり書き。

絵《え》の具代《ぐだい》などと毛延寿《もうえんじゅ》へつかい　［一〇・18］

いつの時代でも、また何人でも賄賂の名目は、どのようにでも付けられるものだ。

毛延寿玄関《もうえんじゅげんかん》へ使者《ししゃ》の女中駕《じょちゅうかご》　［一二七・98］

毛延寿の玄関に女中駕籠で乗り付けた強者もいるとか。江戸時代の御殿女中の使う「女中駕」を登場させたところがミソ。

しわいのを書《か》きのめしたは毛延寿《もうえんじゅ》　［一二四・92］

毛延寿は、けちで贈り物の少ない女性の似顔絵は、書きなぐったろう。

王昭君（生没年未詳）は、十七歳の時、選ばれて元帝の後宮に入った。彼女は、その容貌を恃《たの》んで毛延寿に賄賂を贈らなかった。

画《え》のことはしわきを後《あと》と毛延寿《もうえんじゅ》　［九六・17］

画工の毛延寿は賄賂の少ない者は後まわしにして、帝に提出する絵をなかなか描かなかった。『論語』の「絵事は素《しろ》きを後にす」を活かす。

やっと順番がきたが、毛延寿は王昭君を実物よりも醜く描くことにした。

いけしわい女《おんな》めだなと毛延寿《もうえんじゅ》　［二六・36］

毛延寿は贈り物をしない王昭君のことを、けちんぼな女性であると判断した。

世事《せじ》のないやつだとなぐる毛延寿《もうえんじゅ》　［四五・25］

描くときになって、もてなしのない女性の場合には、愛想のない奴だなあ、と言ってなぐり書きにしたろう。「世事のない」は、もてなしのないこと。

美《び》は美《び》だが王昭君《おうしょうくん》はけんなほう　［一〇・30］

王昭君は確かに美人ではあったが、愛嬌に欠けるところがあったようだ。「けん」は、険相と倹約の「けん」とを掛ける。

毛延寿《もうえんじゅ》せしめうるしを交《ま》ぜて書《か》き　［四〇・7］

毛延寿は王昭君の似顔絵には、せしめ漆を交ぜて用い、表情を荒れ肌のように仕上げたろう。これでは美人も形無しである。「せしめうるし」は、漆の枝から掻き取ったままの漆。

海棠《かいどう》をあざみに書《か》いた毛延寿《もうえんじゅ》 〔五一・23〕

海棠の花のような王昭君を、毛延寿はあざみの花のように描いたろう。薄紅色の艶麗な五弁花の海棠と「あざみ」との対比。

姫百合《ひめゆり》を墨絵《すみえ》に描《えが》く毛延寿《もうえんじゅ》 〔一四〇・29〕

濃赤黄の鮮やかさと墨との対比。

毛延寿市《もうえんじゅいち》で売《う》るのを書《か》いて出《だ》し 〔一九・10〕

毛延寿は、横流しするつもりで描いた一般受けのするどぎつい絵のほうを、天子に提出したのだろう。

まだこの程度ならよかったが、もっとどぎつい絵として描かれていた。

毛延寿《もうえんじゅ》ほほを赤《あか》くえどるなり 〔一七・36〕

頰を赤くするのは、私娼の化粧。毛延寿は贈り物をしない王昭君の容姿を私娼のように描いたか。

毛延寿《もうえんじゅ》しっかい鮫《さめ》が橋《はし》に書《か》き 〔一二・14〕

「しっかい」は、まるで。「鮫が橋」は、江戸四谷の岡場所で、私娼の出没する地のこと。

昭君《しょうくん》の像《ぞう》は夜鷹《よたか》の一枚絵《いちまいえ》 〔一四八・25〕

「夜鷹」は、夜間路傍で客を引く売笑婦のこと。

匈奴《きょうど》の単于《ぜんう》が朝賀に来て、漢との通婚を請うと、元帝は絵師の描いた絵をもとにして、宮女の中から王昭君を選んで単于に賜うことにした。暇乞いに参内した王昭君の姿を見ると、その容姿は宮中第一の美しさであった。

三千《さんぜん》の中《なか》ではねだし美《うつく》しい　［四三・16］

「はねだし」は、賄賂を贈らなかった「仲間はずれ」と、「飛び抜けて」とを掛けている。

おたふくに書《か》かれた顔《かお》の美《うつく》しさ　［八三・43］

見《み》るとびっくり昭君《しょうくん》の似顔《にがお》の絵《え》　［一三二・27］

うぬぼれかけちか画工《がこう》の見損《みそん》じか　［一〇一・30］

こんな結果をもたらしたのは、王昭君のうぬぼれの結果か、それともけちのなせる業か。はたまた毛延寿の見損じか。こうなるとどっちもどっちで、真相は闇の中である。

帝は王昭君を手放すことを非常に惜しんだが、今更詮方なく、王昭君は北方の異民族のもとへ嫁ぐことになった。

ばかな王《おう》いっちいいのをくれてやり　［天七・整2］

替玉《かえだま》をやればいいのにばかな王《おう》　［寛元・誠2］

そんなに惜しいのなら、相手は一度も会ったこともないんだから、替え玉を使ったって、ばれやしないのに、知恵のない王だね。

王昭君は都に別れを告げて、匈奴の単于の一行と共に異国へ向かって出発することになった。

落泪数行昭君《らくるいすうこうしょうくん》は胡馬《こば》に乗《の》り　［九七・10］

帝の命令とあらば、昭君はどうすることもできない。泣き泣き胡馬に乗って都をあとにした。

美《うつく》しさ道々《みちみち》画工《がこう》を恨《うら》んでく　［八七・35］

あの絵師《えし》めあの絵師《えし》めとは思《おも》えども　［一四二・12］

あの絵師の奴め、あの奴めと、どんなに恨んでも、すべては後の祭りである。

孝《こう》の為《ため》胡《こ》国《こく》の雲《くも》と身売《みう》り駕《かご》　［一四二・23］

両国親善のためになどと、どんな理由を付けられても、一人の女性が身売りされたことに変わりはなかろう。

この事件を冷静に眺めていた者もいたようである。

まいないを絵師《えし》にやらぬで胡《こ》へやられ　［八六・10］

世間並みのことをしておけば、災難には遭わなかったのに。何事も人並みが大切なのよ。「まいない」は、賄賂、贈り物。

つい書《か》き損《そん》じでは済《す》まぬ毛延寿《もうえんじゅ》　［一二四別上・17］

さがなく書《か》いて美人《びじん》より画師《がし》よごれ　［九一・4］

ちょっと意地悪のつもりで不美人に描いた絵のために、当人よりもその筆を執った画師が歴史に汚名を残すことになってしまった。ちょっとしたいたずら心が、大きな汚点につながった。「さがなく」は、意地悪く。

あわれむべし昭君《しょうくん》憎《にく》むべし絵《え》かき　［一三八・25］

庶民はいつも、判官贔屓《ほうがんびいき》のようで、同情は王昭君に集中した。

昭君《しょうくん》はいい顔《かんばせ》をよごされる　［六六・23］

王昭君は美しい顔を醜い顔に描かれた。言葉遊びの部類の句。「顔を汚す」を利かせる。

胡馬《こば》に美女《びじょ》夷《えびす》は鯛《たい》を得《え》た心地《ここち》　［一五三・26］

胡馬を贈って美女を得る、単于は海老で鯛を釣った心境であろう。「海老で鯛を釣る」を活かす。異民族に嫁いだ王昭君は、夫の死後は、慣習に従って、その後継の息子の妻となり、二女をもうけ、その地で一生を終えたとされる。

第五章 三国・晋時代

関羽（葛飾北斎筆）

曹操（そうそう）

曹操（一五五～二二〇）は、三国時代の魏《ぎ》の始祖で幼名は阿瞞《あまん》、字は孟徳《もうとく》という。後漢の末に黄巾《こうきん》の乱を平定して功を上げ、のち、当時権勢を誇っていた董卓《とうたく》を討って、後漢の献帝を許都《きょと》（今の河南省許昌の東）に迎えた。北方に割拠する群雄を平らげて華北を統一し、封を受けて魏王となった。しかし四年後、洛陽で病死した。没後、その子丕《ひ》が帝を称したので、武帝と追贈された。

曹操は戦いで敗れて逃走する際、敵軍が「ひげの長い男が曹操である。捕り逃がすな、ひげの男を追いかけろ」と大声で言うのを聞いて、あわてて剣を抜いて、ひげを切り棄てて逃走した。

うろたえて曹操《そうそう》ひげを切《き》ってすて　〔三五・39〕

さっぱりしたと曹操《そうそう》へらず口《ぐち》　〔四四・2〕

負け惜しみもここまでくれば、大したもの。

曹操の軍が行軍をしていた際、水を汲みに行く道を見失い、全軍が水に窮し、喉の渇きに苦しんだことがあった。その時、曹操は伝令を発して全軍に「行く手に大きな梅林があるぞ。実は枝もたわわに結んでおり、甘酸っぱいぞ。それによって、のどの渇きをいやすことができようぞ」と布令した。

士卒たちはそれによって、口中に唾液を生じ、一時の渇をしのいで、前方の水源地にたどり着くことができた（「梅を望んで渇きを止《とど》む」の故事）。

口《くち》へ唾《つば》の出《で》ぬは曹操《そうそう》ばかりなり　［一五五・12］

嘘をついて士卒を騙しているので、曹操だけは唾などは出ず、却って緊張のために口の中は、からからに乾燥していたろう。

曹操は長江に大艦隊を浮かべて長江中流の赤壁《せきへき》へ進軍し、蜀《しょく》の劉備《りゅうび》と呉《ご》の孫権《そんけん》の連合軍を一気に攻略しようとしたが、諸葛孔明《しょかつこうめい》の火攻めの計にあって大敗北に終わった。曹操の軍は、水軍戦には慣れていなかった。が何より大きかったのは、曹操が南方の風土になじんでいなかったことである。

暖《あたた》かな風《かぜ》に曹操《そうそう》気《き》が付《つ》かず　［三九・34］

曹操は風向きが南東であることに気が付かず、風下に艦隊を配置したことが敗戦につながった。

劉備（りゅうび）

劉備（一六一～二二三）は、三国時代の蜀《しょく》の初代の帝（在位二二一～二二三）で　字は玄徳《げんとく》という。漢の景帝の皇子劉勝《りゅうしょう》の後裔と称した。軍閥混戦の中で弱小勢力であったため、常に有力な勢力に身を寄せた。曹操の部下となったり、袁紹《えんしょう》・劉表《りゅうひょう》に投じたこともあった。後に徐庶《じょしょ》の推挙によって諸葛亮《しょかつりょう》を参謀として迎え、その策略を採用して呉《ご》の孫権《そんけん》と結び、魏《ぎ》の曹操《そうそう》を赤壁《せきへき》に破った。その後、蜀を平定して漢中王と称して自立し、呉の孫権、魏の曹操と鼎立した。

劉備は『三国志演義』に最初に登場したとき（第一回）、「この人は学問は好きでないが、性格は穏やかで口数は少なく、喜怒を表に現すことはない。生来大志を抱き、天下の豪傑と交わりを結ぶことを好んだ。身の丈は八尺（後漢の一尺は二十三・〇四センチ）、両の耳は肩まで垂れ、両手は膝の下まで届き、目は自分の耳を見ることができ、顔は冠の玉ように白く、唇は紅をさしたよう」と紹介される。

蜀《しょく》の国《くに》しろし召《め》さるる耳《みみ》ったぶ ［五四・40］

蜀の国をお治めになるのは、耳たぶの大きな劉備である。

耳《みみ》たぶのいい唐人《からびと》が蜀《しょく》を取《と》り ［拾五・3］

「耳たぶの大きい者は幸いを招く」という俗信を活かす。

耳《みみ》がはみ出《だ》す玄徳《げんとく》の頬《ほお》かむり ［一五七・7］

これでは、本来の頬被りには成らないが、それほど劉備の耳たぶは大きかったのだろう。

手《て》の長《なが》い奴《やつ》と魏《ぎ》と呉《ご》で油断《ゆだん》せず ［四八・35］

手の長い者は、盗みが上手。国を盗まれては大変と、魏と呉では劉備を警戒したろう。

玄徳は幼くして父親に死別したので、母親に孝養をつくした。家は貧しく、草鞋《わらじ》を売り、むしろを織って身過ぎとしていた。

玄徳《げんとく》は元《もと》わら店《みせ》で見《み》た男《おとこ》　［九六・31］

藁《わら》は玄徳が若いときに生業としていた素材であるから、藁店に出入りしていたのは、当然であろう。

餅筵《もちむしろ》だのかますだのと玄徳《げんとく》　［四一・9］

「餅筵」は、つき上げた餅を並べるむしろ。「かます」は、主に穀物・塩などを入れるのに用いる藁のむしろで作った袋。

玄徳《げんとく》は言葉《ことば》たたかい藁《わら》が出《で》る　［四三・28］

玄徳は興奮した言葉のやりとりをすると、つい若い頃の藁職人の言葉が出る。「藁が出る」は、ぼろが出る、お里が知れるの意。興奮してくると、つい昔のお里（藁職人の）言葉が出てしまう。

玄徳は関羽《かんう》・張飛《ちょうひ》の二人とそれぞれ偶然に出会い、意気投合した。翌日、張飛の屋敷の裏の桃園《とうえん》に黒牛・白馬・紙銭等を用意し、三人は香を焚き再拝して誓いの言葉を述べた。「われら三人は、義兄弟の契りを結んだ以上は、力を合わせて危難に立ち向かい、上は国家に報い、下は民衆を安んぜん。同年同月同日に生まれずとも、同年同月同日に死せん。……我等が義に背き恩を忘れることあらば、天罰を受けけん」と。

誓い終わると、玄徳を兄、関羽を次兄、張飛を弟と定めた。天地の祭りをすませ、牛馬を殺し酒宴を設けて、村の勇士を募ったところ、三百人以上が集まった。ともに桃園で酔いつぶれるまで痛飲した。これが「桃園の契り」である（第一回）。

桃《もも》の木《き》の下《した》で文殊《もんじゅ》の知恵《ちえ》を出《だ》し　［三二・20］

三人は桃の木の下で酒を飲みながら、今後のことを相談した。諺の「三人寄れば文殊の知恵」を活かす。

三人寄《さんにんよ》って種《たね》を蒔《ま》く桃《もも》のした 〔一二〇・31〕

「桃くり三年」を活かす。

兄弟《きょうだい》のつぎほも桃《もも》の木《き》で出来《でき》る 〔三五・1〕

三人の間に義兄弟の契りが成立した。「つぎほ」は、接ぎ木をするとき、台木につぐ枝のこと。

義を結《むす》ぶ上《うえ》へ毛虫《けむし》がぶらさがり 〔三一・31〕

三人《さんにん》の背中《せなか》へ桃《もも》のやにがつき 〔三三・12〕

素性の不明な三人が義兄弟の誓いをした酒宴は、それほど高尚なものではなかったはず、と。

たのみある中《なか》の酒宴《しゅえん》は桃《もも》の下《した》 〔三三・39〕

謡曲『羅生門』に「つわものの交じり頼みある中の酒宴かな」とあるのを活かす。

けいやくが済《す》むと玄徳《げんとく》から始《はじ》め 〔二九・10〕

約束が成立すると兄貴役の玄徳が、では固めの杯を、と音頭をとって、宴会を始めたろう。

桃《もも》の木《き》の下《した》で三人五升飲《さんにんごしょうの》み 〔拾六・8〕

三人は意志も強いが、酒も強かった、と。

『三国志演義』第二十一回では、曹操が玄徳を招いた酒宴で「当今、天下の英雄と申せるのは、貴公と、このわしくらいじゃ」と言う。玄徳は自分の心中を見透かされたかとはっと息をのみ、何も答えずにいた。ちょうどその時、激しく雷鳴が響き、玄徳は手にしていた箸を落とした。そのあと、玄徳は悠然と箸を拾い上げて「雷震で、醜態をお見せしました」と言って、曹操の言葉で箸を取り落としたことをそらした。曹操はそれに気づかなかった。

いなびかりまでは玄徳箸《げんとくはし》を持《も》ち　［二五・5］

実は曹操の問いかけに、答えを思案中であった？

ごろごろというと玄徳箸《げんとくはし》を投《な》げ　［三九・33］

「ごろごろ」と「投げ」を活かしている。

玄徳《げんとく》が箸《はし》で曹操《そうそう》くらいこみ　［五四・7］

曹操は、玄徳がタイミングよく、雷を恐れて箸を落としたふりをしたことで、騙されてしまった。「くらいこみ」は、巧く騙されること。

徐庶が諸葛孔明を推薦して去ったあと、今度は司馬徽《しばき》が諸葛孔明を推薦し、周の太公望呂尚《たいこうぼうりょしょう》、漢の張良《ちょうりょう》にも比すべき人物であるとしたので、玄徳は進物を支度し、関羽・張飛とともに隆中（今の湖北省内）の諸葛孔明のもとを訪ねた（第三十七回）。

一度目に訪ねたときは、外出中で会えず、二度目は、人に誘われて遊びに出ていて会えず、玄徳は孔明の弟の均《きん》に手紙を託して帰った。三度目の時は、占者に吉日を選ばせ、三日の間、斎戒沐浴し、衣服をあらためるなどして出かけた。いわゆる「三顧の礼」の故事である。

御孔明《ごこうめい》兼《か》ねて承知《しょうち》と三度《さんど》ゆき　［九一・4］

「御孔明」は、「諸葛孔明」と「高名」とを掛ける。
孔明は政治などとは全く関係なく、晴耕雨読の生活をしていた。そこへ玄徳が訪ねてきて天下の大勢について教えを請い、出馬をうながした。

三度来《さんどき》て梁父《りょうほ》の吟《ぎん》へちゃちゃを入《い》れ　［一四八・25］

「梁父の吟」は、「梁甫の吟」ともいわれ、梁甫の山（今の山東省内）に死者を葬送するときに用いられた民間の歌曲。孔明はその歌辞を自作し、口遊む生活を楽しんでいた。
三度目に訪ねたときは、孔明は居間で昼寝をしているということで、長い間、面会を待たされた。

先生御目《せんせいおめ》が覚《さ》めたかなと玄徳《げんとく》　［二六・26］

うむ、これならどうやら出仕してくれそうだな。「目が覚めた」は、昼寝から覚めたことと、政治に目覚めることとを掛けている。
奥の部屋に通され、童子の茶の接待を受けた玄徳は、初対面の孔明に「過日二度ほどお伺いいたしましたが、折り悪しくお目にかかれず、書面を託しましたが、ご覧いただけましたでしょうか」と、丁寧な挨拶をした。

茶《ちゃ》に酔《よ》うたふりで玄徳《げんとく》ご挨拶《あいさつ》　［拾六・9］

茶を出されただけなのにまるで酒にでも酔ったかのように、まことに丁寧な挨拶をした。

玄徳《げんとく》は三度見舞《さんどみま》って食付《くいつ》かせ　［三九・26］

「食」に「蜀」を掛けている。
遊里では、三会目を馴染みの客といい、やっと一人前の扱いを受けて女郎の部屋に収まることができるという。身請けなどという事になると、客は何度も足を運んで、貢がなければならないのは当然のことである。

玄徳《げんとく》は三会目《さんかいめ》には請《う》け出《い》だし　〔八一・38〕
三度《さんど》まで通《かよ》いお蜀《しょく》を手《て》に入《い》れる　〔三六・19〕

「お蜀」は、「お職女郎（その遊女屋で一番上位の遊女）」と「蜀」とを掛ける。

荊州《けいしゅう》の長官となった玄徳は、呉の孫権の妹と結婚した。呉の側から「玄徳殿には天子の相がある。ことに仁徳の名は天下にかくれもない。このような立派な婿殿をお迎えするとは、祝着至極」と、仕掛けられた政略結婚である（第四十五回）。

大《おお》きいは耳《みみ》ばかりかと孫夫人《そんふじん》　〔六三・20〕

玄徳は、孫権の母（呉夫人）に耳の大きさを見込まれたようだが、その娘には別の大きさへの期待があったか？

しかし、呉の孫権は、婚礼に託して、玄徳を捕らえようと計画した。玄徳は、「元旦の拝賀の際、ご一緒に岸に出て祖先をお祭りすると詐り、そのまま出奔するのは如何でしょうか」という孫夫人の提案を受けて、呉を脱出し、荊州へ戻った（第五十五回）。

孫婦人《そんふじん》つれて逃《に》げたは徳《とく》な人《ひと》　〔六三・26〕

「徳な人」は、玄徳を活かす。「孫」を「損」、「徳」を「得」として「損・得」を活かした一種の言葉遊びの句。

劉備が蜀漢を建国できたのは、多くのすぐれた部下を持ったからである。

虎《とら》五《ご》匹《ひき》竜《りゅう》一匹《いっぴき》で蜀《しょく》を取《と》り　［四四・26］

劉備が蜀を建国したのは、五虎将軍（関羽・張飛・馬超《ばちょう》・黄忠《こうちゅう》・趙雲《ちょううん》）と臥竜（諸葛孔明）の働きとされるが、虎や竜を使って捕獲したのが蜀（あおむし。蝶や蛾の幼虫）一匹であったとは。

関羽（かんう）

関羽（?～二一九）は、字は雲長《うんちょう》。劉備《りゅうび》に仕えた武将である。関羽が『三国志演義』に登場したときの様子は、「身の丈九尺、顎ひげの長さ二尺、熟した棗《なつめ》のような赤黒い顔色に、朱色の唇、切れ長の目に、太く濃い眉。人品衆にぬきんで、あたりに人なきが如くである」と説明されている（第一回）。翌日、張飛《ちょうひ》の屋敷の裏の桃園《とうえん》で、劉備・張飛と酒宴を開き義兄弟の約を結んだ。

桃園《とうえん》で関羽《かんう》一人《ひとり》が飲《の》んだよう　［四一・7］

其《そ》の内《うち》で関羽《かんう》緋桃《ひもも》のように酔《よ》い　［五六・2］

もともと赤ら顔の関羽は、酒を飲んだ結果、ひときわ顔の赤さが目立ったのか、それともほんとに酔いつぶれたのか。

桃《もも》の園《その》御張飛《ごちょうと》び切《き》りと関羽《かんう》言《い》い

桃園の宴で関羽が張飛を御張飛さまともち上げて、雰囲気を盛り上げた。「張飛」と「飛び切り」を活かす。

〔九二・32〕

関羽は最初の出陣の際に重さ八十二斤（当時の一斤は二二二・七グラム）、名付けて「冷豔鋸《れいえんきょ》」なる青竜偃月刀《せいりゅうえんげつとう》（長い柄のついた大刀）を作らせた。生涯それを使い続けて、天下無双の使い手となった。

突《つ》き手《て》より切《き》り手《て》を関羽案《かんうあん》じてる

〔一二二乙・10〕

関羽の手にする武器は長刀であるが、ただ突くだけではなく、切り手も常に心懸けていた。長刀の使い手として、多くの技能を磨くのは当然のことであろう。

関羽は、一時、曹操《そうそう》のもとにとらわれていたことがあった。ある日、曹操が関羽の馬が痩せているのを見て「貴公の馬はどうして痩せているのか」と尋ねたので、「それがしえらく重いので、馬が堪えきれずに、このように痩せておるのです」と答えた。すると曹操は側の者に、火のように赤く、見るからに勇壮な名馬を引いてこさせ、「この馬を知っておいでか」という。「赤兎馬《せきとば》では……」「そうじゃ」と、曹操は、鞍や轡《くつわ》を着けて関羽に贈った。関羽が繰り返し礼を述べると、曹操は不満そうに「これまで度々、美女や金帛等を差し上げたが、一度も礼を言ったことがないのに、馬を差し上げたら礼を言うとは、人間よりも畜生の方が大事とでもお思いか」と言った（第二十五回）。

赤兎馬《せきとば》の屁《へ》に雲長《うんちょう》が苦笑《にがわら》い　［一一九・20］

赤兎馬は、当時の名馬として広くその名を知られていた。

曹操に降っていた関羽のもとへ、玄徳の使いが「玄徳殿は貴殿のおいでを待ち望んでおられる。昔日の誓いをお忘れでないなら、早々に参られよ」と言ってきた。関羽は曹操に何度も暇乞いに赴いたが、面会することができなかった。

そこで暇を告げる書面をしたため、人をやって届けさせた。そして数度にわたって贈られた金銀を一々封じて庫におさめ、賜った「漢寿亭侯《じゅていこう》の印」を部屋に掛けたまま、赤兎馬にまたがり、手には青竜刀をひっさげて、北門から脱出して玄徳のもとへ走った（第二十六回）。

金銀《きんぎん》を置《お》いて桂馬《けいま》を関羽《かんう》とり　［一三・24］

関羽は財宝や爵録よりも信義を重んじた。

曹操の配下が関羽を闇討ちにしようと協議して、小役人にその様子を窺わせると、関羽は灯りの下で机に向かい、左手で顎髭をしごきながら書物を読んでいた。その姿に、小役人は思わず「ああ、聞きしにまさるお方だ」と嘆声を挙げたという。信義に厚い関羽は、常時手元に『春秋』を置いて愛読していたという（第二十七回）。

春秋《しゅんじゅう》を夏冬《なつふゆ》ともに関羽《かんう》よみ　［八一・12］

『春秋』と夏冬を並べて、文字遊びとした句。

関羽は曹操のもとを辞して劉備のところへ行くとき、挨拶もせずに別れたので、通行手形がなく、途中で度々行く手を阻まれた。関羽はやむを得ず、続けざまに五つの関所を力ずくで突破した。洛陽（今の河南省内）を突破するとき相手の放った矢が左の肘に中ったが、それを物ともせず、そのまま関所を突破した（第二十七回）。

関《せき》五《いっ》つ越《こ》して関羽《かんう》はとげを抜《ぬ》き　［拾六・8］

孟嘗《もうしょう》は空音《そらね》関羽《かんう》は腕《うで》で越《こ》え　［一二三・68］

「空音」は、函谷関での声帯模写による鶏鳴。

関羽は五つの関所を突破し、六人の将を斬って千里の道を転々として劉備のところを目指した。そして数々の苦労を経て、ついに古城《こじょう》（今の河南省内）で劉備・張飛に相見えた（第二十八回）。

千里独行猛虎威《せんりどっこうもうこい》の寿亭侯《じゅていこう》　［一〇五・6］

劉備を尋ねて許昌《きょしょう》から千里の道を、単騎で走った関羽の行動は、まるで猛虎のように勇ましかった。

関羽は樊城《はんじょう》（今の湖北省内）を攻めた際、敵の毒矢で右肘を射られた。名医が呼ばれ、荒療治が施されることになったが、囲碁の好きな関羽は、傷の切開手術をする間、痛さで顔をしかめながらも囲碁を打ち続けていた（第七十五回）。

顔《かお》をしかめしかめ雲長《うんちょう》うっている　［三五・33］

膏薬《こうやく》をのすうち関羽《かんう》はまを上《あ》げ　［四〇・11］

手当の膏薬を準備する間の寸暇を惜しんで、関羽は囲碁のあげ石をとっていた。「はま」は、囲碁のあげ石。

焼酎《しょうちゅう》で関羽《かんう》が碁石《ごいし》ねえばねえば　［三二・19］

関羽は焼酎を飲みながら囲碁も打つので、碁石はねばねばになっていたろう。

関羽の顎ひげの長さは、二尺あり、常にこれを大切にし、極寒の時は、錦の嚢に入れていたというほどである。

湯《ゆ》に入《い》るに関羽《かんう》はひげをくしへまき　［七二・20］

我《わ》がひげをふんまえ関羽度々《かんうどど》のめり　［一二三・8］

まさかこれほどまでは。「ふんまえ」は、踏みつける。

張飛
（ちょうひ）

張飛（?～二二一）は、字は益徳《えきとく》、また翼徳《よくとく》。関羽《かんう》とともに劉備《りゅうび》に仕えた武将である。『三国志演義』第一回で、劉備が義兵募集の高札を読んで、思わず深い溜息をもらしたとき「男一匹、国のために働こうともしないで、溜息をつくとは何事だ」とかみついた。劉備が振り返ってみると、身の丈八尺、豹のような頭につぶらな目、頬から顎にかけてひげをたくわえ、その声は万雷の鳴り響くようで、その勢いは奔馬のような男がいた。この男は「田地をいくらか持ち、酒や豚肉を商ってはいるが、日ごろ天下の豪傑とつきあっている者」として登場する。

劉備は「自分は、漢皇室の流れを引く者で、姓は劉、名は備。近頃、黄巾賊《こうきんぞく》の猖獗《しょうけつ》を耳にし、賊を平らげ民を救おうとの心がありながら、どうにも力が足らず、それ故ため息をもらしたのである」と自己紹介をした。

山師《やまし》めがなどと張飛《ちょうひ》も初手《しょて》は言《い》い [拾五・25]

こんな奴がそんな由緒ある出身のはずはない、大風呂敷を広げやがって。この「山師（詐欺師）め」が、と張飛は腹の中で言ったろう。

しかし、村の酒屋で酒を酌み交わしてみると、劉備はなかなかの人物のように思えた。さらによく見ると耳たぶが、異常に大きかった。諺にも「耳たぶの大きい者は運がよい」とあるから、この男に一つ賭けてみようか、となった。

耳《みみ》たぶを見込《みこ》みに張飛《ちょうひ》義《ぎ》を結《むす》び [五〇・9]

他にこれといって惹かれるところはなかったが、耳たぶが異常に大きいのを見込んで義兄弟の縁を結んだ。

そこで、関羽を含めた三人で、義兄弟の契りを桃園《とうえん》で結ぶことにした。

約束《やくそく》が済《す》むとどぶろく張飛《ちょうひ》飲《の》み [八五・12]

天地の神々を祭る行事が終わると、張飛はどぶろくを飲んだろう。ついに本性が出たようだ。酒や豚肉の商いをやっていた張飛には、清酒では物足らない。

翼徳《よくとく》も知《し》らずに張飛《ちょうひ》酒《さけ》が好《す》き　［九一・30］

張飛は前後のこともあまり考えず、ただ酒をひたすら飲んだ。「翼徳」は、張飛の字《あざな》を活かして、「欲得」を掛けている。

劉備は諸葛孔明に出馬を要請して、その草庵を三度尋ねた。二度目に訪ねたのは、建安十二（二〇七）年、十二月半ばの激しい吹雪が、林に白銀の装いを凝らした寒い日であった（第三十七回）。同行していた張飛は、愚痴を言った。

熱燗《あつかん》で引《ひ》っかける張飛《ちょうひ》雪《ゆき》の供《とも》　［五四・43］

この雪《ゆき》にばかばかしいと張飛《ちょうひ》言《い》い　［一一九・19］

たかの知れた田舎もの一人のために、こんな日に出かけて行くのはばかばかしい、雪の止むのを待ってからにした方が好いんじゃないか。

劉備と一緒に諸葛孔明の草庵を三度目に訪ねた時、孔明は在宅であったが居間で昼寝をしており、なかなか起きず、一行は長い間待たされた。

引《ひ》きずり起《お》こしましょうと張飛《ちょうひ》じれ　［二七・31］

鼻《はな》へこよりを押《お》し込《こ》めと張飛《ちょうひ》言《い》い　［四一・26］

そんなに目が覚めないのなら、孔明の鼻へこよりを押し込め、と張飛が怒鳴ったろう。

帆柱《ほばしら》で寝《ね》てけつかると張飛《ちょうひ》言《い》い　［四三・3］

帆柱で昼寝していやがると、張飛は怒ったろう。「帆柱」は、精力のある男性の昼寝の状態。『三国志演義』の講釈を聞きに来る者には、それぞれお目当てがいる。単純で粗暴ではあるが、強いうえに愛すべきところのある張飛は、旦那衆や隠居より、若い職人衆にひいきの客が多かった。

夜講釈《よこうしゃく》 張飛《ちょうひ》びいきは頬被《ほおかぶ》り 〔三・19〕

夜の部の張飛の演題の贔屓のお客は、手ぬぐいなどで頬被りして仕事する職人たちが多かった。

諸葛孔明（しょかつこうめい）

諸葛孔明（一八一～二三四）は、名は亮《りょう》、孔明は字である。少年時代に父母を失い、叔父の諸葛玄《しょかつげん》に従って荊州《けいしゅう》（今の湖北省内）に難を避けていた。その後、隆中《りゅうちゅう》（今の湖北省襄陽《じょうよう》の西）で田畑を耕しながら読書し、十数年間隠棲していた。孔明が『三国志演義』に初めて登場するのは第三十八回、物語が三分の一まで進行した地点である。

もっともそれより先に、劉備《りゅうび》は隠者の水鏡先生（司馬徽《しばき》）から「伏竜」なる人物がいることを知らされる（第三十五回）。次いで曹操《そうそう》に母を人質に取られた徐庶《じょしょ》が、劉備のもとから去るときに孔明を推挙し、孔明こそが「伏竜」であることを知った劉備は大いに喜ぶ（第三十六回）。そしていよいよ関羽《かんう》と張飛《ちょうひ》を伴って、襄陽郊外の臥竜岡《がりゅうこう》に孔明を訪問するが、二度とも不在であった（第三十七回）。

矢《や》の使来《つかいき》ても平気《へいき》な諸葛亮《しょかつりょう》　〔三九・7〕

「至急お会いしたし」と劉備の使者が来ても、諸葛孔明は全く平常と変わらない生活を続けていて、相手の都合に合わせるような事をしなかった。

今日《きょう》もまた留守《るす》でござると諸葛亮《しょかつりょう》　〔二六・2〕

遊里では初会の時は、たがいに気心が知れないからよそよそしいが、二度目には固定客にしようと思って遊女は親しみを見せる。「三会目」になると、初めて馴染みの客として一人前の扱いを受け、遊女の部屋に収まるという。孔明も三度目の訪問を受けて、やっと劉備と対面し、うち解けた話しをすることになった（第三十八回）。

孔明《こうめい》も三会目《さんかいめ》にはうちとける　〔四八・19〕
孔明《こうめい》も三会目《さんかいめ》から帯《おび》をとき　〔拾四・23〕

孔明も劉備の三度目の訪問でやっと警戒心を解き、胆を割った話し合いをした。「三会目」と「帯をとき」は、遊里の語を活かす。

孔明は中国全土の地図を前にして、玄徳に「将軍が覇業を成さんとお考えなら、天の時を占める北は曹操に譲り、地の利を占める南は孫権に譲り、将軍は宜しく人の和を占めるべきかと心得ます。まずは荊州を取ってしばしの足掛かりとなし、その後、西蜀を取って基を築き、鼎足の勢を形づくらば、やがては中原を手中に収めることもかないましょう」と語った。有名な「天下三分の計」である。

天下を三分して統治する政策を、ご採用していただけるのなら、出仕致しましょう、と。

孔明《こうめい》は四百《しひゃく》を三《さん》の段《だん》で割《わ》り　［五二・34］
三《み》つ山《やま》でご承知《しょうち》ならと諸葛《しょかつ》 亮《りょう》　［一八・5］

孔明は魚腹浦《ぎょふくほ》（今の四川省内）に呉軍の侵攻を防ぐために石を運んで地面に「八陣の図」を布き「いずれ呉の大将がここに迷い込むことがあるだろう」と予言していた。のちに関羽の復讐を期して呉に出撃した劉備が惨敗を期したさい、これを追撃した呉の陸遜《りくそん》は、ここに迷い込み、出られなくなってしまった（第八十五回）。

諸葛《しょかつ》 亮《りょう》いい手回《てまわ》しの石《いし》をすえ　［三三・32］
孔明《こうめい》は八《やっ》つの石《いし》で呉《ご》を負《ま》かし　［一二八・5］

「石」と「呉」は、囲碁の言葉を活かす。

司馬仲達《しばちゅうたつ》（一七九～二五一）は、名は懿《い》、仲達は字である。士族の出で少年時代から秀才として知られ、兵書を読むことを好んだ。曹操《そうそう》の時代に太子（のちの文帝）に仕え、太子の信任を得ていた。

仲達は、魏の十五万の大軍を率いて孔明のいる西城《せいじょう》（今の甘粛省内）に押し寄せた。孔明の身辺は文官ばかりで大将は一人もいず、手兵も二千五百しかいなかった。孔明は、一計を案じ、兵をことごとく城内に隠して城の四門を開き、門毎に兵二十人を農夫の姿で雑用をさせた。自らは、綸巾《りんきん》を戴き道袍《どうほう》をまとい、二人の侍童を左右に従え、琴を携えて高櫓に上り、欄干によって香を焚き、にこやかに笑いを浮かべながら琴を弾いた（第九十五回）。

琴を弾いている孔明を見て、司馬懿は「諸葛亮は日頃から慎重で、危ない橋を渡ったことはない。これはきっと奇策であるに違いない」と言って、すぐさま軍勢を引き揚げさせた。

仲達《ちゅうたつ》はあぶないことと引《ひ》き返《かえ》し　［三五・35］

はかりごとありと仲達《ちゅうたつ》引《ひ》き返《かえ》し　［五六・2］

「はかりごと」は、「謀り事」と「謀り琴」とを掛ける。

爪音《つまおと》を司馬司馬《しばしば》聞《き》いて引《ひ》き返《かえ》し　［五一・2］

孔明の弾く琴の爪音を司馬さん、司馬さん、ちょっとちょっと、と呼びかけているように聞いて、不安を感じて引き返したのだろう。「司馬司馬」は、「しばしば（ちょっとちょっとという呼びかけに用いる語）」を掛ける。

遊芸《ゆうげい》を孔明《こうめい》一度用《いちどよう》に立《た》て　［二六・9］

孔明は琴を弾くという戦闘とは全く結びつかない遊びの芸を、一度戦場で用いて、敵を退けた。

孔明《こうめい》がひいたも生田流《いくたりゅう》と見《み》え　［三一・21］

「生田流」は日本の箏曲の一流派で主に関西で行われた。孔明に日本の流派の琴を弾かせたところがミソ。

松風《まつかぜ》をくらって司馬懿《しばいい》引《ひ》き返《かえ》し　［四六・34］

「松風」は、山田流箏曲の一つ。

松風《まつかぜ》の知恵《ちえ》で万余騎《まんよき》吹《ふ》き散《ち》らし　［拾五・8］

琴《こと》の音《ね》を貝鉦《かいかね》よりもこわく聞《き》き　［一五・39］

「貝鉦」は、軍中で号令・合図に用いる法螺貝《ほらがい》と鉦。

さあ琴《こと》だ孔明何《こうめいなに》か弾《ひ》いている　［一二六・67］

さあ大変な事が起こった、孔明がこんな時に琴を弾いているからには、何かたくらみがあるに相違ない。司馬懿の慎重さと小心なさまを茶化す。「さあ琴だ」と「さあ事だ」を掛ける。

すわ事《こと》と十三里《じゅうさんり》ほど司馬懿《しばい》逃《に》げ　［九〇・9］

ああっ、大変な事が起こる、と司馬懿は十三里ほども逃げたろう。「十三里」は「九里四里（栗より）うまいさつまいも」の洒落を活かす。

うぬぼれて司馬仲達《しばちゅうたつ》は逃《に》げるなり　［拾六・9］

司馬仲達は自分の考え（何かの罠が仕掛けてあるに違いない）を絶対間違いないとして、退散した。秀才である司馬懿は、自分には間違いはないとしたばっかりに、不名誉な名前を歴史に残すことになってしまった。

こうめいな物琴《ものこと》の音《ね》で敵《てき》を追《お》い　［一二九・20］

孔明が琴の音で敵を退散させたことは、有名なできごとである。孔明の大智大勇をたたえる。「こうめい」は、「孔明」と「高名」とを掛ける。

さすが竜三《りゅうみっ》つの指《ゆび》のはかりごと　［四三・8］

孔明は臥竜岡に隠棲していた臥竜だけあって、三本の指だけを使って敵を退散させた。琴は親指・人差し指・中指の三本の爪先で弾くのを活かす。

爪音《つまおと》は敵《てき》に引《ひ》かせるはかり琴《ごと》　[五九・10]

「はかり琴」は「謀り事」を掛ける。

爪音《つまおと》も時《とき》にとっての百万騎《ひゃくまんき》　[拾五・17]

琴の音も時には、百万騎に匹敵する力となる。

孔明《こうめい》もコロリンシャンでほっと息《いき》　[五七・19]

内心でははらはらしながら琴を弾いていた孔明も、相手が琴の音を聞いて退散してくれたので、ほっとため息を漏らしたろう。「コロリンシャン」は、琴の音。

琴爪《ことづめ》で孔明《こうめい》あごを撫《な》でている　[三七・13]

孔明はまだ琴爪を指につけたまま、しめしめ巧くいったぜと顎を撫でていたろう。照れながらも得意なさま。

揚《あ》げ貝《がい》に諸葛莞爾《しょかつかんじ》と爪《つめ》を抜《ぬ》き　[一六六・6]

敵の引き上げの合図の陣貝を聞いて、諸葛はにっこり笑いながら、琴爪をゆっくりと外したろう。「揚げ貝」は、本陣で軍勢引き上げの合図に鳴らす陣貝。「莞爾」は、にっこり笑うこと。「爪を抜く」は、琴を弾くために付けていた琴爪をはずす。

もういいと孔明指《こうめいゆび》をねじるなり　[三四・24]

もう大丈夫だ、攻めては来ないだろう。やれやれという気持ちで、孔明は琴爪をはずしたろう。

孔明《こうめい》もふみこまれたらことこわし　[七二・17]

琴を弾いて相手を欺くという孔明の作戦も、相手に踏み込まれたら、大失敗になったろう。「こと」

は、「琴」と「事」とを掛けている。

山岳地帯では人間と家畜が一般的な輸送手段であった。しかし、馬が引く四輪車では難渋を極めたため、孔明は改良を加えて木牛《もくぎゅう》・流馬《りゅうば》なる物を作らせ、困難な道路を進んで兵糧輸送の困難を軽減した。なぜこんなことが起こるのかと、相手は不思議がった（第百二回）。

孔明催促荒彫《こうめいさいそくあらぼ》りで先見《さきみ》せい　〔一六六・7〕

孔明はまだ木牛・流馬が完成していないうちから、どんな具合かちょっと見せてみい、といって、その完成を待ち遠しく思っていたろう。

木彫《きぼ》りの牛《うし》は蜀人《しょくにん》の細工《さいく》なり　〔一二三・14〕

木牛流馬といえば孔明とされるが、木牛を実際に作ったのは、蜀の名も残らない職人たちである。「蜀人」は、「職人」を掛ける。

孔明《こうめい》が木馬仲達《もくばちゅうたつ》うまく乗《の》り　〔一四二・26〕

木牛・流馬を用いる孔明の作戦に仲達がまんまと引っかかり、作戦は成功した。

木牛《もくぎゅう》に魏《ぎ》の元帥《げんすい》も舌《した》を巻《ま》き　〔一二六・72〕

仲達は蜀の木牛・流馬を何頭かを奪わせて、熟練の職人たちに寸分違わぬものを作らせたという。蜀軍は木牛・流馬の成功を生かして、次々と細工を工夫し、孔明の木彫りの像まで造って利用した。

孔明及《こうめいおよ》び牛馬《ぎゅうば》も木《き》で作《つく》り　〔五四・12〕

木牛《もくぎゅう》の後軍師《あとぐんし》をも木《き》で作《つく》り　〔八一・12〕

司馬懿が撤退する蜀軍をみたとき、車に端坐していたのは、綸巾羽扇、道袍黒帯の紛れもない孔明その人のようであった。

蜀軍は葫蘆谷《ころこく》（今の陝西《せんせい》省内）へ司馬懿の軍を誘い出し、焼き殺そうとしたが、俄かに強風が吹き起こり、盆をひっくり返したような大雨が降って、猛火を消し止めてしまった。そのために司馬懿の軍を取り逃がしてしまった（第百三回）。

孔明《こうめい》がさそうひょうたん雨《あめ》に濡《ぬ》れ　［三八・5］

「ひょうたん」の漢名が「葫蘆」であることを活かす。

ころ谷《たに》で孔明司馬《こうめいしば》を焼《や》く気《き》なり　［一〇〇・138］

「司馬を焼く」は、「芝を焼く」を掛けている。

建興十二年（二三四）、孔明は仲達と五丈原《ごじょうげん》（今の陝西省内）で対陣した。孔明の遣わした使者に司馬懿が「孔明の日頃の寝食の様子はどうじゃ」と問うと、使者は「丞《じょう》相《しょう》には、朝早くより夜遅くまで軍務を見られ、むち打ち二十以上の刑はすべてご自身で裁断を下されます。お食事は日に数升に過ぎませぬ」と答えた。すると司馬懿は、諸将を顧みて「食事が進まず、多忙とあらば、命は長くはないぞ」と言った（第百三回）。

孔明《こうめい》を見《み》ろ短命《たんめい》と喰《く》らい抜《ぬ》け　［一五三・9］

あの孔明でさえも、食が進まないと先がないとされるのだから、おれはそうならないようにすると言いながら、すべての料理を食べ尽くす。
孔明《こうめい》が病気《やまい》で蜀《しょく》がすすみ兼《か》ねね 〔一五三・16〕

「蜀」に「食」を掛ける。
孔明《こうめい》が陣《じん》へ仏師《ぶっし》をそっと召《め》し 〔一一五・8〕
医者《いしゃ》と仏師屋《ぶっしゃか》駆けつける蜀《しょく》の陣《じん》 〔一六六・26〕

病気治療の医者と木像を彫らせる仏師が同時に召され、もしものことを考えての善後策が講じられていた。「仏師」を登場させたところがミソ。

孔明は建興十二年（二三四）秋八月二十三日、五十四歳で、五丈原の陣中で病没した。
灯明《とうみょう》が消《き》えたで蜀《しょく》が闇《やみ》になり 〔七七・30〕

灯明が消えると周囲が真っ暗になるように、孔明が死去すると蜀の前途が暗闇になってしまった。「灯明」は、孔明、「蜀」は、燭を利かす。
鼎足《ていそく》を一本《いっぽん》へし折《お》る五丈原《ごじょうげん》 〔六一・18〕

五丈原での孔明の病死は、魏・呉・蜀の三国鼎立の、一本（蜀の勢い）をへし折ることになった。鼎足は三本。ここでは天下三分の状態。

孔明は楊儀《ようぎ》に「わしが死んだら喪を発してはならぬ。軍中、常の如く平静にして、決して悲しみの声を挙げてはならぬ。もし司馬懿が追って参らば、わしが先に彫らせておいた木像を車上に安置し、左右に将士を控えさせて陣頭に押し出すのじゃ。彼はこれを見れば、必ず驚いて逃げるであろう」と遺言した。

死《し》せる鶴《つる》生《い》ける人馬《じんば》を走《はし》らしむ　［四九・18］

死《し》せる鶴《つる》生《い》けるが如《ごと》く走《はし》らしめ　［七一・35］

孔明の木彫りの像を見て、魏の軍勢は驚いて逃げ腰になった。部下の姜維らが孔明の遺策に従って孔明の死去を隠して行動し、魏の軍を退却させたのである（第百四回）。いわゆる「死せる諸葛生ける仲達を走らす」の故事である。

江戸庶民にとっては、『三国志演義』の諸葛孔明は人気抜群の人物で、孔明に関連した商品は広く愛好された。

煤《すす》はきに孔明羽子《こうめいはご》を抱《だ》いている　［拾五・16］

煤払いの日には、孔明にちなんだ羽毛扇や羽子板は煤がかからないように大事に抱いている。

孔明は神通力を持つ大鵬鷹の羽毛を抜いて、羽毛扇を作り、常時手から離すことがなく、戦場にもこれを持参していた。

万卒《ばんそつ》を孔明羽根《こうめいはね》でたたむなり　［四三・27］

うごくはず孔明羽子《こうめいはね》で下知《げち》をする　［四五・35］

孔明は、神通力のある羽毛扇で下知を下していたのであるから、巧く兵卒を操ったのは当然のことである。

蜀将《しょくしょう》に孔明《こうめい》さんは妙《みょう》にきき　［一一九・2］

「食傷」には、飲み薬の「効明散」がよく効いた、という言葉遊びの句。

『三国志演義』の第一回から登場して華々しい活躍をした関羽は、七十六回で孫権に殺され、曹操は七十八回で病死、張飛は八十一回、劉備は八十五回で、それぞれ死亡というように、物語がほぼ三分の二まで進行したところで、こぞって退場してしまう。孔明が登場するのは、三十八回から。それから五丈原で病没して、『演義』から退場するのが百四回である。

孔明《こうめい》が死《し》んで夜講《やこう》の入《い》りが落《お》ち　〔六四・14〕

人気者の孔明の死が高座で語られた翌日からは、客の入りが激減した。

三国志書翰《さんごくししょかん》の所《ところ》は飛《と》ばすなり　〔傍四・32〕

三国志手紙《さんごくしてがみ》は読《よ》まず仕舞《しまい》なり　〔四七・40〕

『三国志演義』の講釈では、手紙の部分は内容を読まずに進行してしまう。講釈師には、講釈師の都合というものがあるようだ。客は、講釈師が、「封を開いてみるとその大略は……」とか、「手紙を読んで怒った」と語りながら、手紙の内容全体を講じなかったことに不満があった。

孔明《こうめい》をもう二三冊《にさんさつ》生《い》かしたい　〔四六・13〕

読者の正直な気持ちである。残りは十六回分しかない。

呉魏蜀《ごぎしょく》を引《ひ》っぱり合《あ》って読《よ》んでいる　〔別上・1〕

貸本屋で『三国志』をわれ先にと、順番を争いあっている。「呉魏蜀」は『三国志』のこと。江戸時代には『通俗三国志』が多くの読者をもっていて、貸本屋には予約が殺到したという。

蜀江《しょくこう》の臥竜《がりゅう》は呉魏《ごぎ》の勢《せい》を巻《ま》き　［一四七・24］

蜀の孔明は呉魏の勢いを巧く丸め込んだ。「竜巻き」を活かす。

蜀《しょく》の高名《こうめい》ざれ歌《うた》の軍師《ぐんし》なり　［九〇・42］

蜀の高名な軍師は、ユーモアを解する諸葛孔明である。「高名」は「孔明」を掛ける。「ざれ歌」は、ここでは行動・言語にそれぞれ滑稽味（ユーモア）があること。

孔明《こうめい》がうつむいているむつかしさ　［一二一・5］

あの孔明がうつむいて考え込んでいるのであるから、よほどな難問が発生したに違いない。

どれ程《ほど》な事《こと》か孔明首《こうめいくび》をまげ　［一三・9］

無双の軍師孔明が首を傾げて考え込んでいるからには、よほど重大な事態なのであろう。

趙雲（ちょううん）

趙雲（?～二二九）は、字を子竜《しりゅう》といい、もともとは公孫瓚《こうそんさん》の部下であったが、のち劉備《りゅうび》のもとに帰した。劉備が兵と民を率いて江陵《こうりょう》（今の湖北省内）へ南下した際、その途中で、曹操《そうそう》軍に追撃された。劉備は、妻子を棄て慌てて南方へ逃走した。趙雲は身を以て甘《かん》夫人を保護したあと、また引き返して幼主阿斗《あと》（劉禅《りゅうぜん》）を探し出し、胸当てを取って幼な子を懐中に抱え、馬にまたがって血路を開いて難を免れた（『三国志演義』第四十一回）。

いんの子《こ》いんの子《こ》と趙雲《ちょううん》たたき合《あ》い　〔三五・12〕

趙雲は幼主阿斗をあやしながら、敵と戦った。「いんの子いんの子」は、子供がおびえたときなどに唱える、呪文の言葉。

左《ひだり》には赤子《あかご》右《みぎ》には百万騎《ひゃくまんき》　〔九六・37〕

戦《たたか》いのひまに趙雲《ちょううん》子守《こも》り唄《うた》　〔一四五・15〕

趙雲《ちょううん》の鎧《よろい》は襁褓《むつき》臭《くさ》くなり　〔拾六・8〕

「襁褓」は、おしめ、むつき。

趙雲《ちょううん》は虎《とら》こいこいとしいをやり　〔八七・31〕

趙雲は幼主に「虎こいこい、虎こいこい」といいながら、小便をさせたろう。趙雲は後年、劉備に虎将軍に任命されたので、「虎こいこい」が利いている。

趙雲《ちょううん》もねんねんころり敵《てき》の首《くび》　〔九八・70〕

「ねんねんころり」と「ころり首」を利かせる。

趙雲《ちょううん》が膝《ひざ》であどなく伸《のび》をする　〔四三・27〕

「あどなく」は、「あどけなく」で「阿斗」を利かす。

曹植（そうち）

曹植（一九二～二三二）は、曹操《そうそう》の第三子で、字は子建《しけん》という。幼い頃から才能が目立っていたため、兄の文帝に妬まれ、事ごとに疑惑と迫害を受けて不遇であった。ある日、文帝は曹植を招いて「七歩あるく内に詩を作れ、作れなければ死罪に処す」と命じた。植はたちどころに「七歩の詩」を作って、難を逃れたという（「七歩の才」の故事）。

竪板《たていた》に豆《まめ》　弟《おとうと》は詩《し》を作《つく》り　〔五四・15〕

竪板《たていた》に豆《まめ》をころがす七歩《しちほ》の詩《し》　〔九七・13〕

諺の「立て板に水」を活かす。

「七歩の詩」は、次のようなものである。

「豆を煮て持って羹《あつもの》と作《な》し　（豆を煮て吸い物を作り）
豉《し》を漉《こ》して以て汁と為《な》す　（みそを漉してみそ汁とする）
萁《き》は釜下《ふか》に在って然《も》え　（豆がらは釜の下で燃え）
豆は釜中《ふちゅう》に在って泣く　（豆は釜の中で泣いている）

本《もと》は是《こ》れ同じ根より生ぜしに（豆も豆がらも同じ根から生まれたものなのに）
相ひ煮る何ぞ太《はなは》だ急なる（豆がらよどうしてそんなに激しく煮たてるのだ）」

口豆《くちまめ》な弟《おとうと》に曹丕《そうひ》鼻《はな》が明《あ》き　［八三・65］

口達者な弟に兄の曹丕は、一杯食わされた。「鼻が明き」は、あっと言う。

姑《しゅうとめ》の御意《ぎょい》に七歩《しちほ》の詩《し》をつくり　［拾四・13］

姑の意向で大急ぎで（七歩歩く内に）詩を作ったという。一種の戯れ歌。嫁が姑の意向で七歩の詩を作ったとしたら、大したものである。

豆《まめ》がらで豆《まめ》を煮《に》ている嫁《よめ》姑《しゅうと》　［四九・10］

嫁と姑が一緒に竈《かまど》で豆がらを燃やしながら、釜で豆を煮ている。とかくいびりいびられる関係とされがちであるが、これならほほえましい。ただし心の内はどうであるかは分からない。

車胤（しゃいん）

晋《しん》の車胤（?～三九七?）は、若いときから篤学であったが、家が貧しく、灯油を十分に買うことが出来なかった。夏には蛍を袋に入れて明かりを採り、読書に励んだという。

吸付《すいつ》けに懸《か》かる車胤《しゃいん》の蛍籠《ほたるかご》　［一二三別・14］

蛍籠は、軒先にぶら下げてあるのが普通であるが、車胤のところでは天井から蛍籠がぶら下がっていたろう。「吸付け」は、天井板の桟。

車胤の伝には「恭勤にして倦まず、博学多通なり」とあるように、かなりの勉強家で書物に埋もれた生活をしたようである。

蛍籠《ほたるかご》そばに史記《しき》だの左伝《さでん》だの　［二六・5］

蛍《ほたる》のそばに論語《ろんご》だの孟子《もうし》だの　［四七・10］

とらまえて車胤蛍《しゃいんほたる》の釜《かま》をかり　［一二四・91］

車胤は光を発する蛍を捕まえて、その尻から発する明かりを借りた。「釜をかり」を活かす。

普通の灯火は、時間の経過によって油を補給したり、灯心を調節することが必要だが、車胤の灯火は、それとは違う方法が必要であった。

灯火《ともしび》に車胤《しゃいん》たびたび水《みず》をつぎ　［一六五・15］

灯火には油の補給が必要だが、蛍にはきれいな水を補給することが必要であったろう。

車胤が発明した自然の蛍光灯は、油の灯火に比べると明るさが劣っていた。

しかとは見《み》えぬともしびで車胤《しゃいん》よみ　［四七・37］

車胤はさまざまに工夫を凝らして、明かりを利用した。

註《ちゅう》を読《よ》むときに蛍《ほたる》はゆすぶられ　［三九・35］

注の文字は、本文よりもずっと小さな文字なので、注の文章を読むときには少しでも明るくしようとして蛍の籠はゆすぶられたろう。灯火にちなんで揺するところがミソ。

行灯《あんどん》をすっぽり車胤文字《しゃいんもじ》で張《は》り 〔四一・31〕

提灯のように光源をすっぽり書物で包むようにして読む工夫もしたろう。これなら完全によく読めるだろう。

尻《しり》の火《ひ》で車胤《しゃいん》は胸《むね》を明《あか》るくし 〔六〇・5〕

蛍の尻の火を用いて、車胤は大志を培ったろう。「尻」と「胸」を活かす。

夏の間は何とか蛍を補充することができたが、秋から冬へと季節が移り変わると、車胤は蛍以外の灯りを探さなければならなかった。

油屋《あぶらや》を弟子《でし》にほしいと車胤《しゃいん》言い 〔五六・2〕

これができれば、一番手っ取り早くていいのだがなあ。

虫屋《むしや》から車胤《しゃいん》油《あぶら》をほどこされ 〔八〇・19〕

夏の間、車胤は虫屋にとって最高のお得意さんであったろう。そして蛍がいなくなってからは、虫屋に灯油をほどこされたことだろう。見るに見かねた結果である。

秋過《あきす》ぎて車胤朽木《しゃいんくちき》と思《おも》いつき 〔八九・14〕

蛍のいない季節になったので、車胤は朽木の利用を思いついたろう。「朽木」は、闇夜に光を発する光木。

腐草化《ふそうか》するまでは朽木《くちき》をもって読《よ》み　［九八・63］

腐草が蛍に化する六月頃までは、朽木を灯りとして読書をしたろう。『礼記』月令《がつりょう》の季夏の月（六月）の項に「このころ腐った草が蛍となることがある」とあるのを活かす。

昼寝《ひるね》して車胤《しゃいん》すこぶるなぶられる　［五三・10］

真面目な車胤は親しい友人たちなどからは、しばしばその生活態度をからかわれた事もあったようである。うかうか昼寝もできなかったし、珍しい蛍などを用いることはできなかった。

学問《がくもん》のじゃまだと蛍《ほたるひと》一つやり　［拾四・19］

たまたま昼寝をした車胤は、友人から、おいおい、昼寝などしていないで、灯火のいらない昼間のうちに読書したらどうかと、からかわれたことだろう。勉強しているところへ、蛍を見物に来られては迷惑千万。その蛍が欲しければ一匹遣るよ、持って行きなさい。

蛍狩《ほたるが》り案《あん》じ初《はじ》めは貧学者《ひんがくしゃ》　［三五・2］

車胤が蛍狩りの初案者、窮すれば通ず、必要は発明の母とか。

春　秋《しゅんじゅう》を読《よ》む灯火《ともしび》は夏《なつ》と冬《ふゆ》　［五六・28］

書物の『春秋』と四季の夏と冬の文字を活かした文字遊びの句。

孫康（そんこう）

晋の孫康（生没年未詳）は、幼少の頃から節操が固く、世俗の人々とはあまり交わらなかった。家が貧しく、灯油を十分に買うことが出来なかったので、冬の夜には、雪明かりに照らして書物を読み、勉学に励んだという。

灯火《ともしび》を孫康鍬《そんこうくわ》でかき立《た》てる ［一四七・17］

孫康は積もった雪の表面が汚れてくると、鍬を使って表面を取り除き、白い雪を表にしたろう。「灯火」と「かき立て」の縁語を活かす。

雪《ゆき》をかき立《た》て孫康《そんこう》は註《ちゅう》を読《よ》み ［一六三・17］

小さい文字で書かれている注を読むときは、少しでも強い明かりが必要なので、雪をかき立てて白いところを表にしたろう。

孫康《そんこう》が灯《あか》し吹《ふ》き消《け》す春 南《はるみなみ》 ［九八・50］

春の南風は、孫康の灯火である窓辺の雪を溶かしてしまう。

雪《ゆき》の日《ひ》は唐《から》で油《あぶら》の値《ね》が下《さ》がり ［一三〇・3］

雪の日には中国の人々は灯火の代わりに雪明かりを用いたので、灯油の値段が下落したろう。思いは同じで、ただより安いものはないが、苦学生がそんなに沢山存在した訳ではなかろうに。

蛍雪《けいせつ》の窓《まど》で明《あか》るい文《ふみ》の道《みち》　[五四・2]

夜学《やがく》でも胸《むね》は明《あか》るき夏《なつ》と冬《ふゆ》　[五六・7]

貧学《ひんがく》のあかりに使《つか》う夏《なつ》と冬《ふゆ》　[三三・36]

貧しかった車胤と孫康はそれぞれ「蛍の光」「窓の雪」を利用して、勉学に励んだ。苦学した成果を「蛍雪の功」というのはこれが出典。

雪《ゆき》や蛍《ほたる》とへだつれど同《おな》じ儒者《じゅしゃ》　[五四・20]

「蛍の光」と「窓の雪」を利用した車胤と孫康は、利用した対象は異なるが、苦労して学問に励んだという点では同じである。「雨霰《あめあられ》雪や氷と隔つれど溶くれば同じ谷川の水」（一休水鏡）を活かす。

竹林の七賢（ちくりんのしちけん）

三国時代の魏《ぎ》末から、晋《しん》の初期に活躍した嵇康《けいこう》（二二三～二六二）・阮籍《げんせき》（二一〇～二六三）・山濤《さんとう》（二〇五～二八三）・劉伶《りゅうれい》（?～三〇〇?）・阮咸《げんかん》（生没年未詳）・王戎《おうじゅう》（二三四～三〇五）・向秀《しょうしゅう》（二二一?〜三〇〇?）の七人は、儒教の礼法を軽んじ、老荘思想を重んじて世俗を避けて竹林に遊び、清談を事とした。自然と詩酒を友として自由に生きたこの七人のことを竹林の七賢という。

七賢《しちけん》はどれも一《ひと》ふしある男《おとこ》　［五四・14］

七賢といわれた人々は、いずれも個性の強いひとかどの人物であった。「一ふしある」は、特徴のある、ひとかど。「ふし」は、竹の縁語。

七人《しちにん》は藪蚊《やぶか》を追《お》うにかかって居　［拾四・16］

十四本手《じゅうしほんて》を出《だ》し藪蚊《やぶか》追《お》っている　［四〇・9］

竹林に遊び清談を事としたとかっこいいことを言っているが、竹藪には藪蚊が多いので、閉口していたに違いないよ。

竹藪《たけやぶ》を七人《しちにん》よろけよろけ出《で》る　［四二・29］

七人《しちにん》が皆竹《みなたけ》の子《こ》に蹴《け》つまづき　［一一七・3］

七人はいつも酒を友としていたので、ほろ酔い機嫌でよろけたり、竹の子につまずくようなことが多かったろう。

藪蚊に悩まされても、竹林の生活のほうが都合のよいこともあった。

七人《しちにん》は平気《へいき》で暮《く》らす大地震《おおじしん》　［一〇三・41］

大地震の時でも竹林の七賢たちは、平気で普段の生活を続けていたろう。日本では、地震の際には「竹藪に避難せよ」と言われるほど竹藪は安全な場所とされていた。

為政者に背を向け、世俗の栄達を否定して、竹林で暮らす七賢の生活態度は、庶民の共感を得ていた。そして虎の絵などを配して屛風の絵に描かれ、重宝とされた。

七人《しちにん》の生酔《なまよ》い虎《とら》のくそをふみ [一三〇・19]

七人《しちにん》は猫《ねこ》の気《き》でいる藪《やぶ》の虎《とら》 [一三一・18]

七賢《しちけん》びっくり後《うし》ろから虎《とら》がなき [一一八・31]

竹林の七賢を描いた屛風には、虎が配置されているが、だれも虎を意識しているような様子はないので、突然の虎の声に驚き慌てている。

七賢《しちけん》の女房《にょうぼ》らしい竹婦人《ちくふじん》 [一二九・10]

七賢の屛風絵には、賢人たちの女房らしい竹婦人も描かれている。「竹婦人」は、夏に涼を取るために抱いて寝る竹籠。だきかご。

古くなった屛風では、誰かのところが欠けたり、折り曲げられたりしていて、七人が揃って登場することは少なくなっていた。

七賢《しちけん》も仲間割《なかまわ》れする古屛風《ふるびょうぶ》 [八一・1]

七賢は七人そろってこそ価値があるのに、一人でも欠ける人があっては意味がなくなってしまう。

七人の中でも特に阮籍は個性が強く、道家の自然を好み、礼法の教えには係わらず、よく白眼と青眼（黒目）とを使い分けた。礼儀にこだわる俗人に会えば、白眼でこれに対応し、礼儀にこだわらない人間は青眼をして迎えたので、礼法を守る士たちからは、仇や敵のように憎まれた（「白眼」「青眼」

「白眼視」の故事）。

七賢《しちけん》の一人目色《ひとりめいろ》がちがってる　［四〇・34］

阮氏一族の住居は道の北側にあったが、阮籍と阮咸の家は、道の南側にあった。北側の阮氏は富み、南側の阮氏は貧しかった。ある年の七月七日、習俗によって北側の阮家では、皆衣装を外に出して虫干しし、錦や綾衣は目もまばゆかった。咸は「こっちの虫干しは、これだ」と言って、大布のふんどしを竿の先に掛けて庭にさらし、「私も世俗から免れられないので、このようにした」と言った。

ふんどしで名《な》をさらしたは貧学者《ひんがくしゃ》　［四九・20］

虫干《むしぼ》しに霍乱《かくらん》をする貧学者《ひんがくしゃ》　［三三・33］

身ぐるみ脱いで虫干ししてしまったので、太陽に当たりすぎて、暑気あたり（日射病）になったのは貧乏学者の阮咸である。

七人《しちにん》はかたし六人《ろくにん》はやわらかし　［九九・97］

中国の七賢は、堅物揃いで堅苦しいが、わが国の平安時代の六歌仙は、くだけていて取っ付き易い。

孫楚（そんそ）

晋の孫楚（?～二九三）は、まだそれ程の年齢ではないときに、隠遁しようと思い、親友の王済《おうさい》に「これからは世を逃れて、自然に親しみ、石を枕とし流れに口を漱《すす》いで、心を清めようと思う」と言うつもりを、誤って「石で嗽《くちすす》ぎ流れに枕する」と言ってしまった。済が「流れには枕することはできない、石では口を漱ぐことはできないではないか」とからかうと、楚は強情を張って「流れに枕するのは、世俗で汚れた耳を洗うためであり、石に嗽ぐのは、自分の歯を磨くためだ」と、強弁した（「漱石枕流」の故事）。ちなみに夏目漱石のペンネームはこの故事に基づく。

石《いし》で歯《は》を磨《みが》いても流石《さすが》へらぬ口《くち》　［一五一・2］

孫楚は石で歯を磨いたはずだが、それにしては口が減らないな。「流石」の語を活かしている。

石《いし》で嗽《くちすす》ぐはかびた陶《とうき》なり　［一〇三・9］

人は小石で口すすぐものではない。小石で漱ぐのは黴た陶器を洗うときである。

第六章 唐・宋時代

阿倍仲麻呂（葛飾北斎筆）

玄宗・楊貴妃
（げんそう・ようきひ）

玄宗（六八五〜七六二）は唐の第六代の皇帝（在位七一二〜七五五）で、白楽天《はくらくてん》の『長恨歌《ちょうごんか》』に詠まれた、楊貴妃とのロマンスが最も有名である。江戸時代の川柳作者たちも、ある種の嫉妬と羨望を込めた作品を多く残している。

楊貴妃（七一九〜七五六）は、名は太真《たいしん》、幼名は玉環《ぎょくかん》といった。父が早逝したため叔父の家で養育された。十七歳の時、玄宗の十八番目の皇子の寿王《じゅおう》（二十二歳）の妃となった。その後、寵姫武恵妃《ぶけいひ》を亡くした玄宗の落胆は甚だしく、側近の高力士《こうりきし》に「傾国」さがしを命じ、息子の嫁の楊玉環に白羽の矢がたてられたのである。

楊貴妃《ようきひ》ももとかつがれた女《おんな》なり　［一五・17］

あの楊貴妃ももとは旦那があったのに、玄宗皇帝に身請けされた女である。「かつぐ」は、男のある女性を身に引き受けること。また、だますこと。玄宗は楊玉環に寿王との縁を切らせるために一度出家させ、名を太真と改めさせてから、後宮に入れた。

楊貴妃は豊満な肉体の持ち主で、豊満な姿態を理想とする唐代美人を代表するような女性であった。

また彫りの深いエキゾチックな顔立ちは、上流階級にパンタロン型の女性服が流行した社会にふさわしい容貌で、派手好みな玄宗にはぴったり合った女性であった。

玄宗《げんそう》はおむく紂王《ちゅうおう》はきゃんが好《す》き　〔八・14〕

唐の玄宗はむっくりした女性（楊貴妃）が、殷の紂王はおてんばな女性（妲己《だっき》）が好みであった。
玄宗は歌舞に造詣が深く、音楽にかけては玄人はだしであったから、音律歌舞をよくした楊貴妃は、他の女性には求めることのできない魅力を備えていた。「寵愛は一身にあり」（長恨歌）と評されても当然の成り行きであった。

楊貴妃《ようきひ》の謡宵《うたいよい》から二度通《にどとお》り　〔四・4〕

楊貴妃は玄宗の意を迎えて、異例の寵愛を受け、一日に何度もお召しのお声がかかった。
玄宗は宮中の内殿に諸王を招いてしばしば宴を開いた。また楊家の兄弟姉妹がそれぞれ誕生日に宴会を開いて祝う事などがあった。楊貴妃はその都度出席を請われて、同席することが多かった。宴では必ずと言ってよいほど、最高級の料理（子豚の丸焼き）が提供されるのが常であった。

美《うつく》しい顔《かお》で楊貴妃豚《ようきひぶた》を食《く》い　〔四・23〕

麗人と豚肉との不似合いがミソ。

豚食《ぶたく》うと聞《き》けばおそろし楊夫人《ようふじん》　〔一二〇・28〕

江戸時代の日本人は豚を食用とはしていなかった。また中国では豚が多産である部分が強調され、貪欲や性欲のあからさまな象徴ともなっていた。ここでもそれを暗示しているか？

蜀の出身である楊貴妃は、芳香を放つ汗を流し、南方産の茘枝《れいし》が大好物であったという。

食《しょくこの》好みするは楊家《ようけ》のむすめなり　［一一・29］

美《うつく》しい顔《かお》で茘枝《れいし》をやたら喰《く》い　［一二・31］

「茘枝」は、多汁で香気がある果実。中国では六月の声を聞くと、茘枝の食べ頃が来たと多くの人々がそわそわするという。茘枝にそれほど人気が集中するのは、単に美味しいと言うだけではなく、茘枝がすごい強精力を持つ果実だからだという。

江戸時代には、「お茶壺道中」という言葉があった。それは幕府が、立春から百日後頃、江戸から東海道経由で宇治に茶壺を下し、御物茶師《ごもつちゃし》の上林《かんばやし》家で新茶詰めをし、同時に禁裏へも献上した。帰路は中山道を経て土用の二日前に江戸に到着することになっていた。将軍御用であったため、上下ともに盛大な行列で、沿道の村々に大きな負担となっていたといわれる。また、この行事が終わるまでは、新茶の発売は禁止された。

御茶壺《おちゃつぼ》のように驪山《りざん》へ茘枝《れいし》くる　［三九・22］

楊貴妃は新鮮なものを欲しがった。そこで玄宗は駅使を置き、数千里の遠きをいとわず、馬を飛ばして、楊貴妃の滞在している離宮にまで運ばせた。これには多くの人々が泣かされたろう。

双六《すごろく》のそばに茘枝《れいし》のうず高《たか》さ　［一三・37］

片手で茘枝を食べながら、双六にうち興じていた。江戸時代には、「双六」は嫁入り道具の一つであると同時に、賭博と同義語でもあったから、川柳作者は、楊貴妃をはじめとする楊一族の生き方を、賽の目の偶然性に依存する双六によって暗示したのであろう。

楊貴妃《ようきひ》はいう程《ほど》の目《め》の出《で》た女《おんな》　［一八・14］

楊貴妃は自分の言う通りに双六の目が出た女性であろう。というのは、双六だけではなく、宮中での生活すべてを思い通りにすることが出来たことをいう。

当時、四方の地方官は豪奢を好む玄宗と楊貴妃に迎合して、献上物を絶やさなかった。諸外国もそれにならったので、珍しい鳥や獣、宝石、草花、毛皮、工芸品から芸をする人間に至るまで、毎日のように届けられた。

四百余州《しひゃくよしゅう》が寄《よ》りますと貴妃喜悦《きひきえつ》　［一一九・3］

楊貴妃の所には茘枝だけではなく、要求すれば中国の全土から、あらゆる物が続々と届けられ、ご満悦であった。

玄宗は毎年、驪山の華清宮《かせいきゅう》に行幸し、みずから沐浴し、そのあとの温泉を内外命婦《めいふ》に賜って入浴させる習慣があった。楊貴妃は天宝四年（七四五）から、玄宗に同行するようになった。

玄宗は始めのうちは毎年十月から大晦日まで、華清宮に楊貴妃を同行し滞在していたが、そのうちに翌年の二、三月まで滞在するのを常とするようになった。この変化こそは、玄宗が政治に情熱を失い、逸楽にわれを忘れていく生活の軌跡であった。華清宮では、連日歌舞音曲の遊びが展開された。

楊貴妃《ようきひ》を湯女《ゆな》に仕立《した》てる驪山宮《りざんきゅう》　［九・14］

玄宗は楊貴妃を華清宮に滞在する湯女に仕立て上げたろう。「湯女」は、温泉宿にいて客に侍する女性。

湯上《ゆあが》がりは玄宗《げんそう》以来《いらい》賞美《しょうび》する　〔籠三・21〕

女性の湯上がり姿を賞美することは、玄宗が楊貴妃を賞美したことから始まったのだろう。

玄宗《げんそう》のとうじねっから効《き》かぬなり　〔天六・和3〕

玄宗は、静養を目的として華清宮へ出かけるが、美女を伴っての湯治ではその効果はない。華清宮の中からは「この世のものとも思えないような美しい妙なる旋律が、風に乗ってあちらこちらから聞こえてくる。緩やかなテンポの歌と静かな舞い、伴奏の管弦は粋を凝らし、一日中天子は舞楽を鑑賞していても見飽きることがなかった」、と『長恨歌』に詠まれた。

しっつこい笛《ふえ》の音《ね》のする驪山宮《りざんきゅう》　〔五一・7〕

驪山宮の中からは、さわやかな笛の音ではなく、どぎつい濃艶な笛の音が聞こえてきたろう。

驪山宮《りざんきゅう》よだれで笛《ふえ》の音《ね》がとまり　〔九二・31〕

横笛《よこぶえ》で口《くち》を吸《す》ってる驪山宮《りざんきゅう》　〔五三・2〕

驪山宮片手《りざんきゅうかたて》は笛《ふえ》の穴《あな》でなし　〔九一・31〕

のろけた笛《ふえ》の世《よ》にひびく驪山宮《りざんきゅう》　〔九四・6〕

国事を顧みず、楊貴妃に対する異常とも思える寵愛と逸楽にふける玄宗の生活は、次第しだいに世間にも知れ渡るようになった。

笛《ふえ》の音《ね》に和合《わごう》の韻《いん》の驪山宮《りざんきゅう》　〔九二・38〕

鼻息《はないき》も呂律相和《ろれつあいわ》す驪山宮《りざんきゅう》　〔一一九・35〕

驪山宮の中からは、ついには玄宗と楊貴妃の相和する鼻息やささめごとまでが聞こえてくるようになったろう。

いいようとひしぎを入《い》れる驪山宮《りざんきゅう》　［一二〇・39］

驪山宮では、音楽の合いの手に「いいよう」と押しつぶした声が入るようになった。「ひしぎ」は、押しつぶした声。

天宝十年（七五一）七月七日、玄宗と楊貴妃は長生殿《ちょうせいでん》にあって、夜半に傍らに人のないとき、牽《けん》牛《ぎゅう》・織女《しょくじょ》の両星を拝しながら「天に在《あ》っては比翼《ひよく》の鳥となり、地に在っては連理《れんり》の枝となって、永遠に離れない二人になろう」と固い契りを交わした（「比翼連理」の故事）。

天地《あめつち》の出会《であ》い楊貴妃《ようきひ》と織女《しょくじょ》なり　［二七・14］

楊貴妃《ようきひ》は星《ほし》をお先《さき》にして契《ちぎ》り　［五六・35］

「星をお先に」は、星を自分の手先に使って。

大汗《おおあせ》になって玄宗《げんそう》ささめごと　［筥二・32］

その文月《ふみつき》の七日《なぬか》の夜《よ》いやらしさ　［傍三・11］

七月《しちがつ》の八日玄宗頭痛《ようかげんそうずつう》する　［一二・37］

玄宗は七日の夜には、夜を徹して楊貴妃と語り合い、誓いの言葉を交わしたので寝不足となり、八日は朝から頭痛に悩まされたろう。

比翼連理《ひよくれんり》は平人《ただびと》の痴話《ちわ》でなし　［拾四・25］

比翼・連理の約束は、庶民の恋人たちが戯れ合いながらした約束ではない。長生殿の内で行われた、皇帝と貴妃との約束だ。

にわ鳥《とり》はあさまつりごとおこたらず ［拾五・10］

鶏は夜明けを告げる朝鳴きの仕事を怠ることはないのに、玄宗は楊貴妃という一人の女性にうつつを抜かして、朝政を怠るようになった。『長恨歌』に「此より君王早《あさまつりごと》朝せず」とあるのを活かす。玄宗は鶏にも劣るということか。

当時、勢力を強めつつあった武将に、異民族出身の安禄山《あんろくざん》がいた。天宝三年（七四四）に平盧《へいろ》と范《はん》陽《よう》の節度使《せつどし》を兼ねるようになった安禄山は、さらなる権勢が欲しかった。しかし科挙に合格した高級官僚でも抜群の武勲を立てたわけでもなく、まして名門の出身ではない自分がさらに出世するには、玄宗の寵愛を何とかして手に入れるしかないと考えた。玄宗の側近には鼻薬を十分にかがせた。

その結果、天宝六年の正月の朝賀には、玄宗は禄山のために興慶宮《こうけいきゅう》に群臣を集め、金鶏をあしらった屏風を背に、玉座の東に禄山の席を特別に設けて、盛大な祝宴をはった。そして禄山と楊氏一族の間に義兄弟の契りを結ばせ、「禁中への出入りは、かってなるべし」の沙汰を与えた。また禄山のたっての頼みによって、楊貴妃との養子縁組を執り行った。

お母《かあ》さんなどと禄山貴妃《ろくざんきひ》に言《い》い ［一五・13］

絶世の美女と怪物顔負けの醜男との、滑稽極まりない母子が誕生した。

安禄山は楊貴妃の養子になってからは、玄宗と楊貴妃の前に出るときには、いつも最初に貴妃に向かって頭を下げた。玄宗が怪訝な面もちで理由を尋ねると「それがしども異民族では、母を先に父を後にいたしますゆえ」と答えた。玄宗はことのほかご満悦の態であったという。

養母《ようぼ》への幸禄山《こうろくざん》が仕《なし》はじめ　［四七・39］

養母への孝行をしたのは安禄山が、最初であるか？

一方、楊貴妃の一族として名のあったのは、三人の姉（韓国夫人、虢国《かくこく》夫人、秦国夫人）と又従兄弟の楊国忠《ようこくちゅう》とである。いずれも縁故によって、宣陽里《せんようり》に豪壮な屋敷を与えられ、驕りにふけり、その専横ぶりは目を覆いたくなるようなものがあった。

楊貴妃《ようきひ》はろくな一家《いっか》は持《も》たぬなり　［一八・23］

おかしさは鸚鵡《おうむ》も五人扶持《ごにんぶち》ねだり　［二一・ス10］

楊貴妃の三人の姉妹は、それぞれ縁故によって、国夫人の地位を得た。その飼育していた鸚鵡までが、五人扶持をねだったという。

楊国忠は若いころ、学問を嫌い酒とばくちに身をもちくずし、一族の鼻つまみ者であった。その後、発奮して蜀へ従軍し新都県尉《しんとけんい》となり、貴妃の家に足繁く通い、二番目の姉（のちの虢国夫人）と懇ろの仲となった。貴妃が玄宗の寵愛を得ると、その縁故によって都へ上った。

都に到着した国忠は、虢国夫人がちょうど寡婦になった矢先であるのを幸いに、その館へ転がり込み、貴妃姉妹から自分を玄宗に売り込んでくれるように懇願した。

八日《ようか》には楊国忠《ようこくちゅう》へ加増《かぞう》なり　［一三・36］

玄宗が楊貴妃と比翼・連理の契りをかわした翌日には、さっそく楊貴妃の又従兄である楊国忠には、情実人事によって禄の加増があったろう。

楊国忠は教養に乏しく、軽率な点も多くあったが、恰幅がよく、弁舌が立つので玄宗好みの人物でもあった。禁中で玄宗とばくちの相手をしたこともあったようであるが、文簿（経理）能力に優れていたので次第に頭角を現し、「府庫の充実ぶりは古今に匹敵できるものはあるまい」と自画自賛するほどに至り、宰相の地位にまで上りつめた。

屋敷中《やしきじゅう》楊国忠《ようこくちゅう》が幅《はば》をする ［二六・4］

玄宗は国政を楊国忠に任せるようになっていたので、国忠が何事にも羽振りよく振る舞っていた。

髭《ひげ》のない楊国忠《ようこくちゅう》がのしあがり ［三七・3］

「髭」は、「卑下」を掛け、「ひげのない」は、謙虚さ、謙遜のないことをいう。

国忠《こくちゅう》を伯父《おじ》さんと禄山《ろくざん》は言《い》い ［一九・17］

楊国忠のことを安禄山は機嫌のよいときには、伯父さんなどと呼んだ事もあったろう。安禄山は楊貴妃の養子となっていて、国忠は楊貴妃の義兄とも考えられていたので、伯父と呼びかけたのであろう。国忠と禄山はともに楊貴妃を介して権力に近づいたが、互いに強いライバル関係にあり、それが安禄山の反乱の原因の一つともなった。

天宝十四年（七五五）、安禄山が反乱を起こした。

養子《ようし》の不埒安禄山《ふらちあんろくざん》がはじめ ［籠三・6］

養子でありながらふとどきな行為をしたのは、安禄山に始まろう。「不埒」は、乱を起こしたこと以外に、禄山と楊貴妃のゴシップを含む意味とすると、禁中に自由に出入りが許されていたことなどから、嫉妬と羨望による様々な憶測に基づいた二人の醜聞を暗示する。
都長安に危険が迫ると、楊貴妃は玄宗に随行して成都へ向かった。しかし、反乱が起こったのは楊国忠の専横によるものだとする声が大きく、怨みは楊一族に向けられた。そして、途中の馬嵬《ばかい》駅（今の陝西省興平の西）で、玄宗の親衛隊によって処刑された。

楊貴妃《ようきひ》は馬捨場《うますてば》にて最期《さいご》なり　〔三五・23〕

馬嵬を、馬の捨て場としたところがミソ。

コイツ美身美味《びみびみ》と馬嵬《ばかい》の烏言《からすい》い　〔一一五・13〕

権勢を欲しいままにした者に対する庶民の気持ちを代弁している。楊貴妃は確かに兵士たちの怒りをかって処刑されたのだが、遺体は丁重に葬られたはず。これではまるで風葬にされたようである。

木《き》や鳥《とり》の契《ちぎ》り馬嵬《ばかい》の夢《ゆめ》と覚《さ》め　〔一一八・15〕

玄宗皇帝と比翼の鳥、連理の枝と永久の愛を誓い合った契りも、馬嵬で楊貴妃が処刑され、所詮は夢となってしまった。
楊国忠も、玄宗に従って蜀へ逃走する途中の馬嵬で玄宗の親衛隊に殺された。

双六《すごろく》で安禄山《あんろくざん》は胴《どう》を喰《く》い　〔筥四・21〕

双六《すごろく》なかば国忠《こくちゅう》さま御落馬《ごらくば》　〔一四・39〕

双六遊びの途中で楊国忠は馬から落ちて、上がりまで進むことができなかった。国忠が人生の最後を全うすることができなかったことを、双六に利かせ、落馬と馬嵬の「馬」を活かす。

むごちない事《こと》を馬隗《ばかい》が原《はら》でする　［一六・32］

玄宗の親衛隊は馬隗の駅前の原っぱで、むごたらしいことをした。楊国忠を殺しただけでは腹の虫が治まらない兵士たちは、喚声を上げて死体を切り裂き、首を槍の穂先に引っかけ、これ見よがしに門へおし立てた。楊国忠の三人の息子や韓国・秦国夫人なども処刑された。

政情が安定した後、都長安へもどった玄宗は、楊貴妃のことを忘れることができず、悶々の日々を送っていた。

月《つき》よりも玄宗星《げんそうほし》に思《おも》い出《だ》し　［六二・31］

玄宗は仲秋の名月を眺めるよりも、七夕の星を眺めて楊貴妃のことを思慕していたろう。

玄宗を気の毒に思った道士は配下の方士に命じて、楊貴妃の魂を探し求めさせた。

楊貴妃《ようきひ》を上碧落《かみへきらく》を先《ま》ずたずね　［七・23］

修験者の方士は、まず最初に大空の果てまで上って、楊貴妃の魂魄を探した。『長恨歌』に「上は碧落を窮め下は黄泉」とあるのを活かす。

吉原《よしわら》に居《い》るに碧落《へきらく》までたづね　［一四・25］

吉原に楊貴妃という源氏名の女性が存在したのであろう。

方士は天に昇り地にもぐって、あまねく探し求めた末に、冥界に姿形が楊貴妃にそっくりで、字が太真という女性がいることを耳にした。

幽霊《ゆうれい》も太真殿《たいしんでん》は消《き》えぬなり　［一三・22］

冥界にあっても楊貴妃は、太真と名のり、宮殿に住んでいたようだ。『長恨歌』で自ら「蓬萊《ほうらい》宮中日月長し」と語っている。

尋《たず》ねにくいは小督《こごう》より楊貴妃《ようきひ》　〔一二六・16〕

『平家物語』の小督よりも『長恨歌』の楊貴妃の方が探しにくかった。高倉天皇の寵姫小督は、平清盛に忌まれて嵯峨野に隠れたが、程なく探し出されて連れ戻された。楊貴妃は冥界へ行ったので、方士でも探し出すのに苦労した。

玄宗の使いである方士は、仙山を訪れ、黄金造りの御殿の西の棟から案内を請い、蓬萊宮殿で楊貴妃に面会した。

謡曲『楊貴妃』によると、方士が、皇帝に報告するためには、お会いした証拠の品が欲しいと言うと、楊貴妃は黄金のかんざしを与えた。

勅答《ちょくとう》に頭《あたま》のかざり一本《いっぽん》へり　〔一二・36〕

すると方士は「これは世間に類のある品がありますから、証拠にはなりかねます」と答えた。すると楊貴妃は、皇帝と七月七日の夜更けに「比翼の鳥、連理の枝」と誓い合った二人だけの秘密である「誓いの言葉」を証拠として教えた。

睦言《むつごと》を勅使《ちょくし》へ語《かた》る美《うつく》しさ　〔八・19〕

美しさを保ち続けていた楊貴妃は、勅使である方士に、かつて長生殿で玄宗と交わした睦言を披露した。

畜生《ちくしょう》めなどと方士《ほうし》は聞《き》いている　［天五・智2］

方士は、二人は長生殿の中でそんなことをしていたのか。こんなおのろけなんか、まともには聞いていられるもんか、と内心では思いながらも聞いていたろう。

そう申《もう》しゃ御合点《ごがてん》だよと貴妃《きひ》は言《い》い　［一九・5］

「こう申し上げれば、納得しますよ」と、楊貴妃は方士に語った。冥界に行った楊貴妃はこの世に残された玄宗とは違って、意外にさばさばしていて、自信満々なのである。相手を寿王からその父親に乗り換えたほどの女性であるから、それも当然であろうとするか？

睦言《むつごと》を手帳《てちょう》に付《つ》けて方士《ほうし》立《た》ち　［天元・智1］

勅答《ちょくとう》でみれば楊貴妃《ようきひ》無筆《むひつ》なり　［三九・35］

こんな大事な伝言ならば、手紙を書いて持たせるのが当然なのに、そうしないところを見ると、楊貴妃は読み書きが出来ないのではないか。「無筆」は、読み書きが出来ないこと。

玄宗《げんそう》はなきなき耳《みみ》の垢《あか》をほり　［二・37］

思《おも》い出《だ》し涙《なみだ》　玄宗《げんそう》耳《みみ》をかき　［九一・14］

玄宗は方士が楊貴妃の所から持ち帰った形見のかんざしを使って、涙を流しながら耳垢をほったろう。年老いた玄宗の哀れな姿を描く。江戸時代に用いられた「かんざし」には、耳掻きが付いているのが一般的であった。

江戸時代には、楊貴妃は尾張の熱田明神の化身、鳥羽院に仕えた玉藻《たまも》御前《ごぜん》は中国から来た九尾の狐の化身であるという俗説があった。

やまと言葉《ことば》はおくびにも貴妃《きひ》ださず　［一九・2］

あちらからは玉藻《たまも》こちらからは貴妃《きひ》　［二〇・8］

日本《にっぽん》と唐土《とうど》へつかう舌《した》があり　［拾四・12］

楊貴妃は熱田明神の化身だから、日本語も中国語も使い分けることができたろう。

玄宗《げんそう》は尾張《おわり》ことばにたらされる　［四一・21］

俗説に基づいて、尾張の熱田神宮には楊貴妃の墓とされるものが存在していたという。

大国《たいこく》の美人《びじん》尾張《おわり》に跡《あと》をたれ　［一七・19］

楊貴妃に匹敵する日本の美女といえば、小野小町である。楊貴妃と小野小町はともにその最期をかざることはできなかったが、美人としての誉れは後世ますます高まった。

唐《とう》の嫁《よめ》楊貴妃《ようきひ》紅《べに》に蛾眉《がび》びたい　［八八・15］

唐の嫁さんの誉め言葉は、楊貴妃紅に蛾眉額と言われたろう。日本なら、小町紅に富士額が美人として誉められる。

楊貴妃《ようきひ》も小町《こまち》もいずれ花《はな》の王《おう》　［三八・15］

和漢《わかん》の美女《びじょ》の名《な》を付《つ》けたさくら花《ばな》　［七六・28］

やっぱり美人は得。楊貴妃桜、小町桜として、それぞれの名を残している。

貴妃小町色《きひこまちいろ》を争《あらそ》ういいお庭《にわ》　［六二・7］

楊貴妃桜と小町桜の二種類の桜の花が庭に美しさを競うように咲いている。

李　白（りはく）

李白（七〇一〜七六二）は、盛唐の詩人。字は太白《たいはく》、号は青蓮居士《せいれんこじ》、酒仙翁《しゅせんおう》または詩仙と称せられた。その出生の時、母が太白星（宵の明星）を夢見て生んだという伝説がある。四十代の初めに玉真《ぎょくしん》公主（玄宗の妹）の推挙で朝廷に召され、翰林供奉《かんりんぐぶ》（侍従）となって玄宗の殊遇を受けたが、玄宗の側近の権力者、宦官の高力士《こうりきし》らに疎まれて、二年足らずで失脚し、追放処分を受けて以後は流浪漂泊の生活となった。

その生涯は任俠と酒を好み、豪放で奇行も多いが、卓抜な想像力と思い切った表現力で数々の名作を残した。酒にまつわる伝説も多く、最期は酒に酔い、水中の月を捕らえようとして、溺死したとも伝えられる。

同時代の詩人杜甫《とほ》の「飲中八仙歌」に、「李白一斗詩百篇　長安市上酒家に眠る　天子呼び来たれども船に上らず　自ら称す是《こ》れ酒中の仙」と詠まれた。

詩百篇賦《しひゃっぺんふ》した翌日《よくじつ》きらず汁《じる》　［九一・一］

「きらず汁」は、豆腐のしぼりかす。二日酔いの妙薬。

詩百篇《しひゃっぺん》元手《もとで》が二貫五百《にかんごひゃく》なり　［九二・7］

詩を百篇詠むのに、酒を一斗飲んだというのだから、その酒代は二貫五百かかったろう。一日の稼ぎが三百文くらいの江戸庶民の飲む酒は、一升が百三十文くらいであったというから、これでは、李白は高価な酒を口にしたことになろう。

李太白《りたいはく》一合宛《いちごうあて》に詩《し》をつくり　［拾四・27］

李白は酒一斗で百篇詠むというのであるから、一合で一篇ということになる。割り算応用のおもしろさ。

一樽《ひとたる》で三百五十詩《さんびゃくごじゅうし》をつくり　［四〇・32］

一斗で百篇だから一樽なら、三百五十首となる。「一樽」は、通常四斗樽だから、少し計算が合わないが、これは徳利で出されると、こうなるというのであろう。

詩《し》の出来《でき》るたびに徳利《とっくり》軽《かる》くなり　［二七・8］

一合飲むと詩が一篇できるというのであるから、一篇できあがると、すぐに「お銚子、お代わり」ということになる。

長《なが》い詩《し》の側《そば》にあき樽《たる》あき徳利《とくり》　［一〇一・36］

長篇の作詩にはそれなりの時間がかかるので、空き樽、空き徳利がおのずと並ぶことになる。

あきれた李白《りはく》呑《の》んでは詩《し》呑《の》んでは詩《し》　［一〇五・9］

詩人だから酒を飲んだら、仕事のことは忘れて楽しめばいいのに、李白はあきれたことに、酒を飲んでは仕事、飲んでは仕事を繰り返しているよ。

詩《し》を作《つく》るのがいっちいい上戸《じょうご》なり　[二〇・18]

酒飲みは酔うと本性がでるというが、李白は酔うと先ず詩が作りたくなり、次から次へと詩を作って上機嫌になっている、質のいい飲兵衛である。

甘口《あまくち》でないを李白《りはく》は作《つく》りだし　[五三・24]

李白は字を太白（精製した純白の砂糖）というが、実際は飲兵衛で作品には辛口（社会批評を込めた）のような詩もある。

然《しか》れども名《な》では太白下戸《たいはくげこ》らしい　[一一三・25]

李白は大酒飲みだが、その名前だけで判断すると、甘党のようだ。李白の字の「太白」を活かす。

一瓢《いっぴょう》の飲《いん》では李白承知《りはくしょうち》せず　[四九・8]

豪放な性格を持ち合わせていた李白は、とうてい「一瓢の飲」の生活は承知できなかったろう。孔子の弟子の顔回は「一箪《いったん》の食《し》一瓢の飲」で甘んじていたというのを活かす。

詩《し》を作《つく》るこやしを李白酒《りはくさけ》でする　[六一・22]

李白はその飲酒を詩を創作する原動力としていたろう。「こやし」は、肥やし、養分。

李白《りはく》が来《く》ると樽次《たるつぎ》が出《で》るところ　[九二・25]

李白が居酒屋に来ると一人で斗酒を空けるので、やがて、四斗樽が空になって、次の新しい樽が出てくる。

四日目《よっかめ》にあき樽《たる》を売《う》る李太白《りたいはく》　[八一・25]

李白《りはく》の庵《いお》へ四日目《よっかめ》に樽屋《たるや》くる　［一三一・31］

李太白近所《りたいはくきんじょ》の酒屋《さかや》借りだらけ　［三五・33］

李太白《りたいはく》返《かえ》り字《じ》のあるくだをまき　［七八・24］

李白は酒に酔うと返り点が必要な（普通の日本人には理解できない）文句をくどくどと言った。日本人だけの読み方である「返り字」を用いたところが、ミソ。

李太白《りたいはく》わかったくだを筆《ふで》で巻《ま》き　［一五五・16］

普通「くだ」は、わけの分からないのが当たり前だが、李白は詩にしたので意味が分かる。

長安《ちょうあん》の酒屋《さかや》一旦那《いちだんな》李白様《りはくさま》　［一〇〇・131］

都長安の酒屋では、李白は第一のお客様であった。「一旦那」は、もともとは最も多く財物を喜捨する檀家のこと、転じて最も重要な得意先をいう。

猩々《しょうじょう》が来《き》ては李白《りはく》を誘《さそ》いだし　［五二・13］

李白が酒飲みになったのは、居酒屋へ誘う奴がいるからいけないのだ。誘う奴を悪者に仕立てる常套手段。「猩々」は人語を解し、酒を好むという想像上の動物、ここでは李白の内心を揶揄する。

長安《ちょうあん》のしけ塩豚《しおぶた》で李白《りはく》のみ　［八四・16］

時化《しけ》で不漁になったため、都長安では魚が手に入らなくなった。そこで李白は塩漬けにした豚肉を酒の肴にしたろう。しけ（不漁）でなければ、魚で飲んだのであろうが。

長安《ちょうあん》の酒屋《さかや》李白《りはく》に倒《たお》される　［五六・7］

毎日一斗ずつ飲んでくれたのならば、お店は繁昌するはずなのだが、倒されたと言うからには、支払いが滞ったという話になる。

晩年の李白は当塗《とうと》（今の安徽省内）の県令であった李陽冰《りようひょう》のもとに身を寄せていたが、最期は長江に舟を浮かべて風流を楽しんでいるうちに、酔って江上の月をとろうとして溺死したとも伝えられた。

李白《りはく》の頓死《とんし》長安《ちょうあん》の酒屋泣《さかやな》き　［一一三別・10］

その死を純粋に悲しんだのやら、お得意さんを失ったことを悔しがったのやら。

樽《たる》ぬきの様《よう》に匂《にお》うが李白《りはく》の屁《へ》　［五四・28］

その臭いなら、好きな人もいそうだが？

李白《りはく》のくそは留粕《ためかす》のようだろう　［九六・8］

「留粕」は、酒粕のこと。ほのかな香りが漂っているか？

酒《さけ》とくれ詩《し》とくれ李白《りはく》五十年《ごじゅうねん》　［九〇・27］

李白は人生を気ままに、詩作と飲酒で楽しく過ごしたようで、庶民にとっては羨ましい人生である。

養老《ようろう》の滝《たき》を見《み》せたき李太白《りたいはく》　［八七・12］

李白は大の酒好き、そんな中国の詩人には沢山ある日本の銘酒をぜひ味わって欲しかった。

李白《りはく》来《き》て見《み》よ我《わ》が朝《ちょう》の美濃《みの》の滝《たき》〔一四〇・16〕

日本酒のほんとうの旨さが、わかるから。李白に日本酒を飲ませたところがミソ。

一酒《いっしゅ》をのまば一詩《いっし》をはけと李白《りはく》〔四六・31〕

酒飲みは一杯の酒を飲んだら、詩の一篇ぐらいは創り出せと李白は啖呵《たんか》を切った。神戸の須磨寺に伝わる弁慶の制札（桜の木を守るための立て札）に「一枝を伐《き》らば、一指を剪《き》るべし」とあるのを活かす。

遣唐使
（けんとうし）

遣唐使は国際情勢の調査や大陸文化の積極的な摂取のために、日本から唐へ派遣された公式使節で、六三〇年に犬上御田鍬《いぬがみのみたすき》を派遣したのが最初である。そして八九四年、菅原道真《すがわらのみちざね》の建議によって停止されるまでの約二六〇年間に十八回の遣唐使が任命され、うち十五回が実際に派遣された。

遣唐使には大使・副使のほか、選ばれた多くの留学生や学問僧が同行し、船員を含めると総員五〇〇名にも及んだ。

学力《がくりょく》も沖《おき》を越《こ》えたる遣唐使《けんとうし》　［一〇一・23］

学力も飛び抜けていった当時の秀才たちが海を乗り越えていったのが遣唐使である。「沖を越え」は、技芸などが飛び離れて優れている意を掛けている。「沖」は上手であること。

遣唐使《けんとうし》ふきだしそうな勅《ちょく》をうけ　［初・34］

遣唐使が唐の都へ到着すると天子に拝謁、そこでは、（われわれ庶民には）どんな意味なのか分からないチンプンカンプン（中国語）の勅をうけたろう。

遣唐使《けんとうし》勝《か》ったは詩碁《しご》の誉《ほま》れなり　［一二一乙・14］

遣唐使たちが唐の都で中国人相手に漢詩と囲碁の腕を磨いて、本場の中国人に勝ることもあったというのは名誉なことである。

遣唐使詩《けんとうしし》も碁《ご》も喰《く》わぬ男《おとこ》なり　［三九・14］

せっかく遣唐使に選ばれて唐へ渡ったのに、真面目なだけで漢詩も囲碁も嗜まない（全く遊びを知らない）ために、個人的な交流が出来ない男もいたろう。

異国へ出かけるのであるから、庶民の感覚からすれば、最も気になるのは食べ物のことである。

遣唐使後《けんとうしあと》は茶漬《ちゃづ》けをくいたがり　［三二・15］

遣唐使は唐へ渡った当座は、本場の中国料理が珍しく美味しいといって食べていたが、次第に食べ飽きて、日本のお茶漬けを欲しがるようになったろう。

食傷《しょくしょう》は覚悟《かくご》の前《まえ》の遣唐使《けんとうし》　［一四九・15］

お茶漬け用の梅干しでも持参したか？

遣唐使牛《けんとうしうし》も少《すこ》しは喰《く》いならい　［五八・13］

遣唐使たちは中国料理の本場で、日本では食べない牛の肉も少しは食べられるようになったろう。身の危険が伴う海外出張とはいっても、無事に帰国できるということになれば、それぞれに土産を購入してきたはずである。

遣唐使妾《けんとうしめかけ》のみやげそっと出《だ》し　［拾八・29］

阿倍仲麻呂（あべのなかまろ）

阿倍仲麻呂（六八九〜七七〇）は、奈良時代の貴族・文学者で、七一六年遣唐留学生に選ばれ、翌年留学した。唐において科挙（官吏登用試験）に応じて進士に登第、官吏生活に入って累進して、玄宗の側近にまでなった。中国名を朝衡《ちょうこう》、また晁衡《ちょうこう》という。七三三年、多治比真人広成《たじひのまひとひろなり》らが遣唐使として入唐すると、これに従ってともに帰国しようとしたが、唐の朝廷は許さず、さらに官位を進めた。七五三年には、仲麻呂の帰国が許され、遣唐使の藤原清河《ふじわらのきよかわ》に従って帰国の途につき、十一月に明州（今の寧波《ニンポー》市）より乗船した。一行の中には鑑真《がんじん》もいた。十一月十五日の夜、出発を待つ船上で仲麻呂は「天の原ふりさけ見れば春日《かすが》なる三笠の山にいでし月かも」と詠んだ。

仲麻呂《なかまろ》が歌《うた》をちんぷん感じ入《かんい》り

［五九・2］

仲麻呂は日本語で「天の原……」の和歌を詠んだので、日本語のわからない中国人には、その意味が理解できなかったろう。それなのに、この和歌を聞いて、中国人が感じ入ったというのは不思議なものだなあ。「ちんぷん感」は、「ちんぷんかん」と「かんじ入り」とを掛けている。

月《つき》の歌秘書《うたひしょ》晁監《ちょうかん》と書《か》て出《だ》し

［六三・6］

仲麻呂は「天の原……」の和歌は、日本人向けに日本語で書き記し、作者名は中国人向けにきっと中国語で「秘書晁監」と書き記したろう。「秘書晁監」とは、秘書監の晁の意。「秘書監」は、宮中の図書を管理する秘書省の長官。「晁」は阿倍仲麻呂の中国名の姓。全く抜け目のないやり方だ。異国で立身出世するためには、そのくらいに抜け目のない、心配りが必要なのだろうと。

仲麻呂《なかまろ》は日本《にほん》の月《つき》を遠目鏡《とおめがね》

［一三〇・1］

仲麻呂は中国に居ながら、日本の三笠山の月が見えたというのであるから、望遠鏡で覗いたに違いない。月は地球上のどこからでも見えるはずだが、遠目鏡としたところがミソ。

一行は四船に分乗したが、仲麻呂の乗った第一船は途中暴風雨にあい、安南（今のヴェトナム）に漂着、からくも危難をのがれて長安に戻り、再び唐朝に仕えることになった。結局、仲麻呂は在唐五十余年、長安で生涯を終えた。

仲麻呂《なかまろ》はもろこし団子《だんご》にて月見《つきみ》

［二六・38］

仲麻呂は、月見の際にも、米の粉で作った団子を食べることは出来ず、蜀黍《もろこし》の粉で作った「もろこし団子」しか食べられなかったろう。「もろこし」は、「唐土」と「蜀黍」とを掛けている。

仲麻呂《なかまろ》が相談相手《そうだんあいて》月《つき》ばかり　〔五七・18〕

仲麻呂《なかまろ》は頭《こうべ》をたれて山《やま》の月《つき》　〔五二・13〕

李白の「静夜思」の「頭を挙げて山月を望み、頭を低《た》れて故郷を思う」を活かす。

仲麻呂《なかまろ》は東枕《ひがしまくら》に床《とこ》を取《と》り　〔六四・6〕

仲麻呂は、夜、寝床に入るときには、故郷のことが頭をよぎり、東枕にして寝たことだろう。

白居易（はくきょい）

白居易（七七二～八四六）は、中唐の詩人。字は楽天《らくてん》、号は香山居士《こうざんこじ》・酔吟《すいぎん》先生という。玄宗皇帝と美女楊貴妃とのロマンを描いた『長恨歌』の作者としてよく知られている。その作品は平易流暢さを特徴とし、広く人々に愛読された。日本にも早くから伝来した彼の詩文集『白氏文集』は、平安時代の日本文学に多大な影響を与えた。

江戸時代には、謡曲『白楽天』で知られていたようだ。その中で、唐の太子の賓客である楽天は、「日本人の知恵を計れ」との宣旨を受けて日本へと渡来する。楽天は舟で松浦潟《まつらがた》（唐津湾）に到着すると、漁翁の舟に近づき話しかけた。

何《なに》が喰《く》いますと楽天《らくてん》そばへより　［五・15］

話しかけられた漁師は、初対面の楽天に向かって、あなたは白楽天でしょうと答えて、楽天を驚かせた。実は、この漁師は住吉神社の化身なのである。

漁師《りょうし》だと見《み》たは楽天《らくてん》ひが目《め》なり　［三四・3］

楽天《らくてん》はへぼくた親父《おやじ》だと思《おも》い　［拾四・6］

「へぼくた」は、取るに足らない。

漁夫《ぎょふ》と化《か》し我《わ》が田《た》へ水《みず》を引《ひ》き給《たま》う　［四九・5］

住吉明神は漁夫に化身して、日本に有利になるように相手を誘導した。諺の「我が田へ水を引く」を活かす。

通詞《つうし》なく聞《き》くに楽天気《らくてんき》が付《つ》かず　［八九・8］

外国人でしかも初対面同士が、通訳もなしで会話ができたのは、漁師はただものではない（住吉神社の化身）からであるのに。

楽天が「中国では詩を作って遊ぶ。日本では、どういうことをして楽しむのか」と問うと、漁翁は「日本では歌を詠んで人の心を慰めます」と答えた。すると、楽天は目の前の景色を詩に作って聞かせようと言って「青苔衣を帯びて巌《いわお》の肩に懸かり、白雲帯に似て山の腰を囲《めぐ》る」と詠み、「どうだ、漁翁わかったか」と得意そうに言った。

これが分《わ》かるかと楽天初手《らくてんしょて》は言《い》い　［藐・追3］

漁師は楽天が詠んだ漢詩の二句の意味を説明した後で、その感想を即座に「苔衣《こけごろも》着たる巌はさもなくて衣着ぬ山の帯をするかな（苔の衣をまとっている岩は帯をしていないのに、衣を着ていない山の方は雲の帯をまとっているよ）」の和歌を詠んで返した。

詩学《しがく》にて来《く》れば歌学《かがく》にてぼっかえし　［四六・6］

相手が漢詩で攻めてきたので、和歌で対抗してやり込めた。

楽天《らくてん》は空解《そらど》けのする帯《おび》をしめ　［八四・10］

楽天が「白雲帯に似て」と詠んだ「白雲の帯」などは、自然現象であるから、直ぐに解けてしまうので、山には帯などしない方がよいのだ。「空解け」は、自然に解けてしまうこと。

唐織《からお》りの帯《おび》はまわらぬ山《やま》の腰《こし》　［六三・18］

唐織りの帯は、山の腰にはまわらないから、山には帯などはさせない方がよいのだ。山に帯なんていうのは、日本の風土には合わない。

楽天《らくてん》も口《くち》を結《むす》んだ雲《くも》の帯《おび》　［一六七・7］

さすがの楽天も漁師の「雲の帯」に関する言い分に納得せざるを得なくなって、返す言葉に窮した。

和《やわ》らかにおっくじかれる山《やま》の腰《こし》　［三三・1］

楽天の詠んだ「雲の帯」が「山の腰」をめぐるとした表現は、漁師によってやんわりとくじかれてしまった。

楽天《らくてん》も畳《たた》みかねたる苔衣《こけごろも》　［一〇三・28］

中国第一の詩人である楽天も漁師の「苔衣着たる」の和歌をやりこめることはできなかった。「畳む」は、やっつける、痛めつける。

神詠《しんえい》はいわお楽天歯《らくてんは》もたたず　［一〇一・4］

漁翁の和歌は「巌」を詠みこんでいるから、楽天の歯が立たないはずであろう。「いわお（巌）に歯」を活かす。

さてよくしゃべる漁師《りょうし》めだと楽天《らくてん》　［二四・36］

それにしても口達者な漁師だなあと、楽天は感心した。

楽天《らくてん》もあきれかえった御神詠《ごしんえい》　［七〇・6］

唐《から》で一番《いちばん》の知恵者《ちえしゃ》を言《い》い負《ま》かし　［二一・30］

漁翁は唐で一番の知恵者とされる楽天をやり込めた。

驚いた楽天は「賤しい漁翁の身で、このような趣の深い歌を詠むとは、そなたは何者か」と尋ねた。漁翁は「名のるほどの者ではないが、日本では和歌を詠むのは人間ばかりではなく、生あるもので、歌を詠まないものはないのです」と答えた。

猫《ねこ》もしゃくしもと楽天《らくてん》おどかされ　［三一・14］

楽天は「なるほど日本の風俗は趣味の深いもので、漁夫までがこのように趣味が深いとは、実に有り難い習俗である」と感心する。

唐《から》うたの白《しろ》さはすみにおっけされ　［五六・2］

漢詩を詠んだ白楽天の「白」は、和歌を詠んだ住吉神社の「すみ（墨）」によって消されてしまった。「白」と「墨」を活かした一種の言葉遊びの句。

神国《しんこく》へ寺《てら》の言葉《ことば》は過言《かごん》なり　〔二六・10〕

和歌を愛好するわが国へ漢詩で呼びかけるのは、失礼である。「寺の言葉」は、言偏《ごんぺん》に寺で「詩」のこと。

やがて姿を現した住吉明神は「白楽天よ、この住吉の神の力がある限りは、まさか日本の国を従えることは出来ますまい。さあ早くお帰りなさい」と言う。すると舞衣の袖から手風が起こり、やがてそれは大きな神風となり、楽天の乗った唐船は、この神風に吹き戻されて本国へ帰った。

神風《かみかぜ》で寺《てら》の言葉《ことば》を吹《ふ》き戻《もど》し　〔四八・20〕

住《すみ》の江《え》の岸《きし》に楽天《らくてん》よる気《き》なり　〔四一・36〕

住の江の岸に楽天は上陸しようとしたが、それには失敗した。『古今集』の「住の江の岸による波よるさへや夢の通ひ路人めよくらむ（藤原敏行《ふじわらのとしゆき》）」を活かす。

楽天《らくてん》は日本一《にっぽんいち》の恥《はじ》をかき　〔一五・33〕

詩《し》の碁《ご》のと言《い》って日本《にほん》の知恵《ちえ》に負《ま》け　〔三五・5〕

楽天はなんのかのと理屈を言ったが、結局は日本人の知恵に負けた。「詩の碁の」は、詩も囲碁もその本家が中国にあること活かして「四の五のと言う」を利かせる。

楽天《らくてん》も渡《わた》りかねたる知恵《ちえ》の海《うみ》　〔六〇・2〕

楽天は日本に詩を広めようとはるばる海を渡ってきたが、日本人の知恵の海（和歌を愛好する）を乗り越えることは出来なかった。

化《ば》かされた様《よう》に楽天船《らくてんふね》に立《た》ち　［三五・37］

楽天は日本でこんな事になり、何が何だか分からなくなって、まるで化かされたように舟の中に立ちつくした。

風《かぜ》の神《かみ》におくられたのは白楽天《はくらくてん》　［五六・2］

白楽天はせっかく日本まで来たのに、上陸することが出来ず、和歌を守護する神風によって送り返されてしまった。

白楽天は「日本の知恵を計れ」などという尊大な宣旨によって派遣されたのであるから、日本では受け入れてはならないということになった。

胸《むね》わるで来《く》ると許《ゆる》さぬ和歌《わか》の神《かみ》　［二三・7］

日本の知恵をはかろうなどという意地悪な気持ちで来る者は、和歌の神が入国を許可しない。

白氏文集《はくしもんじゅう》は大目《おおめ》に和歌《わか》の神《かみ》　［三九・25］

漢詩であっても、白楽天の作品集である『白氏文集』だけは和歌の神（住吉明神）が大目に見て、渡来を許可した。『白氏文集』は、楽天の存命中に日本に輸入されて、貴族の社会で広く愛読された。

楽天《らくてん》もちくらが沖《おき》で逃《にげ》っ尻《じり》　［拾四・10］

「ちくらが沖」は、朝鮮半島と日本の潮界にあたる海。

楽天《らくてん》が又来《またく》ると人玉《ひとだま》が出《で》る　〔三一・4〕

楽天が再びやって来ると、和歌三神の化身が出て、追い払ってしまうだろう。

楽天《らくてん》はくがじを来《く》るとはりま切《ぎ》り　〔一一・26〕

楽天がもし陸地を進んで来るのであれば、せいぜい播磨の国あたりまでで、とても都までは来ることは出来まい。隣の摂津の国には住吉神社があるから。

唐詩選（とうしせん）

『唐詩選』は、唐代の詩人百二十七人の詩選集で、その編者は「詩は必ず盛唐」の主張をかかげた明代の詩人李攀竜《りはんりょう》とされるが、疑わしい。しかし、編者の盛名と書そのものの簡便さとによって、広汎な読者層を獲得した。わが国には江戸初期に渡来し、漢詩といえば、まず『唐詩選』の書名があげられるほど人気のある入門書となり、日本に漢詩を普及させるについて、貢献度の最も高かった書物といえる。

いくら『唐詩選』が流行るからといっても、実際にひもとくとなると、当然のことながら、人それぞれに動機が必要になる。

おうぎや へ行《い》くので唐詩選習《とうしせんなら》い　［二〇・31］

「扇屋」は、吉原の高級妓楼。商略的な漢詩趣味で売り出し、客にも文人面をして通う客が多かったという。『唐詩選』の読解を習うのは、自分の教養を高めるためではなく、吉原の高級妓楼に出入りしても、恥をかかないようにするための準備であったというのである。

唐詩選読《とうしせんよ》むと孔雀《くじゃく》の尾《お》がほしい　［一九・14］

『唐詩選』をほどほどに読み解けるようになると、いっぱしの文学青年になったつもりになる。そして、次には机辺に孔雀の尾（洋筆）を一本飾って、異国趣味に浸り、知識階級の仲間入りをしたことを自覚したくなる。安直なムード派である。

唐詩選見《とうしせんみ》て居《い》る息子《むすこ》けちなつら　［一一・21］

いい若い者が外へ遊びにも行かず、家の中でおとなしく『唐詩選』を読んでいる。これはこれで決して悪いことではない。でもどこか不自然だ。どんな工面をしても、遊ぶ金ぐらいは自分で都合付けて遊ぶのが若者だ。

あんまり真面目すぎる息子は、親にとっては心配のようだ。

日本人は、十五夜や十三夜の月を賞美するのはもちろんのこと、「月は隈なきをのみ、見るものかは」（徒然草）といって、目に見えない月でも心に慕って賞美することができるのに、中国人にはそれが出来ないのか、と嘆いている『唐詩選』通もいる。

唐詩選明月《とうしせんめいげつ》ばかりみんなよみ　［八〇・13］

『唐詩選』では月というと明月ばかりを詠んでいる。「中国人は月というと、明月しか賞美できないのか。全く芸が無いね」という作者の声が聞こえる。

墨付《すみつ》きのわるい唐詩《とうし》は返《かえ》される　［一〇一・2］

見栄えのしない『唐詩選』では、持っていても他人に自慢できない。

司馬光

（しばこう）

司馬光（一〇一九〜一〇八六）は、北宋の政治家、学者。字は君実《くんじつ》というが司馬温公《しばおんこう》と称される。幼少の頃から聡明で学を好み、特に史書を愛読したという。二十歳で進士に及第、役人として英宗・神宗・哲宗に仕え、宰相まで昇進した。前後十九年かかって中国の編年体の通史を著し、神宗から「往事に鑑《かんが》みて治道に資するあり」として『資治通鑑《しじつがん》』の書名を下賜された。

七歳の頃、多数の子供達と庭で遊んでいた時、その中の一人が、過って瓶の中に落ち込んだ。子供達があわてふためく中で、司馬光はすぐに、近くにあった石で瓶を割り、落ちた仲間を助けたという逸話がある。

温公《おんこう》が居《い》ぬと頭《あたま》を割《わ》るところ　［四九・36］

温公がその場に居合わせなかったら、頭を割って子供を引き出すことになったであろう。

年《とし》の功《こう》より温公《おんこう》はかめの功《こう》　［四八・14］

温公は年端もいかないのに、瓶を割って人命を救助した功がある。諺の「亀の甲より年の功」を活かす。

温公《おんこう》が居《い》ぬと可愛《かわい》や土左太郎《どざたろう》　［一五三・19］

温公《おんこう》の親焼《おややき》次《つ》ぎを呼《よ》んで見《み》せ　［五四・9］

温公の親は、欠けた陶器を釉《うわぐすり》で焼き付けて接ぐ職人を呼んで、息子の行為を説明したろう。

水瓶《みずがめ》へ打《う》った礫《こいし》は世《よ》にひびき　［六〇・21］

水瓶を打ち割った小石の響きは、温公の名をひときわ世間に響き渡らせた。

日本《にっぽん》へ響《ひび》くは瓶《かめ》の割《わ》った音《おと》　［三八・16］

温公が日本でよく知られているのは、政治家としての業績よりも、むしろ瓶を割った逸話で知られる。皮肉さを込める。

温公《おんこう》の石《いし》はさそくのたすけ舟《ぶね》　［七六・5］

温公が石を用いて瓶を割ったのは、臨機応変の処置の結果である。

名《な》の高《たか》い子供徳利《こどもとくり》や瓶《かめ》を割《わ》り　［二五・4］

名の高い家の子供達は温公の事があってからは、やたらと徳利や瓶を割るようになったろう。逆は必ずしも真ならずというのに。

桶《おけ》ぶせに温公《おんこう》が智《ち》もとどきかね　［四八・35］

桶《おけ》ぶせは司馬《しば》温公《おんこう》も仕様《しよう》なし　［一四三・2］

あの温公でも揚げ代を払えずに風呂桶をかぶせられている不届き者の桶を割って、助け出してやることは出来ない。「桶ぶせ」は、遊里で揚げ代を払えない客に風呂桶などをかぶせて、支払いを強請すること。

少年の頃から知恵者として知られ、三代の皇帝に仕え、数々の功績を挙げた司馬温公も、最期は一般の人間と同じ宿命に従った歩みをすることになった。

瓶《かめ》を割《わ》る知恵《ちえ》も終《つい》には瓶《かめ》の中《なか》　［五〇・25］

温公《おんこう》も果《は》てはやっぱり瓶《かめ》の中《なか》　［一二八・7］

瓶を割って人を助けた知恵者の温公も、最期には宿命によって自分が甕の棺に入る事になった。人間の宿命の哀しさ。

瓶を割った有名な話は日本にもないわけではない。戦国時代の永禄二年（一五五九）、柴田勝家は、織田信長のために長光寺の城を守ったとき、飲み水の入った瓶を叩き割って、部下に決死の覚悟をさせて勝利を得た。

和漢《わかん》の瓶《かめ》わり温公《おんこう》と勝家《かついえ》　［三一・4］

瓶《かめ》わりは和漢《わかん》名高《なだか》き司馬《しば》と柴《しば》　［四〇・8］

水瓶を割った行動で有名なのは、中国では司馬温公、日本では柴田勝家がある。

第七章 江戸庶民と中国古典

学問する武家（葛飾北斎筆）

聖堂（せいどう）

孔子とその他の聖賢を祀った堂。将軍綱吉《つなよし》が元禄三年（一六九〇）に上野忍ヶ岡《しのぶがおか》にあった学問所弘文館《こうぶんかん》と孔子廟《こうしびょう》先聖殿《せんせいでん》とを整備し、規模を拡張して湯島に遷して聖堂と称した。聖廟は「大成殿《たいせいでん》」と名付けられて、将軍綱吉自ら扁額《へんがく》の文字をしたためた。好学の綱吉は自ら講釈を二百四十席もつとめたほどの熱の入れようであった。以後、儒学を主とする江戸幕府の官学の府（昌平坂《しょうへいざか》学問所）として栄えた。

聖堂は中央正面に大成殿（あらゆる学問・道徳を大きくまとめ上げた聖人を祭る神殿）、その左右に回廊、前面に仰高門《ぎょうこうもん》（聖人の高徳を仰ぎ見る門）・入徳門《にゅうとくもん》（聖人の教えで道徳に入る門）・杏壇門《きょうだんもん》（孔子が杏の木のある壇の上で弟子に教えたことに基づく門）があり、全体的には中国建築の影響が大きいが、外から見れば神社や寺院と違いがあるようには見えなかった。

聖堂《せいどう》へ向《む》けて鳳凰《ほうおう》かつぎ出《だ》し　［四五・1］

一般の庶民は、聖堂を神社の一つと誤解して、聖堂へ向けて神体や御霊代《みたましろ》が乗るとされる御輿《みこし》を担ぎ出した。「鳳凰」は、御輿。

聖堂《せいどう》は宗旨《しゅうし》のしれぬ手《て》を合《あ》わせ　［明元・万1］

宗旨はともかく、荘重な建物の醸し出す雰囲気がやはり寺院のように見えるので。

どう思《おも》ったか聖堂《せいどう》で数珠《じゅず》を出《だ》し　［一三・26］

どう思ったのか仏教を排する儒教の本拠の聖堂で、仏教の数珠を出して拝んでいる。ありがたいものを見たら、手を合わせて拝みたくなるのは庶民の本心であろう。孔子を祭った聖堂の建物が、立派な寺院のように思えたのであろう。

江戸時代には、小形の紙の札に自分の題名（氏名・住所・屋号など自己を表す名称）を印刷して、寺社の堂宇や山門などへ貼付し、神仏から功徳をいただく千社詣《せんじゃもうで》の題名納札（略して千社札）が流行した。札は出来るだけ高い所に貼るのがよいとされ、そのために刷毛のついた伸縮自在の竿などが工夫されて使われた。

聖堂《せいどう》で叱《しか》られている千社札《せんじゃふだ》　［一二七・105］

寺社と混同して聖堂の社殿や柱の高いところに千社札を貼って叱られている。

将軍綱吉は湯島に新規の聖堂を建立した翌年、命じて神田川に懸かる相生《あいおい》橋を昌平《しょうへい》橋と改称し、聖堂前の坂を昌平坂と命名した。いずれも孔子の生地、魯の昌平郷に因んだものである。

聖堂《せいどう》は時《とき》にあっての御建立《ごこんりゅう》　［五三・1］

聖堂は泰平の五代将軍綱吉の世に、上野忍ヶ岡から移転して湯島に新たに建立された。

御聖代魯《ごせいだいろ》の昌平《しょうへい》を江戸《えど》へかけ　［五八・3］

将軍綱吉の御代に聖堂が新たに湯島に建立され、前方の坂と橋には孔子の生地にちなんで、昌平の名が付けられた。

聖堂《せいどう》の前《まえ》は唐《から》めく塀《へい》と土手《どて》　［八三・77］

聖堂の昌平坂に面するところは石垣の上に唐風の漆喰塗りの塀と神田川の土手が続いている。

聖堂のもっとも主要な活動は幕臣の教育で、現実の政治の利益に資することを狙いとしていた。また仰高門東舎では、毎日林家《りんけ》の門人による四書（大学・中庸《ちゅうよう》・論語・孟子）の講義があり、諸藩士、浪人、町人などにも開放されていた。

聖堂《せいどう》は生《い》きた字引《じびき》の寄《よ》る所《ところ》　［一六六・15］

聖堂で学ぶ書生は、一般の庶民からみると生きた字引のように見えたか。

聖堂《せいどう》は孔子《こうし》の腹《はら》を土用干《どようぼ》し　［八五・10］

聖堂では土用干しの日には、衣類ではなく孔子の腹に収めた書籍や知識を日にさらしたろう。

聖堂《せいどう》は心《こころ》の垢《あか》の洗濯所《せんたくじょ》　［一五四・19］

聖堂で講義を聴くと、日常生活で心にたまった垢が洗い落とされて、心が清浄になる。

聖堂《せいどう》は仁義後《じんぎうし》ろに霊地神《れいちしん》　［八一・7］

聖堂は人の道を説くところであるが、後ろには、霊地神である神田明神が鎮座している。当時の聖堂は神田明神の前の低地に位置していた。

聖堂《せいどう》は道《みち》をたずねる辻番所《つじばんしょ》　［一六五・17］

聖堂は人として生きるための大切な「道」をたずねる辻番所であろう。「道」は、「人の道」を掛け、「辻番所」と縁語。

聖堂《せいどう》の屋根《やね》鯱《しゃちほこ》のおすだろう　［五四・48］

聖堂はいかめしい男性だけが集って学問をする世界であるから、聖堂の鯱瓦も、当然雄であろう。

儒者（じゅしゃ）

本来は江戸幕府の職名で、主に将軍に儒学を進講し文教政策を司る者のことをいう。しかし、広くは儒学を修めた人や儒学を講ずる人のこともこう呼ぶ。幕府が要請した社会の安定・人倫の教化に努めた手習いの師匠などもこれに属する。自称を含めて儒者と呼ばれる者は多かったが、一部を除いては経済生活はおおむね苦しかった。

大晦日《おおみそか》儒者平仄《じゅしゃひょうそく》があわぬなり　［拾初・26］

「平仄」は、ここでは、つじつま。収支のこと。

儒者《じゅしゃ》の冬至唐土餅《とうじもろこしもち》の雑煮《ぞうに》なり　［九三・31］

儒者の家の冬至の雑煮は、中に入れる餅も糯米《もちごめ》を蒸してついた餅ではなく、蜀黍《もろこし》を原料とした「もろこし餅」であろう。糯米が購入できない生活上の苦しさと異国趣味とを掛けている。

財《ざい》を喰《く》う如《ごと》しと儒者《じゅしゃ》の初松魚《はつがつお》　［一一二・16］

儒者が美味しい初松魚（はつがつお）を食することは、一切れごとに手持ちの財産を喰い減らしていくようなものである。儒者が初松魚を食するには、それなりの覚悟が必要。

儒者の目指すところは、徳の高い品位のそなわった君子や大人になることで、徳のない器量の小さい「小人」をもっとも嫌った。

おらが大家《おおや》は小人《しょうじん》と儒者《じゅしゃ》はいい　［拾一〇・8］

家賃を滞納して催促されたり、苦情を言われたりした儒者は、うちの大家は器量が小さい小人物だと陰口を言ったろう。

小人《しょうじん》に店《たな》を追《お》われる素読《そどく》の師《し》　［一二・9］

弟子たちの前で偉そうなことを言っていても、先立つものがなければ、哀しい思いをするのが現実。

儒家の基本的な経書である『十三経注疏《じゅうさんぎょうちゅうそ》』は、儒者にとっては最も必要な書物であると同時に高価な書物でもあった。

儒者《じゅしゃ》のどら十三経《じゅうさんぎょう》をまず払《はら》い　［四六・40］

儒者の道楽者は、お金が必要になると、こともあろうに最も重要な経書である『十三経注疏』を最初に売り払ったろう。

儒者は時世に疎く、生活力はないが、理屈だけは他人に負けないだけのものを持ち合わせていた。その事がかえって揶揄の対象とされた。

墨《すみ》までも儒者《じゅしゃ》は曲《ま》がらぬようにすり　〔八〇・10〕

硯で墨をするときにも儒者は墨が曲がらぬように、しっかり力を入れてする。何事にも無駄がなく、ただ真面目一方で融通が全くきかない。

鳥《とり》に鴨鹿《かもしか》ざるなどと田舎儒者《いなかじゅしゃ》　〔九三・2〕

田舎から出てきた儒者は、江戸で食べる鳥や鴨の鍋料理は、田舎の鹿鍋料理にはとても及ばないと言ったろう。「鹿ざる」は、「如かざる」を掛ける。

情心《じょうしん》に偽言《ぎげん》は無《な》いと儒者通《じゅしゃかよ》い　〔九七・16〕

男女間の愛情には、いつわりの言葉は存在しないといって、儒者は女性のもとへ通いつめた。諺の「武士に二言はなし」を利かす。

妓《ぎ》は偽《ぎ》也《なり》などととられた儒者《じゅしゃ》は解《げ》し　〔九八・55〕

なけなしの金を妓女に巻き上げられたうぶな儒者は、「妓」という字は音読みすると「偽」と同じだから、意味も同じで「嘘つき」と言う意だろう、などと解してぼやいたろう。

中国には虫干しの日に人並みに干せる衣類がないので、代わりに自分の腹に収めた書物を干す、と自分の腹を干した儒者がいたが、日本にはこんな儒者もいた。

腐《くさ》れ儒者腹《じゅしゃはら》を干《ほ》すのに二日酔《ふつかよ》い　［一二七・100］

同じ儒者でも「腹中の書を干す」のならまだしも、二日酔いの腹とは。

武士とも町人とも異なった風貌をしていた儒者は、その身なりにも独特のものがあって、外見からも直ぐにそれであることが分かったようである。

儒者《じゅしゃ》の肩衣絽《かたぎぬろ》の昌平《しょうへい》でよし　［五二・27］

儒者の身につける肩衣は、絽の正平染めがいいとこだ。「肩衣」は、背の中央と左右のおくみに家紋を付けた袖のない上着。「絽」は、薄い絹織物の着物で「絽十年」と言われるほど長持ちした。「昌平」は、正平染めのこと。昌平坂学問所の学生がこれを多く着用したのでこう呼ばれた。多くは武家の足軽がこれを着用したと言われる。

安学者絽《やすがくしゃろ》の昌平《しょうへい》を着《き》て歩行《ある》き　［八八・9］

うれない儒学者は外出するときには、絽の正平染めの上着を身につけていた。

儒者《じゅしゃ》の着《き》ぬ物《もの》は白地《しろじ》のこうし縞《じま》　［一五二・3］

「白地のこうし縞」では、汚れが目立つので洗濯が大変である。

生活に余裕がないと言われていた儒者たちでも、時には遊びに出かけた。が、ここでも屁理屈を展開したようである。

井田《せいでん》としゃれてへぼ儒者割土間《じゅしゃわりどま》へ　［九八・77］

今夜は井田法の実習であると洒落をいって、へぼ儒者は遊里の割土間へ上がったろう。「井田」は、周代に行われた、成年に達した妻帯者の男子に平等に耕地を使用させる制度で、一里平方の田を井字状に九等分し、周囲の八田を八家に分配し、中央の一田を公田とした井田法のこと。「割土間」は、一室を屛風などで仕切り、二つ以上の寝床を敷いて寝る。下級妓楼や宿屋などで行われた。

儒者とは名ばかりで、当然身に付けていなければならないような基礎的な知識もなく、町人から見ても不可解な儒者も存在したようである。

兵書《へいしょ》だにまごこと読《よ》んで笑《わら》われる　［五一・33］

有名な兵法の書である『孫子《そんし》』を「まごこ」と読んで笑われている。これではどうにも仕方がない。

儒者《じゅしゃ》の僕文選《ぼくもんぜん》と聞《き》き前町《ぜんまち》か　［一一七・11］

儒者の小間使いが「文選」と聞いて「門前町」のことか、と理解した。いくら何でも、こんな下僕はいなかったろうが。「文選」は書名。中国の周から梁《りょう》までの約千年間にわたる代表的な文人の詩文・選集である。日本へも古くから伝来し、文学に大きな影響を与えた。平安時代の清少納言は『枕草子』の中で知識人の必読書として「ふみは文集・文選」と並称している。

青《あお》い儒者皿《じゅしゃさら》の染《そ》め付《つけ》さえ読《よ》めず　［一二五・2］

若い儒者のなかには、絵皿に染め付けてある漢詩さえ読めない者がある。学力不足をからかう。

博学《はくがく》な儒者《じゅしゃ》にも知《し》らぬブリガレン　［一五四・3］

儒者は時世に疎いから、博学とされるような儒者でも「ブリガレン」という商人なら誰でも知っている言葉を知らない。「ブリガレン」は、市場の符丁ことばで二十五文のこと。

へぼ儒者《じゅしゃ》の弟子《でし》弐尺程去《にしゃくほどさ》ってふみ 〔八〇・13〕

へぼ儒者だから、弟子たちも一尺足りない。諺の「三尺下がって師の影を踏まず」を活かす。

儒者《じゅしゃ》だけにかかぬは義理《ぎり》にとくびこん 〔五一・27〕

欠いては儒者の名が廃るといって堅持しても、この程度では却って笑いの対象にされてしまう。「とくびこん」は、ふんどし。

読《よ》めぬ詩《し》に蜘《くも》を這《は》わせる馬鹿《ばか》な儒者《じゅしゃ》 〔一六一・3〕

遣唐使として唐へ渡った吉備真備《きびのまきび》は、唐人に「野馬台《やまたい》の詩」という難解なものを読めといわれたが、解読できないので長谷観音と住吉明神とを心に念じた。すると一匹の蜘蛛《くも》が天井から降りてきて、文字の上を這い出した。その動きをたどって読んでいくと、全部解読することができた。これを見て唐人は真備の学力に驚いたという。

自分で読めない漢詩に出会って、その上に蜘蛛をはわせている愚かな儒者がいる。

積善の家（せきぜんのいえ）

江戸幕府は、手習い師匠に「筆道を教えるばかりではなく、風俗を正し、礼儀を守り、忠孝を教える者であるから、（師匠は生徒を）きちんと教育すべきである」とお触れを出している。五経の一つである『易経』の「積善《せきぜん》の家には必ず余慶《よけい》あり（善行を積む者には、その者のみではなく子孫にまで必ずよい報いがある）」の文句は、善行を勧める文言の一つとして広く普及していたようである。

積善《しゃくぜん》の家《いえ》に晦日《みそか》の闇《やみ》は無《な》し　［別中・4］

積善《しゃくぜん》の余光君子《よこうくんし》の花《はな》に座《ざ》し　［一〇六・19］

積善の余慶はあの世まで続く。「君子の花」は、蓮の花。ここでは極楽の蓮華の台。「積善」は、古くは「しゃくぜん」と読んだ。

積善《しゃくぜん》のよけい中宿二日置《なかやどふつかお》き　［一二・28］

善行を積んだ家なのに、その家には一人だけ余計な勘当された息子がいる。「よけい」は、余慶と余計とを掛ける。「中宿二日置き」は、勘当された放蕩息子のこと。

積善《しゃくぜん》の家《いえ》を見《み》かけてみかん籠《かご》　［八三・50］

善行を積んでいる家を見つけて、捨て子を入れた「みかん籠」を玄関先に置いていく。当時、捨て子は「みかん箱」に入れて、他人の玄関先において行かれることが多かった。

積善《しゃくぜん》の家《いえ》に余《よ》けいの居候《いそうろう》　［九四・10］

積善の家にとっても居候は、やっぱり余計者でしかなかった。ここの「余けい」は、余計。積善の家に余慶があると言うことは、喜ばしいことではあるが、他人から見るとそれは羨ましく、妬ましいことでもあったようである。

積善《しゃくぜん》の家《いえ》に余《よ》けいのいろは蔵《くら》　［一六〇・7］

積善の家に「いろは蔵」があるのは、かえって似合わない。「いろは蔵」は、分限者の幾戸前も並べて造った土蔵。

積善《しゃくぜん》の家《いえ》に余慶《よけい》の吉事草《きちじぐさ》　［一三一・6］

これでは吉事が重なりすぎ。「吉事草」は、富貴草、牡丹の別名。

「積善の家に余慶あり」の文言をよく活かしたものもある。

借銭《しゃくせん》のよけいあるのに儒者困《じゅしゃこま》り　［八一・21］

年末を迎えて、借金が自分の腹づもりより余計あるのに気づいて、貧乏儒者は困り果てている。

借銭《しゃくせん》の家《いえ》に余慶《よけい》な富《とみ》の札《ふだ》　［一二四・112］

借金だらけの家のなかに、もしやと思って買い求めたのであろう富くじのはずれ札が、あちらこちらに散らばっている。

瓜田・李下（かでん・りか）

古詩「君子行《くんしこう》」の「瓜田に履《くつ》を納《い》れず、李下に冠を正さず」を典拠とするこの文言は、人から嫌疑をかけられるような行為はすべきではない、という例えとして広く用いられていた。

瓜田《かでん》は元《もと》より炬燵《こたつ》もいましめる　［三一・4］

瓜畑へ足を踏み入れるのは勿論のこと、他人の家の炬燵に足を入れることも、十分戒めなければならない。炬燵はとかく色事の温床となる。

瓜田《かでん》へ沓《くつ》を入《い》れに来《く》る留守見回《るすみまわ》り　［二六・38］

仕事で夫が留守中の家へ、留守見回りだと称して見舞いに来るのは、瓜畑へ踏み込むようなもので、下心が見えていやらしい。

つつしまず瓜田《かでん》へくつわ虫《むし》は啼《な》き　［一一三・16］

くつわ虫は行動を慎むどころか、瓜畑で瓜をかじり、さらに堂々と啼きさけんでさえいる。「瓜田へくつ」と「くつわ虫」を活かす。

瓜畠《うりばたけ》悪《わる》い鼻緒《はなお》の切《き》れ所《どころ》　［一七・45］

ちょうど瓜畑を通過しているときに、運悪く履き物の鼻緒が切れてしまった。これは付いていると言うべきか、付いていないと言うべきか。

瓜畠出《うりばたけで》てから鼻緒《はなお》すげてはき　［三・32］

瓜畑で履き物の鼻緒が切れてしまったので、そのまま裸足で畑を抜け出して、それから鼻緒をすげ替えた。融通の利かない正直者か？

中国では嫌疑をかけられるようなことがないように「瓜田に履を入れず」というが、日本では瓜田よりも、むしろ麦畑がより嫌疑をかけられるのではないかと。

瓜田《かでん》より不埒《ふらち》の出来《でき》る麦畑《むぎばたけ》　［二七・18］

見晴らしの利く瓜畑より、人の背丈ほども伸びた麦畑の方が、より法に外れた行為が起こり易いのではないか。

瓜田《かでん》より大《おお》きな不埒麦畑《ふらちむぎばたけ》　［六三・22］

「大きな不埒」が何を意味するかが、気になるところ。

どうせ疑いをかけられるのなら、常識の盲点をついて堂々とやってしまった方が好い、と考える人もいたようである。

冠《かんむり》を桃《もも》の下《した》にて嫁直《よめなお》し　［一三・31］

花嫁は堂々と桃の木の下で角隠しを整えた。わたしを疑いたいのなら、勝手に疑っていいわよ。

冠《かんむり》を直《なお》さぬ場《ば》にて一《ひと》つもぎ　［拾四・22］

冠を直す必要のない場所で桃の実を一つ失敬した。常識の盲点をつく、知恵者の一手か。

とんだやつ李下《りか》へ袋《ふくろ》を持参《じさん》する　［一三五・13］

どうせ疑われるのなら、一つや二つではなく、自分が十分納得出来るだけ袋に入れてしまえと。

正直《しょうじき》な人《ひと》は通《とお》らぬ李下瓜畑《りかうりばたけ》　［一一四・20］

自分の心に正直な人は、他人の李の木の下や瓜畑は通過しない。他人の畑の瓜やすももがたわわに実っているのを見ると、誰でも欲しくなるものであるから。

小人閑居
（しょうじんかんきょ）

江戸時代の道徳の一つとして、何かを達成しようとするには、まず自分がそのことに対して忠実であることが求められた。それは他人の目を意識することではなく、独りを慎むこと（他人の見ていないところでも、良心に恥じない行動をとること）から始まるとされた。その典拠は『大学』の「小人閑居して不善を為《な》し、至らざる所なし（つまらない人間が人目につかずひとりでいると、よくないことをしがちである）」である。

小人閑居《しょうじんかんきょ》してやたらふせたがり　［一一一・6］

小人といわれる人はひまがあると、やたらに横になりたがる。「ふせる」は、臥せる、横になる。

小人閑居《しょうじんかんきょ》して何《なに》かしら喰《く》いたがり　［八二・10］

人間の欲望のはけ口の一つ。食い気があるうちは、まだまだ先がある、大丈夫、大丈夫。

小人閑居《しょうじんかんきょ》してやたらおやしてる　［五六・23］

「おやしてる」は、「親してる」と「生やしてる」とを掛ける。「生やす」は、陰茎を大きくする。

小人閑居《しょうじんかんきょ》不銭《ふぜに》には困《こま》り果《は》て　［八九・19］

小人は暇があっても、先立つものがないと暇を持て余すことになる。

詩句の引用

漢の第七代の皇帝武帝（在位、前一四一～前八七）は、この世の権力をほしいままにできる皇帝の地位について、后土（地の神）を祀《まつ》る行事を実行した。「その最高の歓びを味わったとき、ふと人生の秋を感じて、心の中に悲しみが芽生えた」として「秋風辞《しゅうふうのじ》」を作り、その中で「歓楽極まりて哀情多し」と詠んだ。

楽《たの》しみ極《きわ》まり苦《くる》しみは二日酔《ふつかよ》い　［一三二・31］

酒をたしなむ御仁なら、誰でも一度くらいは体験しそうな心持ち。こんな苦しみは二度と味わいたくない、と心に誓いながら、何度も繰り返す。

一世の英雄といわれた魏《ぎ》の曹操《そうそう》（一五五～二二〇）は「一人の英雄（自分を指す）の出現によって、他の群雄が勢力を失い、南方へ逃れた」と自信のほどを「短歌行《たんかこう》」という詩に「月明らかに星稀《まれ》に、烏鵲《うじゃく》南に飛ぶ」と詠んだ。

月《つき》あきらかにして星《ほし》は隠《かく》れたり　［二一・35］

月が明るいというのなら、星は稀どころか見えなくなっているのではないか、という理屈。

月明《つきあき》らかにして客星稀《きゃくほしまれ》なり　［三九・10］

明月の夜には、吉原へ行く辻駕籠《つじかご》や猪牙船《ちょきぶね》（隅田川を上り下りする吉原通いのために作られた快速の小舟）の業者は、お客が稀になってしまう。

唐の劉希夷《りゅうきい》（六五一？～六七九）は「白頭《はくとう》を悲しむ翁《おきな》に代わる」の詩で、人生のはかなさを「年々歳々花相似《あい》たり、歳々年々人同じからず」と詠んだ。

人同《ひとおな》じからず花見《はなみ》のなかまわれ　［拾四・22］

今年もまた花見の宴席で仲間割れが起こっている。春の花見に酒宴はつきもの。楽しいはずの花見酒に酔って、いさかいが起こっても不思議ではない。「火事と喧嘩《けんか》は江戸の華」と言われたほどであるから。花見の席で毎年見られる光景ではあるが、よく見ると当事者は年毎に代わっている。「去年あの人は仲裁役だったのにねえ」なんて声が聞こえてくる。

唐の自然詩人と言われる王維《おうい》（六九九？〜七六一？）は、人里離れた竹林の奥の自然の楽しさをうたった「竹里館《ちくりかん》」の詩で、奥深い竹林の静かな世界を知る者は誰もいないとして「深林人知らず、明月来たりて相照らす」と詠んだ。

深林人知《しんりんひとし》らず竹《たけ》の子《こ》を盗《ぬす》み 〔二六・33〕

誰もいない竹林であるならば、竹の子を一、二本盗んだとしても、たいていの場合は、他人に見つかるようなへまをやらかすことは無いだろう。

九月九日は、重陽《ちょうよう》の節句。「重陽」というのは、一桁の奇数が重なる意であるから、一月一日、三月三日、五月五日、七月七日、九月九日などが該当する。しかし、九が一桁の奇数の最大であることから重陽の節句というと、九月九日とされるようになった。この日以外でも奇数の重なる日は、それぞれに行事が行われる。

重陽の日の行事は「登高《とうこう》」といって、家族が一緒に近くの小高い所に登って菊酒を飲み、邪気払いをする風習があった。王維が長安へ遊学していたころ、故郷を憶って作った「九月九日山東の兄弟を憶《おも》う」の詩は、よく知られている。

九月九日高楼《くがつここのかこうろう》にむすこ行《ゆ》く 〔三四・28〕

重陽の日に家族は一緒に小高いところへ上ったが、息子だけが家族と離れて別の場所の高楼（遊女屋）へ行ってしまった。この日が来るのを楽しみにしていた家族それぞれの思いと、親の嘆きが聞こえてくるようだ。

唐の李白（七〇一〜七六二）は五十四、五歳の頃、その名も寂しい秋浦《しゅうほ》（今の安徽《あんき》省貴池《きち》県の西南の水郷地帯）に客となっていたとき、自分の老いた姿に気づいて驚き、人間の運命に対する深い悲しみを「秋浦の歌」に「白髪三千丈、愁《うれい》に縁《よ》りて箇《かく》の似《ごと》く長し」と詠んだ。

見《み》せものにしたい白髪《しらが》を詩《し》につくり　［一三・21］

白髪が三千丈もあるというのなら、ろくろ首どころではない、見せ物小屋で十分にお客さんを楽しませることができるのに、それをしないで詩に作って満足しているとは、誠にもったいないことだ。

詩《し》に作《つく》る白髪馬鹿《しらがばかばか》々しく長《なが》し　［五四・2］

いくらほらを吹くと言っても程があるよ、というところ。一般的に「三千」という数字は実数を表すというよりは、数が多いことを表す慣用句で、弟子三千、宮女三千、食客三千などその例は多い。

中唐の詩人、張継《ちょうけい》（生没年未詳）は、異郷での夜中の情景と船に揺られながら仮寝をしている旅人の旅愁の心象を「楓橋夜泊《ふうきょうやはく》」の詩に「月落ち烏啼《からすな》いて霜《しも》天に満つ、江楓漁火《こうふうぎょかしゅうみん》愁眠に対す」と詠んだ。

月落《つきお》ち烏啼《からすな》いて女房腹《にょうぼはら》を立《た》て　［傍一・45］

月も沈み夜も更けて、夜烏が啼くこんな時間になるまで寝ずに待っているのに、亭主は帰ってこない。きっと吉原へでも行ったにちがいない。わたしの気も知らないで。

月落《つきお》ち烏啼《からすな》いて四《よ》つ手《で》まだ盛《さか》り　［傍三・33］

月も沈んで真夜中を過ぎたというのに、吉原の遊里へ向かう駕籠はひっきりなしに通る。「四つ手」は、四手駕の略、竹製で軽い。路上で客を見つけて乗せる辻駕籠。通行人の中で吉原の遊里へ行きそうなのを見つけると、小声で「吉原までお供しやしょう」と誘って乗せたという。

ユーモアや警句に富んだ作品を多く残した宋の詩人蘇軾《そしょく》（一〇三六～一一〇一）は、楽しみを求める人にとっては、春の宵のひとときは、何物にも代え難い貴重な時間で、たとえてみれば千金もの値打ちがあるとして「春夜」の詩に「春宵《しゅんしょう》一刻直《あたい》千金、花に清香有り月に陰有り」と詠んだ。

春宵一刻《しゅんしょういっこく》あたいは三歩《さんぶ》なり　［一三・23］

春の宵のひとときを吉原の高級遊女を相手に、「三歩」で遊興するのは、まさに千金の値打ちがある。三歩で高級遊女を買うことが出来るということを謳歌したもの。「三歩」は、吉原の高級遊女の揚げ代で、一両の四分の三。実際は三歩の他に諸雑費がかかって、けっこう高くはなったという。

両国での打ち上げ花火は、江戸中期の享保十八年（一七三三）から盛大に行われるようになった。五月二十八日の川開きの日に、前年の飢饉による多数の餓死者や、疫病流行による大勢の死者の霊を慰め、悪疫退散を祈る水神祭りが催され、花火が打ち上げられた。この年以後は、川開きから八月二十八日の川仕舞いの日まで三ヶ月間、花火のパトロンさえつけば毎日打ち上げられるようになった。

夏宵一刻《かしょういっこく》ここも千両国《せんりょうごく》の橋《はし》　［九八・50］

両国橋のたもとの夏の宵は、一刻が千両にも値するほどの楽しみを味わうことが出来る。「ここも千両国」は、「千両」と「両国」とを掛ける。「両国の花火のにぎわい」を活かす。神田雉《きじ》子町の名主、

斎藤月岑《さいとうげっしん》はその著『東都歳事記』のなかで、両国の打ち上げ花火の様子について、

「烟火《えんか》空中に煥発《かんぱつ》し、雲の如く、霞の如く、月の如く、星の如く、鳳の舞うが如く、千状万態、神まどい魂うばわる。凡そそこに遊ぶ人、貴となく賎となく、一擲《いってき》千金おしまざるも宜《むべ》なり。実に宇宙最大一の壮観ともいいつべし」

と記し、両国の花火は、「宇宙最大一の壮観」であるとしている。

その他

『蒙求《もうぎゅう》』は、中国の古代から南北朝時代に至るまでの著名人の行状・事跡などを、経書や史書の中から拾い出して、童蒙（児童）用の教科書として編まれた啓蒙書である。その主軸をなしているのは、儒教思想に基づく歴史教訓的な説話で、日本では平安時代以来、中国故事成語の知識を会得するための教養書として広く読まれた。

蒙求《もうぎゅう》は牛《うし》の鳴《な》くのと知《し》ったふり　［六八・7］

『蒙求』と「もう牛」とを混同させて、おかしみを出している。

牛《うし》のなくように蒙求《もうぎゅう》よんでいる　［九〇・18］

牛の鳴くようなのんびりした大きな声を出しながら、『蒙求』を読んでいる。

平安時代に藤原冬嗣《ふじわらのふゆつぐ》が一門の子弟の教育のために創立した教育機関である勧学院では、「勧学院の雀は蒙求を囀《さえず》る」といわれるほど『蒙求』がよく読まれていたという。

蒙求《もうぎゅう》を知《し》らぬ勧学屋《かんがくや》の丁稚《でっち》　［一〇一・45］

京都の勧学院では雀も蒙求を囀るというのに、江戸の勧学屋の若い奉公人は、『蒙求』のことを何も知らない。「勧学屋」は、江戸下谷池之端《いけのはた》仲町通（台東区池之端）にあった薬屋の名。痛み止めの丸薬、錦袋円《きんたいえん》の発売で広く知られ、それで得た金で三万余の書籍を所蔵したといわれる。

江戸時代には「父子親《しん》有り、君臣義有り、夫婦別有り、長幼序有り、朋友信有り」（孟子）は、「五教」または「五倫の教え」として、庶民の間にも浸透していた。

仕《し》まう時夫婦別《ときふうふべつ》あり内裏《だいり》びな　［拾五・12］

三月の節句に雛壇《ひなだん》に並んで飾られたていた内裏（男女一対）の雛人形も、仕舞うときには、それぞれ別々の箱に収められる。

帯解《おびと》いて夫婦別《ふうふべつ》あり湯屋《ゆや》の門《もん》　［八八・4］

夫婦でも風呂屋の混浴は禁止。

春秋時代、宋の国に狙公《そこう》という者がいた。狙公は猿をかわいがり、養って群を為していた。あるとき、突然貧乏になったので、猿の餌を制限しようとして「お前達に木の実を与えるのに朝に三つ、晩に四つにしよう、それでよいか」と言ったところ、猿たちは皆立ち上がって怒った。そこですかさず「では朝に四つ、晩に三つとしよう、それでよいか」と言うと、猿たちは皆ひれ伏して喜んだ、という寓話が『列子』黄帝編にある。このことから、口先で人をうまくだますことを「朝三暮四《ちょうさんぼし》」という。

やりてばば朝三暮四《ちょうさんぼし》の小言《こごと》なり　[拾四・27]

妓楼の遣り手婆の小言は、客をうまくだますための小言である。「やりてばば」は、妓楼に雇われて遊女や禿《かむろ》（上位の遊女の身辺でこまかい用をたす少女）を取り締まり、万事を切り回す中年すぎの女性。

お妾《めかけ》は匹夫《ひっぷ》の勇《ゆう》でふぐを喰《く》い　[九・14]

江戸時代には「河豚《ふぐ》は食いたし、命は惜しし」とか「河豚食う無分別、河豚食わぬ無分別」といわれるほど、河豚を食べる場合には、自己責任が要求されたようである。

旦那が河豚をご馳走してくれるというのは嬉しいんだが、一方では命がけの気持ちで河豚を食べた。「匹夫の勇」は、『孟子』の梁恵王《りょうのけいおう》下に「剣を撫《ぶ》し疾視して曰く、彼悪《いず》くんぞ敢《あ》えて我に当たらんや。此れ匹夫の勇」とある。ここでは自分一人の「命をかけて」の気持ちをいう。

『易経』の説くところに基づいて、算木と筮竹《ぜいちく》とを用いて吉凶を判断する占いは、民間に広く行われて、盛り場などでは大道易者なども繁昌していた。

易《えき》の数有《かずあ》るで日本《にほん》は富貴《ふうき》なり　［九九・120］

日本の領土は占いに用いる易の卦《け》と同じ数だけあるから、日本は富貴な国である。易の卦は六十四、日本の領土は畿内七道の六十六国に壱岐《いき》・対馬《つしま》をあわせた国々で六十余州とされた。卦の六十四と六十余とを活かす。

漢籍が読みこなせる者は、当時の人々からは知識人として一目置かれる存在で、漢籍を持ち歩くことは一種の優越感を味わうことが出来たようである。

唐本《とうほん》はかごに乗《の》るときばかり入《い》れ　［二〇・3］普段は見向きもしない漢籍を、出かけるときだけは、さも大事そうに駕籠の中に持ち込む。

大学《だいがく》を教《おし》えきらずにこして行《ゆ》き　［二三・37］

武家の子弟は十二三歳になると、一度は必ず四書五経の素読吟味を受けるのが当然の習慣であった。四書五経の講義の成果が得られるまで続けられなかったことの無念さ。

四書五経読《ししょごきょうよ》んでしまうと息子死《むすこし》に　［筥二・6］

何のための勉学であったのか。親の嘆きが聞えてくる。

男子と異なって女子の教育については、それほど定まったものはなく、いろいろなお稽古ごとを除けば、むしろ自由であった。

味《あじ》わえよ芝居《しばい》も児女《じじょ》の四書五経《ししょごきょう》　［一六七・26］

よーく味わって見物しなさいよ。芝居見物は、子供や女性に四書五経の具体的なものを教えるようなものなのであるから。これでは、女性や子供の方が四書五経を熱心に楽しみ味わったことになる。

細見《さいけん》を四書文選《ししょもんぜん》の間《かん》に読《よ》み　［拾四・26］

吉原の遊里の案内書を四書や文選を読む合間に読んでいる。主客転倒（細見の合間に四書、文選）でなくってよかった。「細見」は、江戸吉原の妓楼名、遊女名、揚げ代などが細かに記してある遊里の案内書。

舟宿《ふなやど》に左伝《さでん》四五巻《しごかん》とんだ事《こと》　［二一・18］

『左伝《さでん》』は正式には『春秋左氏伝《さしでん》』といい、孔子の制作した『春秋』の経文（本文）を、左氏が史実をもとにして解明した書物で、儒家の経典の一つとして尊重されている。

舟宿に『春秋左氏伝』が四、五巻置き忘れになっているのは、大変なことのように見えるが、実は何ということもない、お笑いぐさだ。「とんだ事」は、ここでは逆説的な意味で、こんな堅い書物を読む人間も吉原通いをしているよということ。「舟宿」は、舟で吉原へ通う客を送迎する家、また船遊びの求めに応じて貸船を仕立てる家のこと。

『列女伝』は、中国古来の著名な女性の伝記を賢母賢妻を理想の女性像とした説話に仕立てて、女性の道徳教科書（女訓書）としたもので、長く読みつがれ、さまざまに語り継がれてきた古典である。

列女伝《れつじょでん》せせら笑《わら》って後家《ごけ》は聞《き》き　［傍三・20］

私は賢母でも賢妻でもないから、とても出来そうもないわと言われてしまえばそれまで。

『孝経』は、孔子が弟子の曾参《そうしん》に、小は個人の修養から大は天下の秩序に至るまで、道徳の根元である孝について、包括的に語り聞かせた記録で、あらゆる社会秩序の根本の原理は孝にあるとする。

どっと笑《わら》い孝経《こうきょう》を茶屋《ちゃや》で読《よ》み　［傍四・23］

これから遊蕩に出かける男たちに、茶屋で『孝経』を読ませたところがミソ。

［主要参考文献］

『誹風柳多留全集』岡田甫校訂（三省堂、一九七八）
『誹風柳多留』山澤英雄校訂（岩波文庫、一九九五）
『誹風柳多留拾遺』山澤英雄校訂（岩波文庫、一九九五）
『柳多留名句選』山澤英雄（岩波文庫、一九九五）
『川柳大辞典』（上・下）大曲駒村編著（高橋書店、一九六二）
『江戸川柳辞典』浜田義一郎編（東京堂出版、一九八五）
『雑俳語辞典』鈴木勝忠編（東京堂出版、一九六八）
『続雑俳語辞典』鈴木勝忠編（明治書院　一九八二）
『川柳狂歌集』（日本古典文学大系）杉本長重（岩波書店、一九五五）
『黄表紙　川柳　狂歌』（日本古典文学全集）鈴木勝忠注（小学館、一九七一）
『古川柳名句選』山路閑古著（筑摩書房、一九六八）
『江戸川柳を楽しむ』神田忙人著（朝日新聞社、一九八九）

『謡曲大観』佐成謙太郎著（明治書院、一九三一）
『古川柳と謡曲』富山源三郎著（三樹書房、一九八五）
『江戸川柳と謡曲』富山源三郎著（三樹書房　一九九〇）
『江戸談義十番』竹内誠著（小学館、二〇〇三）
『江戸時代の教育』R・P・ドーア著　松居弘道訳（岩波書店、一九七〇）

『真説徐福伝説』羽田武栄・広岡純編（三五館、二〇〇〇）
『漢楚物語』（通俗世界文学第十一輯）西村酔夢著（冨山房、一九〇四）
『三国志演義』（中国古典文学大系）（平凡社、一九六八）
『三国志考証学』李殿元・李紹先著　和田武司訳（講談社、一九九六）
『三国志演義大事典』立間祥介他編訳（潮出版社、一九九六）
『三国志演義』井波律子著（岩波新書、一九九四）
『中国の歴史』（1〜6）陳舜臣著（講談社文庫、一九九一）
『安禄山と楊貴妃』藤善真澄著（清水書房、一九七二）
『抱朴子・列仙伝・神仙伝・山海経』（中国古典シリーズ）（平凡社、一九七三）
『湯島聖堂と江戸時代』斯文会（一九九〇）
『平家物語』（新日本古典文学大系）梶原正昭・山下宏明校注（岩波書店、一九九三）
『太平記』（新編日本古典文学全集）長谷川端校注・訳（小学館、一九九四）

あとがき

江戸時代の川柳には、中国の故事を詠み込んだ詠史川柳が多くあることに注目して、機会があるごとにカードに書きとめてきました。長い年月の間にかなりの数になりましたが、なかなか整理する気になれませんでした。

学生時代に故吉田精一教授が授業の中で、話題が川柳に及んだ際、これは完全な川柳というわけではないが、と断った後で、山崎宗鑑《そうかん》の『犬筑波集《いぬつくば》』に収められている

盗人を捕らえてみれば我が子なり

を板書されて、「この句は〃切りたくもあり切りたくもなし〃という前句に付けられた〃付け句〃である。川柳は連歌の付け句が独立したものであるが、この〃盗人〃を精確に解釈するためには前句の〃切る〃という意味を十分吟味しなければなりません。若い諸君は〃家に押し入った盗人を刀剣で切り捨てる〃などと解釈する人が多いでしょうが、そのように解釈しているうちは、まだまだ川柳を扱うには人生の修行が足りないということです。この〃切る〃は、〃人を刀剣で切る〃〃親子の縁を切

る〟〝男女の縁を切る〟などの意味があることに気がつけば、〝盗人〟が何を盗んだのかも自ずと分かってくるものです」とおっしゃられて声を出してお笑いになりました。

教授は、「日本には笑いの文学は存在しないなどという人もおりますが、笑いの文学が存在しないのではなく、笑いを理解できる読者が少ないということでしょう。江戸時代の川柳は、人情の機微に触れて面白い文学ですが、人生の数々の苦楽を体験した後でないとなかなか理解することが難しいのが現実です。また江戸時代の川柳は、作者の正体を判明させることが困難で、作品の背景、少なくとも作者の階層を知ることが出来ないと低級な笑いになってしまう恐れがある」と結論づけられました。

この「川柳に関することは、ある程度の年齢になってから、作者の階層がある程度判明してから」ということが気になって、整理が延び延びになってしまいました。

ところが何年か前に、大槻磐渓《おおつきばんけい》著の『近古史談』の注釈の仕事をしたとき、思いがけないことから、『甲子夜話《かっしやわ》』の著者松浦静山《まつうらせいざん》が川柳の愛好者であると同時に、『柳多留』にも多くの作品が収められている川柳作者であること、その他旗本や陪臣の中にかなりの川柳作者が存在したことを確認することが出来ました。これで川柳作者の全般を推測することは危険を伴いますが、当時の支配者層（武士階級）の間にかなりの川柳作者が存在していたと判断して、整理の仕事に取りかかることにしました。

もともと詠史川柳は、ある故事に基づいて作者の想像力を大いに発揮して、読者の笑いと共感を得るところに価値があります。ここに選んだ作品の故事は、中国の史書や古典が中心ですが、日本の古典や謡曲に受容され、変容された故事に依拠した句もかなり多く存在します。例えば、春秋時代の呉越の抗争に関する故事は『太平記』、秦の始皇帝と華陽夫人に関する故事は謡曲『咸陽宮』、白楽天に関する故事は謡曲『白楽天』に依拠した句が大部分です。謡曲に依拠した句が多いのは、当時の作者を含めた階層に謡曲による知識、すなわち古典を活字で読むことよりも、観て（鑑賞して）楽しむことが広く普及していて、理解されやすくなっていたことを示しているものと思われます。

川柳に詠まれた故事を探り当てる作業は、江戸時代の川柳作者たちが中国の故事を自家薬籠中のものにして、新しい「笑い」の文芸を創造するに至ったその源泉を確認することでした。多少の困難を伴いましたが、総じて楽しい仕事でした。

本書の刊行に際しては、大修館書店編集部の円満字二郎氏には、本書の構成から、原稿の整理・校正・付録の整備に至るまで、並々ならぬお世話になりました。心より感謝申し上げます。

二〇〇五年八月

若林　力

李太白近所の酒屋借りだらけ 205
李太白わかったくだを筆で巻き 205
李白が来ると樽次が出るところ 204
李白来て見よ我が朝の美濃の滝 207
李白の庵へ四日目に樽屋くる 205
李白のくそは留粕のようだろう 206
李白の頓死長安の酒屋泣き 206
柳下恵あたまはりはり抱いて寝る 67
柳下恵しんぼう強い名を残し 67
両足をすてて名玉世に光り 74
両眼に玉を連ねて卞和泣き 74
両賢は首陽もようもなくがっ死 33
漁師だと見たは楽天ひが目なり 212
呂后の夜食彭越で茶漬けなり 131
淋病もあいつがわざと伍子胥言い 76

れ

茘枝より妲己は瓜がきつい好き 23
蠡の字の半天を着た魚売り 83
列女伝せせら笑って後家は聞き 248

ろ

ろう長けた娘かならず隣あり 57
牢番の目を抜き魚の鰓を抜き 84
六十にして立つ御隠居はたのもしい 48
魯なる国で聖き書物出来 48
魯の国の人と息子はつきあわず 63
論語読み思案の外のかなを書き 62
論語読み論語知らずに借りだらけ 62
論語をば妾そばからひったくり 64

わ

我がひげをふんまえ関羽度々のめり 160
和漢の瓶わり温公と勝家 221
和漢の美女の名を付けたさくら花 201
綿入れに継母の心透き通り 54
笑いごってはねえと幽王あわて 37
笑うので四百余州の民は泣き 36
蕨を食いながらいっぱいをいい 32
われひとりさめてさまよう隅田川 95

い　161
やまと言葉はおくびにも貴妃ださず　201
山ほどのうそをついたは徐福なり　115
やりてばば朝三暮四の小言なり　245
和らかにおっくじかれる山の腰　213

ゆ

湯上がりは玄宗以来賞美する　192
幽王のしまいがほんの笑止なり　37
幽王はこそぐる事に気がつかず　36
遊芸を孔明一度用に立て　166
夕立にこり三百里たて続け　107
幽霊も太真殿は消えぬなり　198
雪に居続け徐福が初めなり　115
雪の肌見とれて徐福かえられず　114
雪の日は唐で油の値が下がり　181
雪や蛍とへだつれど同じ儒者　182
雪をかき立て孫康は註を読み　181
行く者は昼夜をおかず猪牙と駕　59
湯に入るに関羽はひげをくしへまき　160
夢見ぬと廬生は人の知らぬもの　98

よ

八日には楊国忠へ加増なり　195
楊貴妃の謡宵から二度通り　189
楊貴妃はいう程の目の出た女　191
楊貴妃は馬捨場にて最期なり　197
楊貴妃は星をお先にして契り　193
楊貴妃はろくな一家は持たぬなり　195
楊貴妃も小町もいずれ花の王　201
楊貴妃ももとかつがれた女なり　188
楊貴妃を上碧落を先ずたずね　198
楊貴妃を湯女に仕立てる驪山宮　191
陽虎ではござりませぬと曰わく　44
陽虎と間違ったは四十二の歳　44
養子の不埒安禄山がはじめ　196
養母への幸禄山が仕はじめ　195
養老の滝を見せたき李太白　206
翼徳も知らずに張飛酒が好き　162
よく見ればきずの有るのがほんの玉　75
夜講釈張飛びいきは頰被り　163
横笛で口を吸ってる驪山宮　192
吉広の太刀がこわいと妲己いい　24
吉原に居るに碧落までたづね　198
四日目にあき樽を売る李太白　204
世のそしり趙高鹿の耳に風　119
読めぬ事壁土ほじりほじり読み　49
読めぬ詩に蜘を這わせる馬鹿な儒者　232
嫁の風呂耳を洗うも許由ほど　12
世をうしと悟って耳を洗ってる　11

ら

楽天が又来ると人玉が出る　217
楽天はくがじを来るとはりま切り　217
楽天は空解けのする帯をしめ　213
楽天は日本一の恥をかき　215
楽天はへぼくた親父だと思い　212
楽天もあきれかえった御神詠　214
楽天も口を結んだ雲の帯　213
楽天も畳みかねたる苔衣　213
楽天もちくらが沖で逃っ尻　216
楽天も渡りかねたる知恵の海　215
落泪数行昭君は胡馬に乗り　144

り

驪山宮片手は笛の穴でなし　192
驪山宮よだれで笛の音がとまり　192
李太白一合宛に詩をつくり　203
李太白返り字のあるくだをまき　205

三保が崎あたりを五湖と徐福ほめ 114
耳洗う程な日本に馬鹿はなし 13
耳がはみ出す玄徳の頬かむり 150
耳たぶのいい唐人が蜀を取り 150
耳たぶを見込みに張飛義を結び 161
名代を取った気で居る柳下恵 67
見るとびっくり昭君の似顔の絵 144

む

むごちない事を馬隗が原でする 198
むさすみをもって樊噲たたくなり 123
虫干しに霍乱をする貧学者 185
虫屋から車胤油をほどこされ 179
息子の不得手地女と孔子 64
睦言を勅使へ語る美しさ 199
睦言をを手帳に付けて方士立ち 200
胸わるで来ると許さぬ和歌の神 216
群鳥汨羅に三閭土左大夫 95

め

名曲で樊於期首を棒に振り 105
明君はくらきに纓を断ち切らせ 40
名笛の呂律に楚軍秋の空 126
明徳を壁になしたる秦のやみ 110
目が覚めてあじきなく食う粟の飯 100
目や口へ予譲こくそをかわぬばか 70

も

もういいと孔明指をねじるなり 168
毛延寿市で売るのを書いて出し 143
毛延寿玄関へ使者の女中駕 141
毛延寿しっかい鮫が橋に書き 143
毛延寿せしめうるしを交ぜて書き 142
毛延寿握った顔は念が入り 141
毛延寿ひつじくらいは知らん顔 141
毛延寿ほほをも赤くえどるなり 143
孟お越しなさる時分と車力言い 90
蒙求は牛の鳴くのと知ったふり 243
蒙求を知らぬ勧学屋の丁稚 244
孟此の子ここにおいてと母安堵 91
孟嘗君を美人だと知ったふり 97
孟嘗は空音関羽は腕で越え 159
孟父だと引っ越すどころかぶんなぐり 92
孟母嘆息其の後は日も方も 90
もう読める奴はないかと始皇帝 111
木牛に魏の元帥も舌を巻き 169
木牛の後軍師をも木で作り 169
もし蘇武へ返事が有れば燕なり 140
餅筵だのかますだのと玄徳 151
元長屋へはいきやんなと孟母言い 91
物真似で鶏いっち用に立ち 96
桃の木の下で三人五升飲み 152
桃の木の下で文殊の知恵を出し 151
桃の園御張飛び切りと関羽言い 157
文盲な奴をば埋めぬ始皇帝 111

や

夜学でも胸は明るき夏と冬 182
約束が済むとどぶろく張飛飲み 161
屋敷中楊国忠が幅をする 196
安遊び父母は只その病を憂う 56
安学者絽の昌平を着て歩行き 230
やせこけた死骸があると蕨取り 33
屋根葺きも井戸掘りもした帝さま 8
矢の使来ても平気な諸葛亮 164
藪医者の友は遠方より来る 55
山がはずれて欠落は徐福なり 115
山師めがなどと張飛も初手は言

昼寝して車胤すこぶるなぶられる　180
貧学のあかりに使う夏と冬　182

ふ

笛の音に和合の韻の驪山宮　192
吹くもんだなと楚軍で初手は言い　126
腐草化すまでは朽木をもって読み　180
豚食うと聞けばおそろし楊夫人　189
不届きさ昼寝の顔へ論語当て　64
舟宿に左伝四五巻とんだ事　247
父母います内は餅にて食傷し　57
ぶりがれん真似るで孟母店をかえ　89
振り袖の天命を知る吉田町　47
古着やへ予譲死骸を売り渡し　72
不老不死始皇持薬に飲む気なり　112
ふんどしで名をさらしたは貧学者　185
褌と胸を定めて孟母切り　93

へ

兵書だにまごこと読んで笑われる　231
へぼ儒者の弟子弐尺程去ってふみ　232
変なこと始皇ちんぷんかんきらい　109

ほ

彭越を茶漬けの菜に呂后する　131
北てきのためにゆう里にとらわれる　25
蛍籠そばに史記だの左伝だの　178
蛍狩り案じ初めは貧学者　180
蛍のそばに論語だの孟子だの　178
帆柱で寝てけつかると張飛言い　162
本玉と見たは卞和の目がねなり　74

ま

まいないを絵師にやらぬで胡へやられ　145
まごつくと子房もひしおもらうとこ　135
枡で取るまでは禹王も気がつかず　14
また雨か猫が許由の真似をする　12
股ぐらを雁がねのとぶ始皇帝　107
松風の知恵で万余騎吹き散らし　166
松風をくらって司馬懿引き返し　166
真っ直ぐな針にて国を仕立て上げ　28
松の木の下できぬ傘しぼるなり　106
惑わずの年を新造惑わせる　47
ままっこが出て唐土をよく治め　9
ままっ子の代には太鼓に苔が生え　9
まま母のわるい手本を呂后出し　130
豆がらで豆を煮ている嫁姑　177
迷い子札孟母は三度書き直し　91
廻りくらに負けたのは項羽なり　122

み

水瓶へ打った礫は世にひびき　220
見せものにしたい白髪を詩につくり　241
三日めはああひだるいと曰わく　45
三つ山でご承知ならと諸葛亮　165
三つ指で手まねきをして逃げろなり　104
皆纓を断って官女の片明かり　41
皆人を笑いなくすと臣下いい　36
身に漆塗るはかた地な忠義なり　70
身は餓えて心は富める首陽山　33

ぬ

ぬけた夜着いますが如くふくらませ　56

ね

ねから読めませぬと鏝でほじり出し　49
寝言など言いはせぬかと廬生言い　100
猫に追われたで荘子はうなされる　72
猫もしゃくしもと楽天おどかされ　214
寝ころんで論語みている暑い夏　64
寝坊めがと張良はしかられる　133
寝耳へ鶏の声色で関をあけ　97

の

のろけた笛の世にひびく驪山宮　192

は

ぱいぱい儒者もゆるすなと始皇下知　111
化かされた様に楽天船に立ち　216
ばかな王いっちいいのをくれてやり　144
袴着の時分老子は賀の祝い　65
はかりごとありと仲達引き返し　166
伯牙が短気十三羽雁が飛び　68
博学な儒者にも知らぬブリガレン　231
白氏文集は大目に和歌の神　216
白頭の烏がかえす燕の子　102
馬氏初手はせせら笑って受け付けず　30
肌のいい子供を連れて徐福くる　112
機を切るしおきは唐女一人なり　93
機を切る孟母は短慮功をなし　93
八歳で米の守りを老子出し　65
八千の枝葉を散らす簫の音　126
鼻息も呂律相和す驪山宮　192
花火に身代幽王いれあげる　37
花火見るたびお妾は笑うなり　36
鼻へこよりを押し込めと張飛言い　162
腹をへらして読んでいる伯夷伝　34
針も心も真直ぐな釣り人なり　26
春霞包みかねたり阿房宮　107
樊於期が首はおさきにつかわれる　103
樊噲が来ぬと鞘へはおさまらず　123
樊噲も頼みましょうと初手は言い　123
万卒を孔明羽根でたたむなり　172
万卒をすてて一妾御寵愛　37
范平と名を変え魚売って来る　83
斑猫を羊の中へ呂后入れ　130
范蠡は鰹の笹のように入れ　84

ひ

引きずり起こしましょうと張飛じれ　162
髭のない楊国忠がのしあがり　196
久し振り吹ければよいと子房言い　125
左には赤子右には百万騎　175
引っ切りの飛べのと琴で振りを付け　104
人同じからず花見のなかまわれ　239
一樽で三百五十詩をつくり　203
美は美だが王昭君はけんなほう　142
姫百合を墨絵に描く毛延寿　143
比翼連理は平人の痴話でなし　193
ひょろひょろと出るは首陽の山蕨　33

湯王の盥むだ書き世に残り 21
どう思ったか聖堂で数珠を出し 225
唐音で徐福はざんげして登り 114
唐詩選見て居る息子けちなつら 218
唐詩選明月ばかりみんなよみ 218
唐詩選読むと孔雀の尾がほしい 218
陶朱公老いてあぶないあそび所 86
陶朱公前から河岸で見た男 86
陶朱公身切って銭をつなぐなり 85
銅だらいたたいて孟子叱られる 88
唐の嫁楊貴妃紅に蛾眉びたい 201
唐本はかごに乗るときばかり入れ 246
灯明が消えたで蜀が闇になり 171
東門に呉は滅亡と見ぬいた目 77
東門に目玉ばかりが生きている 78
東門の二目がぬけて呉のやぶれ 78
科のきわまったじゃ后合点せず 130
時知らぬ山を尋ねて徐福来る 113
時計なき函谷関の大恥辱 97
年の功より温公はかめの功 220
どっどと笑い孝経を茶屋で読み 248
度々あらためる周公の御膳番 34
友去りて伯牙が琴は糸薄 68
灯火に車胤たびたび水をつぎ 178
灯火を孫康鍬でかき立てる 181
虎五匹竜一匹で蜀を取り 156
とらまえて車胤蛍の釜をかり 178
鳥かげに飛び立つばかり蘇武が妻 140
鳥に鴨鹿ざるなどと田舎儒者 229
どれ程な事か孔明首をまげ 174
どろ沓を取るも一物腹にあり 132
とんだ知恵つけたのは華陽夫人 105
とんだやつ李下へ袋を持参する 237

な

長い詩の側にあき樽あき徳利 203
長崎で駿河路を先ず徐福聞き 113
仲のよい友に別れて琴をやめ 68
仲麻呂が歌をちんぷん感じ入り 210
仲麻呂が相談相手月ばかり 211
仲麻呂は頭をたれて山の月 211
仲麻呂は日本の月を遠目鏡 210
仲麻呂は東枕に床を取り 211
仲麻呂はもろこし団子にて月見 210
何が喰いますと駟馬から下りて聞き 26
何が喰いますと文王釣り込む気 26
何が喰いますと楽天そばへより 212
何是も糸瓜なものと許由捨て 12
名の高い子供徳利や瓶を割り 220
生臭い荷だこ忠義の肩に出来 84
南無喝らたん那こりゃあと孟母越し 88
南無きゃらたんのういやんなと孟母 88
嘗めるのは呉を一呑みにする気なり 82
習わぬ経を覚えたで孟母越し 88
何だかと左官論語をめっけ出し 49
何だなと壁土はたきはたき読み 49

に

日本と唐土へつかう舌があり 201
日本へ響くは瓶の割った音 220
日本へふじな使いを始皇たて 113
如是我聞やめろと孟子しかられる 87
俄雨桀王の世に降りはじめ 16
にわ鳥はあさまつりごとおこたらず 194
鶏を子路おんのけてうんとしょい 50
鶏を一つ頼むと関で言い 96

忠臣はたるきと橋との下に住み 71
仲達はあぶないことと引き返し 166
忠の字を言うて目玉を額にかけ 77
註を読むときに蛍はゆすぶられ 178
長安の酒屋一旦那李白様 205
長安の酒屋李白に倒される 205
長安のしけ塩豚で李白のみ 205
趙雲が膝であどなく伸をする 175
趙雲の鎧は襁褓臭くなり 175
趙雲は虎こいこいとしいをやり 175
趙雲もねんねんころり敵の首 175
趙高が一もつしかも馬のよう 119
趙高が剣を掛けとく馬の角 119
趙高が女房鹿だとはねつける 119
趙高はしかも馬だと湯やで言い 119
張子房座敷がすむと身をかくし 135
鳥獣も孝の徳にはよく懐き 8
蝶々にならぬと貘が喰うところ 73
張良は十五両で伝を受け 134
張良は流れる沓をうけてやり 133
張良は脇の下まで水が垂れ 134
張良へ文も手わたし三会目 134
張良も土橋へ行って二度ふられ 133
勅答でみれば楊貴妃無筆なり 200
勅答に頭のかざり一本へり 199
朕々と言うが盧生の寝言なり 99
ちん毒を切らすまいぞと呂后言い 130

つ

つい書き損じでは済まぬ毛延寿 145
通詞なく聞くに楽天気が付かず 212
月明らかにして客星稀なり 239
月あきらかにして星は隠れたり 239
月落ち烏啼いて女房腹を立て 241
月落ち烏啼いて四つ手まだ盛り 241
突き手より切り手を関羽案じてる 157
月の歌秘書晁監と書きて出し 210
月よりも玄宗星に思い出し 198
つつしまず瓜田へくつわ虫は啼き 235
釣った鯛直ぐな針故魚が落ち 28
燕の子白い烏が出て助け 102
爪音は命の親と始皇ほめ 105
爪音は敵に引かせるはかり琴 168
爪音も時にとっての百万騎 168
爪音を司馬司馬聞いて引き返し 166
妻を去り鯛を半分釣り上げる 29
罪無くて蛸と卞和は足切られ 74
釣り上げて見たら七十余城なり 30
釣り竿をしまって周の代を始め 28
釣りの小言で丸負けの盆の水 30
釣り舟の沖に孤ならず隣でき 57
釣りを見て居ぬのも馬鹿な女房なり 29
釣りを見て居ぬもたわけと馬氏が親 29
つんとしたのに幽王くらいこみ 35

て

鼎足を一本へし折る五丈原 171
丁寧に湯王手水つかう人 20
手織にて孟母とうとう仕立て上げ 93
てこずった所へ張良笛を出し 125
手の長い奴と魏と呉で油断せず 150
出ませい出おろうと予讓を下官ども 71
手まわしに足を洗った張子房 134
寺町で孟母を聞けば越しました 88
寺町の孟母が跡へ花屋越し 89

と

桃園で関羽一人が飲んだよう 156
湯王のたらい珍紛漢を書き 21

寿　142
せつなぐそたれに張良おいて出る　124
せりというものが出来たと桀の民　16
先生御目が覚めたかなと玄徳　154
先生がそれと宰予はおこされる　52
千里独行猛虎威の寿亭侯　159

そ

荘子が寝言此の猫め此の猫め　72
荘子のは夢が花野をかけめぐり　73
そう申しゃ御合点だよと貴妃は言い　200
滄浪の水で豆腐屋洗ってる　95
粗食を食らい水を飲み金をため　58
袖ばかり持ってあほうの二人なり　105
素読など不可なりとして息子行き　64
其の内で関羽緋桃のように酔い　156
楚の陣を空蝉にする簫の笛　126
其の名まで鳥のようなり公冶長　53
その文月の七日の夜いやらしさ　193
それお化けが出ると孟子の母言わず　88
それ見たかとって太公盆を出し　30
そろそろと論語知らずに息子なり　63
孫康が灯し吹き消す春南　181
孫婦人つれて逃げたは徳な人　155

た

大音なやつに張良うたわせる　125
大学を教えきらずにこして行き　246
大国の美人尾張に跡をたれ　201
大舜のちっさな時はあざだらけ　7
大層な漆かぶれも忠義なり　70
大そうな取り逃げ駆け落ちは徐福　115
抱いて寝て毛へもさわらぬ柳下恵　67
鯛の片身を女房と取り替える　29
代脈こたえて死生は天にあり　60
鯛を釣るまで辛抱の出来ぬ妻　29
高見で見物を伍子胥はするつもり　78
竹藪を七人よろけよろけ出る　183
他国から富士へ代参一度立ち　113
尋ねにくいは小督より楊貴妃　199
誰そが首を切りなよと妲己いう　22
只一本三千人の廻りもち　108
戦いのひまに趙雲子守り唄　175
妲己が笑い民間を皆泣かせ　22
竪板に豆弟は詩を作り　176
竪板に豆をころがす七歩の詩　176
店請に孟母すこぶる叱られる　90
店請へ口をすぼめる孟が母　90
店賃で言いこめられる論語読み　62
楽しみ極まり苦しみは二日酔い　238
たのみある中の酒宴は桃の下　152
玉川の水は孤ならず隣同士　57
玉にきずとは美しい狐なり　75
盥からたらいの間が五十年　21
樽ぬきの様に匂うが李白の屁　206

ち

畜生めなどと方士は聞いている　200
父は子のためにかくして昼間買い　61
茶に酔うたふりで玄徳ご挨拶　154
紂王のどら人だねがつきるなり　22
紂王は狐幽王犬が喰い　37
紂王も置き去りにして鳥羽へ嫁し　24
忠臣はうるしくさい男なり　70

神農の寝言は舌の音ばかり　3
神農のようにくわえて嫁をせめ　6
神農は濃茶のような唾を吐き　4
神農は質草ばかりなめ残し　4
神農はたびたび腹を下して見　2
神農は野馬のように草を喰い　4
神農は鋸草で舌を切り　2
神農は腹結したり下したり　2
神農はぺんぺん草で舌つづみ　4
神農も知らぬは言い草と道草　5
神農も巴豆と烏頭とは二度嚙まず　4
秦の世に坑にはまるは恥でなし　111
秦の代に鹿のいななく飛んだこと　118
秦の代の宮女七日は鹿にのり　118
秦の代の芝居下官は鹿の足　118
秦の代のつぶれも馬鹿と阿房なり　119
腎薬をなめて神農ついおやし　5
深林人知らず竹の子を盗み　240

す

水性の字をくり出して孔子つけ　42
吸付けに懸かる車胤の蛍籠　178
据え膳を食わずに帰る柳下恵　67
据え膳をすやして仕舞う柳下恵　67
少ないかな腎女を見るも毒　55
直ぐ針で釣ったは駟馬の車えび　28
直ぐ針の釣り汐よりも時を待つ　27
直ぐ針の釣り凡眼に愚者と見え　29
直ぐ針はいかがひくにはさて困り　26
双六で安禄山は胴を喰い　197
双六なかば国忠さま御落馬　197
双六のそばに茘枝のうず高さ　190
煤はきに孔明羽子を抱いている　172
墨付きのわるい唐詩は返される　219
住の江の岸に楽天よる気なり　215
墨までも儒者は曲がらぬようにすり　229
すわ事と十三里ほど司馬懿逃げ　167
松江の鱸やんと范蠡は呼び　83

せ

西漢の呂后女の立てがたき　131
西施を一つ打ち込んだゴの中手　80
西施をよこせはふさふさしい詮議　79
聖人のへこむはつむりばかりなり　42
聖人の身にもかなわぬあがり鯉　45
聖人の代に木食が二人あり　32
聖人の代にも継母のむつかしさ　8
聖人の代にも二人はひだるがり　32
聖人も三とせゆう里に身を沈め　25
聖人を空恐ろしく讒言し　7
聖代で蜘蛛が巣を喰う訴訟箱　9
聖代に洗いし耳は薄いたぼ　11
井田としゃれてへぼ儒者割土間へ　230
聖堂で叱られている千社札　225
聖堂の前は唐めく塀と土手　226
聖堂の屋根鯱のおすだろう　227
聖堂は生きた字引の寄る所　226
聖堂は孔子の腹を土用干し　226
聖堂は心の垢の洗濯所　226
聖堂は宗旨のしれぬ手を合わせ　225
聖堂は仁義後ろに霊地神　226
聖堂は時にあっての御建立　225
聖堂は道をたずねる辻番所　226
聖堂へ向けて鳳凰かつぎ出し　224
聖は実に無欲舜また禹へ譲り　10
関五つ越して関羽はとげを抜き　159
赤兎馬の屁に雲長が苦笑い　158
世事のないやつだとなぐる毛延

積善の家を見かけてみかん籠　233
借銭のよけいあるのに儒者困り　234
積善のよけい中宿二日置き　233
積善の余光君子の花に座し　233
蛇皮線を弾くが伍子胥は気に入らず　77
じゃらんぼんよせと孟子の母は言い　88
周公旦唐の練薬だと思い　35
周公旦は何の薬だとたわけ　35
十三をぱっかり伯牙斧で割り　68
十四本手を出し藪蚊追っている　183
姑の御意に七歩の詩をつくり　177
周の代を継ぐのも糸と針でする　28
秋便に任せてと書く蘇武が状　139
十有五にして教えねど心ざし　47
主慕う哀れ烏江に馬左衛門　128
儒者だけにかかぬは義理にとくびこん　232
儒者の肩衣絽の昌平でよし　230
儒者の着ぬ物は白地のこうし縞　230
儒者の下女わっちや宰予とわるく洒落　52
儒者の冬至唐土餅の雑煮なり　227
儒者のどら十三経をまず払い　228
儒者の庭小人の徳生い茂り　60
儒者の僕文選と聞き前町か　231
主の仇せしめる気にて予譲のみ　70
首陽山死骸二枚とうったえる　33
首陽山干たる君子の名を残し　33
首陽山二人ひからび名を残し　33
首陽山冬の分まで摘みためる　32
儒を坑にしたから鹿を馬にする　111
春秋を夏冬ともに関羽よみ　158
春秋を読む灯火は夏と冬　180
春宵一刻あたいは三歩なり　242
舜即位手に豆足に草鞋喰い　8
舜の田に残る牙の跡鼻の跡　8
舜の代の初評定は先ず孝子　9
舜の代は貸すも返すも皆地蔵　9
昭君の像は夜鷹の一枚絵　143
昭君はいい顔をよごされる　146
正直な人は通らぬ李下瓜畑　237
猩々が来ては李白を誘いだし　205
小人閑居して何かしら喰いたがり　238
小人閑居してやたらおやしてる　238
小人閑居してやたらふせたがり　237
小人閑居不銭には困り果て　238
情心に偽言は無いと儒者通い　229
小人に店を追われる素読の師　228
焼酎で関羽が碁石ねえばねえば　160
上白は九合しますと子路曰く　51
小便をしては顔淵書物を見　51
簫を聞く楚の大将は漢に絶え　126
諸葛亮いい手回しの石をすえ　165
蜀江の臥竜は呉魏の勢を巻き　174
食好みするは楊家のむすめなり　190
蜀将に孔明さんは妙にきき　172
食傷は覚悟の前の遣唐使　208
蜀の国しろし召さるる耳ったぶ　150
蜀の高名ざれ歌の軍師なり　174
尻の火で車胤は胸を明るくし　179
四輪車の後にからびく直ぐな針　28
四輪車の前で女房は愚痴を言う　31
四輪車の前で女房へ果たし盆　31
汁も出来もし盧生さま盧生さま　100
しろがねの山をつく頃飯が出来　99
しわいのを書きのめしたは毛延寿　142
詩を作るこやしを李白酒でする　204
詩を作るのがいっちいい上戸なり　204
神詠はいわお楽天歯もたたず　214
神国へ寺の言葉は過言なり　215
神農という身で嫁を睨め付ける　5

三尺の剣で四百を切り鎮め　121
三千の顔の絵図引く毛延寿　141
三千の中ではねだし美しい　144
三千の似面を書くも金次第　141
三千の船に帆柱一本立て　108
参内に三日路かかる阿房宮　107
三度来て梁父の吟へちゃちゃを入れ　154
三度引っ越して賢人を仕立て上げ　91
三度まで通いお蜀を手に入れる　155
三度目にそれ見なさいと卞和言い　74
三度目に馴染になった張子房　134
三度目にやっと落ち着く孟が母　91
三度目は張良からっ腹で行き　133
三度目は卞和へのこをすでの事　74
三人の背中へ桃のやにがつき　152
三人寄って種を蒔く桃のした　152

し

至孝は天禽獣に耕させ　8
四海皆兄弟なりと借り倒し　60
詩学にて来れば歌学にてぽっかえし　213
しかとは見えぬともしびで車胤よみ　178
鹿留めの札秦の代の道普請　118
然れども太公蟹は四五度釣り　27
然れども名では太白下戸らしい　204
鹿をどうどうどうと引く馬鹿らしさ　118
始皇帝壁の中には気が付かず　110
始皇帝口がいやさに生き埋め　110
始皇帝畳の上で旅やつれ　107
始皇帝八尺ほどは飛び上がり　105
始皇帝無学なやつを出世させ　111
始皇をば壁と見て書を塗り込める　110
四書五経読んでしまうと息子死に　246
死せる鶴生けるが如く走らしめ　172
死せる鶴生ける人馬を走らしむ　172
七月の八日玄宗頭痛する　193
質草を喰う神農は苦しがり　5
七賢の女房らしい竹婦人　184
七賢の一人目色がちがってる　185
七賢はどれも一ふしある男　183
七賢びっくり後ろから虎がなき　184
七賢も仲間割れする古屏風　184
七十にしてなり振りに矩を越え　48
七十の賀の頃老子腹に居る　65
七人が皆竹の子に蹴つまづき　183
七人の生酔い虎のくそをふみ　184
七人はかたし六人はやわらかし　185
七人は猫の気でいる藪の虎　184
七人は平気で暮らす大地震　183
七人は藪蚊を追うにかかって居　183
しっつこい笛の音のする驪山宮　192
十哲のうち一てつ者の子路　50
詩に作る白髪馬鹿々々しく長し　241
死人の山でもねだれと殷の紂　22
詩の碁のと言って日本の知恵に負け　215
詩の語のといわせず始皇皆埋め　111
詩の出来るたびに徳利軽くなり　203
四百勝つ元手は七十二せんなり　128
四百余州が寄りますと貴妃喜悦　191
詩百篇賦した翌日きらず汁　202
詩百篇元手が二貫五百なり　203
仕まう時夫婦別あり内裏びな　244
積善の家に晦日の闇は無し　233
借銭の家に余慶な富の札　234
積善の家に余けいの居候　234
積善の家に余けいのいろは蔵　234
積善の家に余慶の吉事草　234

孔明が病気で蜀がすすみ兼ね　171
孔明催促荒彫りで先見せい　169
こうめいな物琴の音で敵を追い　167
孔明は四百を三の段で割り　165
孔明は八つの石で呉を負かし　165
孔明もコロリンシャンでほっと息　168
孔明も三会目から帯をとき　164
孔明も三会目にはうちとける　164
孔明もふみこまれたらことこわし　168
孔明を見ろ短命と喰らい抜け　170
孔明をもう二三冊生かしたい　173
鴻門の会食い逃げを高祖する　124
鴻門の会雪隠から逃げる　124
鴻門の会に益なき楯を持ち　123
鴻門の帰りはんかいくだをまき　124
膏薬をのすうち関羽はまを上げ　159
公冶長あさっての晩に読みます　53
呉王にはあだに誓いし西施なり　79
呉魏蜀を引っぱり合って読んでいる　173
国忠を伯父さんと禄山は言い　196
御孔明兼ねて承知と三度ゆき　153
古今大きなどぶさらい禹王する　14
五十年たつとはたごや膳を出し　100
五十年もじの団扇を顔へ当て　99
御聖代魯の昌平を江戸へかけ　225
琴爪で孔明あごを撫でている　168
琴爪ではしの歩を突く始皇帝　103
琴の音を貝鉦よりもこわく聞き　167
呉の国で目ぬきの男伍子胥なり　77
呉の国を眉をひそめて傾ける　81
この針で釣れるものかと大喧嘩　29
此の人にして此の病飲むと行く　58
此の人にして此の病又五両　58
この雪にばかばかしいと張飛言い　162
胡馬に美女夷は鯛を得た心地　146
こびりついてて紂王殺される　23
こりはてて函谷関に時計出来　97
これが分かるかと楽天初手は言い　213
ごろごろというと玄徳箸を投げ　153
ころ谷で孔明司馬を焼く気なり　170
ころりんとだましてしゃんと始皇逃げ　104

さ

さあ琴だ孔明何か弾いている　167
さあとんだ事だと荆軻秦舞陽　105
細見を四書文選の間に読み　247
宰予が昼寝とくびこんおっぱずし　52
宰予に問うて曰く寝足らずや　52
財を喰う如しと儒者の初松魚　228
裂かずとも予譲おれだとぶち殺す　71
裂かずとも予譲ぶち殺せばいいに　71
さがなく書いて美人より画師よごれ　145
魚屋が助言入り王勝ちになり　85
魚屋の助言とうとう呉に勝たせ　84
酒とくれ詩とくれ李白五十年　206
酒ばかりかってにしろと孔子いい　46
さすが竜三つの指のはかりごと　167
さっぱりしたと曹操へらず口　148
さて遠い一里と言うて徐福来る　112
さてよくしゃべる漁師めだと楽天　214
されども孟母姑にはいやな人　94
三国志書翰の所は飛ばすなり　173
三国志手紙は読まず仕舞なり　173
三尺の剣四百の元手なり　121

薬取り始皇帝でも待ち惚け　116
薬取り始皇待てども暮らせども　116
口うらを趙高馬と鹿で引き　117
口がすべって瓜坊を孟母買い　92
口へ唾の出ぬは曹操ばかりなり　149
口豆な弟に曹丕鼻が明き　177
屈原はさめて李白は酔って死に　95
屈原は酔い醒めの水呑んで果て　95
沓を落としたと黄色な声で言い　132
国者の壱人もないは徐福なり　114
国を釣る針には知恵の餌をさし　27
九年目で后はやっと泊まり番　108
首と絵図踏んちらかして追っかける　103
供奉の官人松の木のわきでぬれ　106
蜘蛛の巣に掛かって荘子うなされる　72
蔵宿は宰予子貢にくどかれる　52
鍬の手も四百余州と握り替え　8
君子ほどあって太公沖へ出ず　27

け

蛍雪の窓で明るい文の道　182
けいやくが済むと玄徳から始め　152
化粧とは妲己この方いい始め　23
桀王にはじまりそうな衆道なり　15
桀王は諫めるに引く事がなし　15
桀王は女嫌いとあて仕舞い　15
桀紂の世には車を横に押し　24
桀紂の世は田の畦でつかみ合い　24
下馬札を梯子で掛ける阿房宮　107
玄宗のとうじねっから効かぬなり　192
玄宗はおむく紂王はきゃんが好き　189
玄宗は尾張ことばにたらされる　201
玄宗はなきなき耳の垢をほり　200
遣唐使後は茶漬けをくいたがり　208
遣唐使牛も少しは喰いならい　209
遣唐使勝ったは詩碁の誉れなり　208
遣唐使詩も碁も喰わぬ男なり　208
遣唐使ふきだしそうな勅をうけ　208
遣唐使妾のみやげそっと出し　209
玄徳が箸で曹操くらいこみ　153
玄徳は言葉たたかい藁が出る　151
玄徳は三会目には請け出だし　155
玄徳は三度見舞って食付かせ　154
玄徳は元わら店で見た男　151

こ

濃汁にしょうと産婦に孔子きき　42
こいつだと孔子をうしろ手にしばり　44
コイツ美身美味と馬隗の鳥言い　197
こいつ妙笛妙笛と楚軍卒　126
恋はくせものぐしぐしと泣き別れ　127
項羽の門番めりめりでびっくり　123
後悔は駟馬の車の跡にたち　30
孔子でも三杯目にはそっと出し　43
孔子ののたまくと読んで叱られる　54
孔子より五丁も行けば紺屋町　53
高祖と項羽大そうな廻りくら　122
孝成り名遂げて身退く二十七　66
功成り身しりぞき囲まれる　66
孝の為胡国の雲と身売り駕　145
孔明及び牛馬も木で作り　169
孔明がうつむいているむつかしさ　174
孔明がさそうひょうたん雨に濡れ　170
孔明が死んで夜講の入りが落ち　173
孔明が陣へ仏師をそっと召し　171
孔明がひいたも生田流と見え　166
孔明が木馬仲達うまく乗り　169

かんしんに人の股ぐらよく潜り 136
韓信はおなら御免とくぐるなり 136
韓信は既にはんとに出るところ 138
韓信は男女の股を出た男 136
韓信はふと気が付くと先がなし 138
雁に文つけて末世に名を残し 139
堪忍をするが韓信かなめなり 136
閂は桀王の代に始めたり 16
雁皮紙で雪に飛ばせる鳥の足 139
冠を漁父も洗わん御上水 95
冠を直さぬ場にて一つもぎ 236
冠を桃の下にて嫁直し 236

き

きき納め琴をと王の一手すき 103
聞き流す耳には洗う垢もなし 11
聞くうちは待てと始皇の手琴なり 103
木海月を洗い許由の物語 13
きげんよく幽王身代をつぶし 37
后の外は笑い手が一人なし 36
きついもの四百余州に本がなし 109
切ったのはいづれ孟子の犢鼻褌 93
切って血のたらぬ予譲が敵討ち 71
切って血の出ぬは予譲が主の仇 71
狐の嫁入り紂王のところへ来る 23
木のそばに公のまします雨宿り 106
気の長さとうとう鯛を片身つり 28
気の太い女は華陽夫人なり 105
来は来たが話し相手のない徐福 114
妓は偽也などととられた儒者は解し 229
貴妃小町色を争ういいお庭 201
木彫りの牛は蜀人の細工なり 169
木枕もなくて顔淵だだをいい 51
客まさに金やらんとす其の声かなし 59
きゃしゃな手で荒わざのべの琴を弾き 104
木や鳥の契り馬隗の夢と覚め 197
急なこと始皇を爪で救うなり 104
堯舜の代に業のないものは錠 9
堯舜の代には錠前直し来ず 9
堯舜の牢に蜘蛛の巣閑古鳥 9
兄弟で書のしを食らう意地っ張り 32
兄弟のつぎほも桃の木で出来る 152
堯の代に細工のひまな錠と鍵 7
堯の代の御用麒麟をつるませる 7
堯はてなはてなと十の日を見詰め 6
今日もまた留守でござると諸葛亮 164
漁夫と化し我が田へ水を引き給う 212
清見潟あたりへ徐福船を着け 114
許由も許由巣父も巣父牛も牛 11
義を結ぶ上へ毛虫がぶらさがり 152
金銀を置いて桂馬を関羽とり 158
金泥で絵顔を作る毛延寿 141
金泥をやるとなぐらぬ毛延寿 141
金毛繊鳩尾あたりへ妲己しめ 23

く

喰いますかなどと文王そばへ寄り 26
喰いものにかけては孔子むずかしい 46
喰い物の小言も孔子いって置き 46
九月九日高楼にむすこ行く 240
くぐらせる股を心で笑って居 136
草草紙までも取りやげる始皇帝 109
腐れ儒者腹を干すのに二日酔い 230
ぐしぐしと泣くので項羽はなれかね 127
鯨汁豚よりいいと徐福喰い 116

おっかさん又越すのかと孟子言い 89
おつを吹くなどと項羽も初手は言い 126
帯解いて夫婦別あり湯屋の門 244
お妾は匹夫の勇でふぐを喰い 245
思い出し涙玄宗耳をかき 200
面舵に不二へ引き向け徐福来る 113
沢潟は月も日も流すなり 3
沢潟一葉神農も歯が立たず 3
沢潟を神農横ににらめつけ 3
おらが大家は小人と儒者はいい 228
おれが徐福なら四ツ目屋で買って行く 116
おれが吹くから歌えよと子房言い 125
俺は孔子だと陽虎は二度かたり 44
温公が居ぬと頭を割るところ 219
温公が居ぬと可愛や土左太郎 220
温公の石はさそくのたすけ舟 220
温公の親焼次ぎを呼んで見せ 220
温公も果てはやっぱり瓶の中 221
女と馬ばかりになって項羽死に 127
女めもぐるだと荊軻秦舞陽 105

か

会稽でなめた口まですすぎ上げ 82
海棠をあざみに書いた毛延寿 143
怪力乱神を語る牽頭持ち 59
替え玉は喰べぬぞと呉の使い 79
替玉をやればいいのにばかな王 144
かえらぬは元の水より舌の先 30
顔をしかめしかめ雲長うっている 159
学問のじゃまだと蛍一つやり 180
学力も沖を越えたる遣唐使 208
笠合羽咸陽宮をかつぎだし 106
かしましと捨てたもあるに鉢叩き 12
夏宵一刻ここも千両国の橋 242
風邪くらい神農の屁で本復し 5
風の神におくられたのは白楽天 216
片意地な人であったと蕨取り 33
勝ち逃げで品のいいのは陶朱公 86
勝ち逃げの元祖は五湖に遊ぶなり 86
瓜田は元より炬燵もいましめる 235
瓜田へ沓を入れに来る留守見回り 235
瓜田より大きな不埒麦畑 236
瓜田より不埒の出来る麦畑 236
夏の国もけつへ廻ると仕廻なり 17
夏の桀王殷の湯王取りのめし 17
夏のけつをさっぱり洗う殷の湯 20
夏の世の滅亡桀王が大尾なり 17
壁に曰くのあることが後に知れ 49
壁に耳あると論語は今になし 49
壁に耳なく四巻世に残り 49
神風で寺の言葉を吹き戻し 215
剃刀砥韓信よりも気が早し 137
瓶わりは和漢名高き司馬と柴 221
瓶を割る知恵も終には瓶の中 221
唐うたの白さはすみにおっけされ 214
唐織りの帯はまわらぬ山の腰 213
唐で一番の知恵者を言い負かし 214
空びくと竿を車につけて行き 27
川どめにかまわぬ蘇武が早飛脚 139
川に禹が有って洪水させぬなり 14
諫言を目の出るほどに伍子胥する 77
韓信が頭の上で一つひり 136
韓信という身でくぐるざくろ口 137
韓信と言えばまたかと聞く意見 137
韓信と女の運は股にあり 137
韓信に意地の悪いが屁をかがし 136

壱歩にてほう火台ほど笑うなり　22
井戸掘りもしたと禹王へ御話し　10
いなびかりまでは玄徳箸を持ち　153
今ならば孟母気に入る嫁はなし　93
入り王が勝って魚屋どっか行き　85
殷紂のいん傾国の毛ものなり　23
いんの子いんの子と趙雲たたき合い　175

う

飢えながら腹一ぱいを伯夷いい　32
うごくはず孔明羽子で下知をする　172
潮煮にする気で呉王眼を抜かせ　78
牛のなくように蒙求よんでいる　243
牛の水引っ返すのは耳の水　11
薄いとは言えど項羽に厚い縁　127
うたたねで儒者は君子の徳を引き　60
内庭へ始皇榎木を植えさせる　107
内股のほくろ呂后にかぞえられ　129
美しい顔で楊貴妃豚を食い　189
美しい顔で茘枝をやたら喰い　190
美しさ道々画工を恨んでく　145
うなされる廬生杓子でつっつかれ　99
禹に水を治めさせたで抜け目なし　14
うぬぼれかけちか画工の見損じか　144
うぬぼれて司馬仲達は逃げるなり　167
うぬ見ろよ見ろよと股をくぐるなり　136
禹は酒をはからずも只一度飲み　14
馬の気でくるまに乗って笑われる　118
瓜畠出てから鼻緒すげてはき　236
瓜畠悪い鼻緒の切れ所　235
漆屋で見たが予譲のほんの顔　70
うろたえて曹操ひげを切ってすて　148
うわばみの時に沛公ぬいたまま　120

え

栄華のうちに粟餅がかたくなり　100
纓をとらせて明るみへ出さぬ恥　40
纓を皆切れと寛仁大度なり　40
易の数有るで日本は富貴なり　246
越王はあとで茶碗で酒を飲み　81
越王は五両で国を取り返し　80
越王はなめて心で舌を出し　81
越王はふさふさしくも拝味する　81
越王は先ず仕合わせとむしがよし　82
越の傘かりて恥辱を雪ぐなり　80
絵の具代などと毛延寿へつかい　141
画のことはしわきを後と毛延寿　142

お

おうぎやへ行くので唐詩選習い　218
王の召す迄はかからぬ体で釣り　27
大汗になって玄宗ささめごと　193
狼のくそ火にくべて笑わせる　36
大きいは耳ばかりかと孫夫人　155
大たばな寝言を廬生へしに言い　99
大晦日儒者平仄があわぬなり　227
お母さんなどと禄山貴妃に言い　194
おかしさは鸚鵡も五人扶持ねだり　195
岡釣りに駟馬の車はあたりもの　27
桶ぶせに温公が智もとどきかね　220
桶ぶせは司馬温公も仕様なし　221
おたふくに書かれた顔の美しさ　144
御茶壺のように驪山へ茘枝くる　190

川柳索引

あ

青い儒者皿の染め付さえ読めず 231
秋過ぎて車胤朽木と思いつき 179
あきれた李白呑んでは詩呑んでは詩 203
悪衣悪食で予譲はねらってる 69
揚げ貝に諸葛莞爾と爪を抜き 168
朝焼けのした日に始皇狩りに出る 106
足音がすると論語の下へ入れ 63
足紙で啓上をする蘇武が章 139
足元の明るいうちに陶朱公 86
味わえよ芝居も児女の四書五経 247
足を切られても手強く持っている 73
小豆粥孟母上手に焚きならい 91
暖かな風に曹操気が付かず 149
あちらからは玉藻こちらからは貴妃 201
熱燗で引っかける張飛雪の供 162
姉は弾き弟は論語巻の壱 63
あの絵師めあの絵師めとは思えども 145
油屋を弟子にほしいと車胤言い 179
阿房宮男の声は始皇なり 108
阿房宮消えかね九十一日目 109
阿房宮三隣亡に垣を結い 109
阿房宮持薬に鳳の玉子酒 108
阿房宮羅切したのがはききなり 108
甘口でないを李白は作りだし 204
雨宿り始皇でからが惨めなり 106
天地の出会い楊貴妃と織女なり 193
過ってはばからず来るふてえやつ 56
あわあれな声で歌えと子房言い 125
粟飯が出来ると元の旅人なり 100
粟飯のにえ立つ頃が即位なり 99
あわれむべし昭君憎むべし絵かき 145
行灯をすっぽり車胤文字で張り 179

い

いい趣向抜身を琴でねせつける 104
いい枕寝返りもせず五つ昔 99
いい夢を見て粟の飯まずくなり 100
いいようとひしぎを入れる驪山宮 193
家持の次に並ぶが論語読み 62
異議を三千いわせぬは始皇なり 110
いけしわい女めだなと毛延寿 142
諫めると穴だと始皇おどすなり 110
石で嗽ぐはかびた陶なり 186
石で歯を磨いても流石へらぬ口 186
医者と仏師屋駆けつける蜀の陣 171
いたくない腹を孔子もさぐられる 43
壱荷では足らぬ阿房の化粧水 108
一酒をのまば一詩をはけと李白 207
一瓢の飲では李白承知せず 204

[著者略歴]

若林　力（わかばやし　つとむ）
東京教育大学卒業。
東京都立高等学校教諭・東京成徳短期大学教授を経て、
現在、東京成徳短期大学非常勤講師。
主な編著
『菅家文草・菅家後集詩句総索引』（共著）（明治書院）
『和刻本正史人名索引』（汲古書院）
『研究資料　漢文学　歴史III』（共著）（明治書院）
『漢文名作選　2　思想』（共著）（大修館書店）
『漢文名作選第２集　2　英傑の群像』（共著）（大修館書店）
『漢文名作選第２集　5　日本の漢詩文』（共著）（大修館書店）
『近古史談　全注釈』（大修館書店）

江戸川柳《えどせんりゅう》で愉《たの》しむ中国《ちゅうごく》の故事《こじ》

NDC823/280p/19cm

初版第１刷——2005年10月5日
第３刷——2010年 9 月 1 日

著者——若林《わかばやし》　力《つとむ》
発行者——鈴木一行
発行所——株式会社大修館書店
〒101-8466 東京都千代田区神田錦町3-24
電話 03-3295-6231（販売部）03-3294-2352（編集部）
振替 00190-7-40504
［出版情報］http：//www.taishukan.co.jp

装幀者——小林厚子
印刷所——横山印刷
製本所——難波製本

ISBN978-4-469-23235-6　Printed in Japan